pulp
maste

AF238698

Garry Disher wurde 1949 im Süden Australiens geboren und wuchs auf einer Farm auf. Auf sein Konto gehen preisgekrönte Kinderbücher, klassische Romane, Sachbücher und Crime Fiction. Hierzulande gelang ihm mit Letzterem auf Anhieb der Durchbruch: Sein Romandebüt GIER um den Berufsverbrecher Wyatt wurde 2000 mit dem Deutschen Krimipreis ausgezeichnet, genauso wie 2002 sein erster Polizeiroman DRACHENMANN. Zuletzt erschien: DIRTY OLD TOWN. Garry Disher lebt mit seiner Familie auf der Mornington Halbinsel.

GARRY DISHER

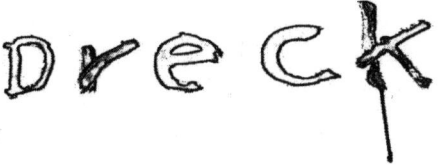

Ein Wyatt-Roman

pulp master

pulp master
Band 11

Erschienen bei PULP MASTER, Berlin

Deutsche Erstausgabe
Erste Auflage 2000

Titel der australischen Originalausgabe: Paydirt
Copyright © 1992 by Garry Disher
Deutsche Übersetzung © Frank Nowatzki / PULP MASTER 2000
Alle Rechte vorbehalten

Herausgegeben von Frank Nowatzki
Übersetzt aus dem Englischen von
Bettina Seifried
Lektorat: Angelika Müller
Redaktion: Ute Nowatzki
Cover: 4000
Autorenfoto: Darren James
Umschlaggestaltung und Layout: MM-Grafomat
Druck und Verarbeitung: TRIGGER, Berlin

ISBN 978-3-927734-25-8

Bibliografische Information Der Deutschen Bibliothek.
Die Deutsche Bibliothek verzeichnet diese Publikation in der Deutschen
Nationalbibliografie; detaillierte bibliografische Daten sind im Internet
über http://dnb.ddb.de abrufbar.

www.pulpmaster.de

Eins

Die Arbeit war dreckig, die Kleinstadt ein Witz, aber für Wyatt zählten nur die Vorteile – kein Mensch kannte ihn, keine Bullen weit und breit und niemand rechnete mit einem Überfall auf die Lohngelder.

Als das Geld ankam, steckte er mit beiden Armen im Schmierfett. Aus einer Wolke aus Staub tauchte in Höhe des Friedhofs der Steelgard Security Van auf, schob sich hinter dem grünen Bowling-Clubhaus hoch, um vor dem Tor eines provisorisch errichteten Zauns zu bremsen, der das Baulager der Brava-Construction von dem kleinen Städtchen trennte. Er beobachtete, wie der Transporter langsam durch das Tor ins Lager hineinrumpelte und vor dem Büro der Bauleitung hielt, etwa fünfzig Meter entfernt von dort, wo Wyatt sich gerade die Hände schmutzig machte. Er sah auf die Uhr: Mittag. Zwei Männer stiegen aus, die sofort anfingen, Geldbomben ins Baubüro zu schleppen. Als einer von ihnen in seine Richtung blickte, beugte sich Wyatt rasch wieder über seine Arbeit und machte sich noch dreckiger.

Er wartete Getriebe in der Reparaturwerkstatt des Baulagers. Die letzten Donnerstage wurde er nördlich der Stadt eingesetzt, als Teil des Trupps, der die Pipeline über die Weizenfelder verlegte. Aber diesmal hatte er einem der Chilenen fünfzig Dollar gezahlt, damit er mit ihm tauschte, und nun steckte er bis zu den Ellbogen im Schmierfett und beobachtete die Ankunft des Geldes.

Normalerweise achtete Wyatt darauf, nicht mit dem Ort des späteren Geschehens in Verbindung gebracht zu werden. Wenn er in einer Stadt war, schlug er sein Lager in irgendeinem entfernteren Stadtteil auf und aus dem

Nichts heraus zu. Doch das hier war keine Stadt, das war Belcowie. Einwohnerzahl: zweihundert, eine staubige Kleinstadt mit ein paar Farmen, drei Stunden nördlich von Adelaide. Dort gab es eine Four Square-Supermarktfiliale, eine Post, vier riesige Getreidesilos, eine Autowerkstatt mit einer einzigen Zapfsäule, eine Bank, die zwei Nachmittage die Woche geöffnet hatte, fünfzig Häuser, keine Polizeistation und einen Pub, der wahrscheinlich noch nie bessere Zeiten gesehen hatte.

Brava-Construction hatte hundertfünfzig Männer angeheuert, als sie den Auftrag zum Verlegen der Gas-Pipeline in der Tasche hatten. Durstig waren sie alle. Erstaunlicherweise war etwa ein Drittel von ihnen Mittel- und Südamerikaner. Der Boss, ein Argentinier namens Jorge Figueras, erzählte jedem, der es hören wollte, dass sein größtes Anliegen sei, den Armutsflüchtlingen und Verfolgten von Todeskommandos, Generälen und Kommunisten zu helfen. Die Verträge liefen über zehn Monate, und die Löhne waren hoch. Hundertfünfzig Männer à $1.500 die Woche, weitere $50.000 für Manager-Gehälter und Spesen, das machte zusammen mindestens $275.000. Außerdem fuhr der Steelgard-Van vorher zehn weitere Banken in einem Radius von hundert Kilometern an. Wenn die Fahrt dann in Belcowie endete, so weit Wyatts Berechnung, könnten alles in allem ganze $400.000 bei dem Raubüberfall rausspringen. Es musste vor Ort ausgearbeitet werden. Zunächst hieß es beobachten und dann planen, und das brauchte seine Zeit. Es war also nicht ratsam, einen Touristen oder Geschäftsmann zu mimen – weder der eine noch der andere würde sich länger als unbedingt nötig in Belcowie aufhalten. Als einer von hundertfünfzig Hartgesottenen jedoch würde Wyatt unauffällig seinen Geschäften nachgehen können. Und wenn die Bullen sich am nächsten Zahltag durch die Befragung einiger hundert Einwohner und Bauarbeiter gearbeitet hätten, würde er längst verschwunden sein.

Die Sirene kündigte heulend die Mittagspause an. Wyatt streckte seinen steif gewordenen Rücken. Er war groß und wirkte geschmeidig, und sein Gesicht hatte etwas von der harten Schärfe, die einem Ärger vom Leib hielt, wenn die Latinos allzu hitzig wurden. Sie waren freundlich, aufgeweckt und sentimental und er kam gut mit ihnen aus. Aber manche glaubten, sie müssten sich beweisen, und er konnte manchmal fühlen, wie sie ihn beobachteten und mit Seitenblicken sein schmales, hakennasiges Gesicht und seine geschickten, muskulösen Arme taxierten.

Er durchquerte den Schuppen und gesellte sich zu den chilenischen Mechanikern an den Waschbecken. Aus dem Seifenspender ließ er Handreiniger in die Handflächen tropfen, verteilte ihn über Arme und Hände. In diesem Augenblick lief eins von Leahs Mädchen hinter dem Schuppen vorbei zu ihrem Wohnwagen. Die Chilenen johlten und pfiffen hinter ihr her, und einer von ihnen stieß Wyatt an, doch Wyatt interessierte die Frau nicht. Noch immer beobachtete er den Steelgard-Van, um sich jedes noch so kleine Detail zu merken. Wenn er nächsten Donnerstag zuschlug, sollte alles präzise wie ein Uhrwerk aufeinander abgestimmt sein.

Die Leute von Steelgard waren im Laufe der Jahre nachlässig geworden, so viel war sicher. Sie hatten ihren Sitz in Goyder, einer ländlichen Stadt siebzig Kilometer entfernt, und seit sie die Banken bedienten, hatte es nie Anlass gegeben, ihre Wachsamkeit zu erhöhen. Der Van war ein kleiner, wendiger Isuzu, mit Außenscharnieren an der hinteren Tür und ganz normalen Schlössern. Aber der Van war unwichtig. Wyatts Interesse richtete sich nicht auf das Fahrzeug; im Zentrum seines Interesses standen einzig die ziemlich lax arbeitenden Wachleute.

a) Kein Bulle weit und breit, der ein Auge auf Belcowie werfen konnte. Wenn der Pub zumachte, zeigte sich ab und zu eine Streife aus Goyder, aber höchstens für dreißig Minuten und gewöhnlich nur am Wochenende. Natürlich war nicht garantiert, dass die Polizei am nächsten Donnerstag nicht doch auftauchen würde. Aber während der heutigen Lieferung war sie nicht präsent, auch Leah hatte nie Bullen gesehen, deshalb hätte Wyatt wetten mögen, dass sie nächsten Donnerstag wiederum nicht dabei waren.

b) Um diese Zeit war das Lager nahezu menschenleer. Die einzigen, die dieses Brachland aus Betonrohren, Benzinfässern, Baufahrzeugen und provisorischen Gebäuden bevölkerten, waren Leahs Mädchen und eine Hand voll Angestellter und Mechaniker. Um vierzehn Uhr dreißig würde sich alles ändern, wenn die Bautrupps zurückkamen, um aufzuräumen und ihre Lohntüten in Empfang zu nehmen, aber Wyatt hatte die Absicht, am nächsten Donnerstag um diese Zeit bereits hundert Kilometer weiter weg zu sein.

c) Die Wachleute waren leichtes Spiel für ihn. Nur zwei Männer, denen noch dazu die Härte fehlte, die Wyatt meistens bei anderen Überfällen entgegenschlug. Weitere Nachlässigkeiten fielen ihm auf. Statt einen Mann den Van entladen zu lassen, während der andere Wache hielt, entluden sie ihn gemeinsam. Und von Brava half niemand anpacken.

Wyatt beobachtete, wie die Wachleute den Van abschlossen, sich Zigaretten anzündeten und hinüber zur Kantine schlenderten. Nach dem Mittagessen kamen sie zurück zum Büro, um die Fertigstellung der Lohntüten zu überwachen. Aber in der Zwischenzeit befand sich das Geld in der Obhut eines einzigen Mannes, des Lohnbuchhalters der Brava-Construction.

Genau dann würde Wyatt zuschlagen. Er brauchte nur noch eine Waffe, einen Partner und einen schnellen Wagen.

Zwei

Alles war so, wie Leah es beschrieben hatte.

Auf der Flucht nach einem vermasselten Überfall in Melbourne war Wyatt vor sechs Wochen bei ihr aufgetaucht. Seine Deckung war aufgeflogen, man suchte ihn wegen Mordes, er musste den Staat verlassen. Alles, was er besaß, waren einige Adressen und ein paar Dollar.

Als er mitten in der Nacht in Adelaide Hills ankam, war Leahs Haus völlig dunkel. Vorsichtig schlich er um das Haus herum, Türen und Fenster fest im Blick. Die Vorhänge im Erdgeschoss waren zugezogen, aber eins der beiden oberen nachtschwarzen Gaubenfenster war geöffnet. Er klopfte und wartete. Obwohl kein Licht anging, spürte er, wie sie plötzlich hinter der Tür stand. »Leah«, rief er leise.

Ihre Stimme war tief und hart. »Ja?«

»Wyatt.«

Sie öffnete die Tür, sah wie abgehetzt und blass er wirkte, und trat beiseite, um ihn einzulassen. Sie sagte nichts, auch dann nicht, als er seine .38er herausholte und damit durchs Haus schlich. Er musste es tun, sein Instinkt befahl es ihm einfach, also wartete sie, bis er wieder unten war.

»Wie lange diesmal?« fragte sie.

»Nicht lange. Eine Woche, vielleicht zwei.«

»Wyatt, seit fünf Jahren haben wir uns kein einziges Mal gesehen!«

Er nickte. In dem Augenblick merkte er, dass es wohl scherzhaft gemeint war. Er lächelte sein kurzes Haifischlächeln, wobei er den Mund irgendwie komisch verzog.

»Bist du wieder mal am Ende?« fragte sie.

»Nicht ganz.«

Sie nickte. »Du bist auf der Flucht«, sagte sie. »Sieht nicht nach einem Job aus.«

Wyatt betrachtete sie kurz. Sie hatte geschlafen und trug ein knielanges schwarzes T-Shirt. Ihre schwarzen Haare waren so kurz geschnitten, dass sie wie Stacheln vom Kopf abstanden. Sie war klein und wirkte gedrungen, doch er erinnerte sich gern an ihren runden, braunen Bauch und daran, wie flink und elastisch ihre Bewegungen waren. Jetzt erst fühlte er sich ruhig und sicher. Er steckte die Waffe weg und umarmte sie. Sofort verflüchtigte sich ihr ironischer Gesichtsausdruck. Sie schloss die Augen, holte tief Luft und öffnete sie wieder. »Okay, also gut«, sagte sie beinahe ärgerlich.

Am nächsten Morgen, in ihrem völlig zerwühlten Bett, erzählte sie ihm von den Lohntüten in Belcowie.

»Ein gottverlassener kleiner Ort«, sagte sie, »in der Mitte von nirgendwo. Dort ist niemals etwas passiert, bis zu dem Tag, als die Regierung beschloss, eine Gas-Pipeline zu verlegen und die Einwohner eines Morgens plötzlich hundertfünfzig geile Bauarbeiter vor der Tür stehen hatten.«

»In diesem Moment trittst du auf den Plan«, bemerkte Wyatt.

»Genau. Fünfzehnhundert Dollar die Woche und außer Bier und Poker nichts, für das man sie ausgeben könnte. Ich hab Jorge ein gutes Angebot gemacht – ich bringe die Mädchen, er kriegt zehn Prozent und eine stets zufriedene Truppe.«

Wyatt stützte sich auf seinen Ellbogen und berührte sie sanft. Eine eher unbewusste Bewegung, aber Leah verfolgte seine Hand aufmerksam, wie sie an ihrem Körper hinabglitt. »Das Geld«, sagte er.

Sie ließ sich nach hinten fallen. »Ich war kaum zwei Wochen da, um den Mädchen beim Einrichten zu helfen, die wichtigsten Regeln festzulegen und 'n paar Dinge zu klären. Zwei Mal hab ich gesehen, wie die Löhne kamen.«

»Einzelheiten«, sagte Wyatt.

»Donnerstag ist Zahltag. Der Van kommt kurz vor Mittag. Die Bewachung lässt zu wünschen übrig.«

Wyatt nickte. Er fing bereits an, dem Job in Gedanken Konturen zu geben. »Polizei?«

»Das nächste Polizeirevier ist eine Stunde entfernt. Als ich da war, habe ich keinen einzigen Bullen gesehen.«

»Was ist mit dem Lager? Wer ist da, wenn das Geld ankommt?«

»Kaum jemand. Die Bautrupps hören am Donnerstag gegen halb drei mit der Arbeit auf und kommen zurück, um ihren Lohn entgegenzunehmen, aber bis dahin herrscht Ruhe.«

»Wie viele Wachleute?«

»Ich habe nur zwei gesehen, jedes Mal dieselben. Sie bleiben, bis die Lohntüten verteilt sind und hauen gegen drei wieder ab.«

»Die Stadt?« fragte Wyatt. »Zeugen?«

»Das Lager liegt am Stadtrand auf dem Gelände einer ehemaligen Pferdekoppel. So weit ich mich erinnere, ist da noch ein Bowling-Club und gegenüber sieht man ein paar Hinterhöfe, das ist alles. Ein ziemlich toter Ort.«

Wyatt lenkte seine Aufmerksamkeit wieder ganz auf sie. Sie lachte und räkelte sich. »Das gefällt dir, hm?«

»Ich werde es überprüfen.«

»Ich kann Jorge bitten, dir dort einen Job zu geben.«

Sein Gesicht hatte müde und abgespannt gewirkt, aber nun bemerkte sie, wie es sich straffte. »Nein! Keine Querverbindungen.«

»Bleib locker«, sagte sie, dehnte sich und schloss die Augen.

Ein paar Tage später fuhr sie ihn zu einer Bushaltestelle im Zentrum von Adelaide. Der Bus nach Broken Hill kam bis auf etwa zwanzig Kilometer an Belcowie heran und den wollte er nehmen. An einer Kreuzung in der Wüste, bei einem unscheinbaren Malleebusch, stieg er aus und ging zu Fuß weiter. Nach einer Stunde Marsch wurde er von einem Postauto mitgenommen, das ihn am Stadtrand von Belcowie absetzte. Es war früher Nachmittag. Wyatt kannte sich mit Motoren aus, er war kräftig und konnte einen Lastwagen fahren. Um vier Uhr hatte ihn Jorge Figueras für das Pipeline-Projekt und $1.500 die Woche eingestellt.

Drei

Während er sich nun die Hände trocknete und den Lagerhund dabei beobachtete, wie er sein Bein hob und den Van anpisste, entschied Wyatt, wie es ablaufen würde. Sobald das Geld ausgeladen und das Zahlbüro fast unbeaufsichtigt war, würde er zuschlagen. Nur wenige Minuten später würde er sich mit zwei bewaffneten Männern und einhundertfünfzig Lohntüten herumschlagen müssen. Ihm blieben nun sieben Tage, um ein gutes Team zusammenzustellen und ein paar gestohlene Autos zwischen Belcowie und Adelaide in Stellung zu bringen, mit denen er fliehen konnte.

»Hey, Gringo, Essen fassen!«

Es war der Vorarbeiter aus der Reparaturwerkstatt. Er hieß Carlos und wartete mit einer Gruppe anderer Chilenen auf Wyatt.

Aber Wyatt musste scharf nachdenken. Er starrte durch die Chilenen hindurch. Die zuckten die Achseln, drehten sich um und gingen über den staubigen Hof in Richtung Kantine.

Wyatt sah auf seine Uhr. Fünfzehn Minuten später verließ er den Schuppen und machte die Runde am Büro vorbei bis zum vorderen Tor. Er konzentrierte sich, prägte sich die zeitlichen Dimensionen und die Topographie der Stadt und des Baulagers ein. Die Wohnwagen von Leahs Mädchen lagen ein paar hundert Meter von den Schlafräumen der Männer entfernt, zur Stadt hin abgeschirmt durch hohe Gummibäume. Der Grenzzaun verlief parallel zum östlichen Stadtrand, und die Stadt selbst dehnte sich von Nord nach Süd etwa drei Kilometer weit aus. Danach war weit und breit nichts außer aus getrocknetem Farmland und ein paar Hügeln in der Ferne.

Eine plötzliche Bewegung auf einem staubigen Grundstück gegenüber ließ ihn aufmerken. Vor einem Monat noch hatte das Grundstück leer gestanden, und wenn das Baulager weiterzog, würde es wieder leer stehen. Aber im Augenblick war es die Filiale eines schäbigen Autohändlers, Trigg Motors mit Sitz in Goyder, der ständig ums Überleben kämpfte. Ein halbes Dutzend gebrauchter Holden setzte Staub an unter den von der Sonne ausgebleichten Plastikfähnchen, die über den Hof gespannt waren. Die Plane eines Anhängers bauschte sich im Wind auf. Heute war Trigg persönlich anwesend, ein kleines Frettchen in der Kluft eines Viehzüchters, bei dem Versuch, ein Verkaufsschild an der Windschutzscheibe eines 1973er Kingswood anzubringen. Am Zahltag, wenn die Südamerikaner Geld in den Taschen hatten, war Trigg immer persönlich anwesend. Offenbar gefiel es ihm, mit ihnen zu feilschen. Wyatt wandte sich wieder ab. Trigg würde den Überfall nächste Woche sicher mitbekommen, aber er war keine Bedrohung.

Als nächstes wollte sich Wyatt ein genaueres Bild von den Wachleuten machen. Der Fahrer des Van kam gerade aus der Kantine. Wyatt blickte auf einen großen, feisten Mann mit weichen Konturen und tiefen Sorgenfalten, die sich auf seiner niedrigen Stirn zusammenzogen. Das Namensschild auf seiner Uniform vermerkte: ›Venables‹. Wyatt drehte sich um und sah ihm hinterher. Venables grunzte während des Gehens vor sich hin. Er wirkte angespannt und hatte X-Beine, sein breiter Hintern füllte seine Hose voll aus.

Wyatts Interesse an Venables beschränkte sich lediglich auf dessen Fähigkeit, möglicherweise einen Raubüberfall zu vereiteln. Doch dann tat dieser Mann etwas Unerwartetes: Er ging nicht ins Zahlbüro, sondern zum Eingangstor hinaus, über den Kiesweg rüber zu Triggs Autohof. Dort beriet er sich kurz mit Trigg, dann verließen beide Männer das Grundstück, gingen die Straße entlang und um die Ecke in den Pub.

Wyatt hörte hinter sich Gepolter. Carlos kam aus der Kantine. Er tippte mit dem Finger auf seine Armbanduhr und rief Wyatt grinsend zu: »Fünfzehn Minuten, okay, Gringo?«

Wyatt grinste zurück. »Si Senor«, sagte er und ging in die Kantine, um einen Blick auf den anderen Wachmann zu werfen.

Um drei Uhr passierte alles auf einmal.

Obwohl die Trupps der Pipeline-Verleger und Grabenzieher bereits zurück waren, die Duschen schon heißliefen und die ersten Männer sich vor dem Zahlbüro formierten, war Wyatt noch in der Werkstatt und bastelte an einem Schaltkasten. Immer misstrauisch und auf der Hut, war er der Erste, der die nahende Aufregung bemerkte. Es begann mit den Autos und Transportern ohne jede Aufschrift. Zehn an der Zahl, alle weiß. Etwa die Hälfte fuhr ins Baulager, die anderen bezogen draußen vor dem Tor Stellung.

Wyatt wusste zwar nicht, was sie suchten, was er aber sehr genau wusste, war, dass sich seine Fingerabdrücke und seine Beschreibung hinterher in irgendeiner Akte befinden würden. Keine Zeit also, hier länger rumzustehen und zu warten, bis er es genauer wusste. Sein Revolver und der größte Teil seines Geldes waren bei Leah, um die paar Dinge im Schließfach neben seiner Koje brauchte er sich keine Sorgen zu machen. Er trat leise einen Schritt zurück, um nicht gesehen zu werden, und sah, wie etwa dreißig Männer aus den Fahrzeugen stürmten. Neben den Uniformierten gab es auch Bullen in Zivilkleidung, aber sein Interesse konzentrierte sich auf die Abzeichen an den Uniformen. Diese Bullen waren nicht von der Landespolizei. Das war Bundespolizei.

Eine Gruppe Chilenen vor dem Zahlbüro probte plötzlich einen sinnlosen Fluchtversuch. Es kam zu einem Handgemenge, an dem bald alle Polizisten beteiligt waren.

Illegale, dachte Wyatt. Dieser beschissene Jorge hat Kerle ohne Aufenthaltsgenehmigung eingestellt.

Er kroch in den Schatten. Auf Triggs Gelände gegenüber standen mehrere Kingswoods. Wyatt konnte Kingswoods mit verbundenen Augen kurzschließen.

Vier

»Ich schaff das, Ray, das weißt du«, betonte Tub Venables.

Raymond Trigg verdrehte die Augen. Er hatte sich eine Zigarette angezündet und der Rauch trieb ihm in die Augen. »Ich weiß, Tub. Die Frage ist nur: Wann?«

Der Autohändler und der Fahrer des Geldtransporters standen im Pub des Belcowie Hotels, einem düsteren Raum, der nach abgestandenem Bier roch, und die laminierten Oberflächen der Tische und das gesprungene, braune Linoleum auf dem unebenen Boden waren der einzige Glanz in dieser Hütte. Es war halb drei und sie waren schon seit ein Uhr hier. Trigg nuckelte kleine Gläser

Southwark Light, während Venables krugweise Fassbier saugte. Bald würden die Chilenen mit ihren Lohntüten rüberkommen, aber inzwischen musste Trigg Tub Venables daran hindern, vollends zusammenzubrechen. »Du solltest mehr Verantwortung zeigen, mein Junge«, sagte er. »Fünftausend Dollar – das ist 'ne Menge Geld.«

»Zinsen«, stöhnte Venables. Er schwitzte immer, wenn er Angst hatte. Außerdem stützte er sich auf den Tresen und seine Ellbogen waren nass. »Ich habe den Kredit zurückgezahlt, aber du berechnest mir Zins um Zins. So schaff ich das nie.«

»So ist das nun mal, Tub. Fünftausend Dollar Kredit kosten dich fünfhundert die Woche an Zinsen. Die fünftausend müssen in einer Summe zurückgezahlt werden, du kannst also nicht fünfhundert Dollar Zinsen die Woche und hundert oder so von der Kreditsumme zurückzahlen. Das habe ich dir von Anfang an gesagt. Du hättest eben nicht so viel leihen dürfen.«

Venables' fettes Gesicht faltete sich zusammen und zeigte einen Anflug von Gerissenheit. »Ich könnte einfach nicht mehr zahlen.«

»Ach komm schon, Tub. Du weißt genau, was passiert, wenn du das tust.«

Venables blickte düster in sein Bierglas. Er konnte Trigg nicht ausstehen. Trigg war ein zu kurz geratener, dürrer Kerl, der diese Tatsachen des Lebens mit seinen Hosenschützern aus Seehundfell, einem Akubra-Hut und den Cowboystiefeln mit Gummizug vergessen machen wollte. Als ob er über Hunderte von Schafen herrschte, anstatt bloß Besitzer einiger popliger Gebrauchtwagen zu sein. Aber er wusste, er durfte diesen Mann nicht unterschätzen, denn Trigg war auch als Kre-

dithai und Spendenbetrüger im Einsatz. Die Konjunktur-
flaute hatte ihn geizig und äußerst reizbar gemacht.
Fühlte er sich angegriffen, würde er sofort Happy Whelan vorbeischicken, seinen Mechaniker, ein ganz und gar
hirnloser, hünenhafter Schlägertyp, der einem das Ge-
nick schneller brach, als man schauen konnte.

»Du trinkst zu viel«, bemerkte Trigg. »Pass bloß auf.
Das, die Pferde und teure Weiber, Tub, du wirst noch
Schiffbruch erleiden, bevor du fünfzig bist. Dann seh ich
meine Kohle nie wieder.« Er stieß den fetten Mann an.
»Um Himmels Willen, Tub, das sollte 'n Witz sein.«

Venables sah ihn an. »Ich brauche nur 'n bisschen
mehr Zeit. Ich hab keinen Bock, dass der dämliche
Happy an meine Tür klopft.«

Ray Triggs blutleere Lippen verzerrten sich zu einem
Lächeln. »Du klingst wie 'ne Schallplatte mit Sprung,
Alter.« Er sah auf seine Uhr. »Solltest du nicht zurück zur
Arbeit? Dein Kumpel wird sonst sauer. Ich meine –
könnte doch jemand die Lohngelder klauen.«

»Nie und nimmer«, sagte Venables und hob seinen
Arsch vom Barhocker.

Er wartete und beobachtete, wie Trigg ebenfalls herun-
terkletterte. Er fühlte einen gefährlichen Impuls, den
kleinen Mann an den Achseln zu fassen und ihn mit beiden Beinen auf die Erde zu stellen. Er hasste Triggs ein-
gefallenes Gesicht, die sauberen, kleinen Hasenzähne,
seine extra hohen Absätze.

Trigg schien seine Gedanken zu lesen. Plötzlich nahm
sein Gesicht einen maliziösen Ausdruck an. »Die Transporter wurden gestern für in zwei Wochen gebucht,
stimmt's?«

Venables nickte. Triggs Autowerkstatt in Goyder hatte

den Wartungsvertrag für die Steelgard-Transporter.

»Dann will ich tausend, und keinen Penny weniger«, sagte Trigg.

Er drehte sich um, lief zur Tür, nickte noch schnell dem Wirt und dem einzigen anderen Kunden zu, einem Farmer aus der Gegend, der eben ein schnelles Bier zischte.

»Gegenüber im Baulager ist irgendwas los«, sagte der Wirt.

Trigg blieb stehen. Der Wirt putzte seine Gläser, während er aus dem Fenster auf das Lager blickte, das hinter der weinumrankten Veranda lag.

Der Farmer drehte den Kopf, um das Geschehen in Augenschein zu nehmen. Ebenso Trigg und Venables. Verwundert starrten sie auf die weißen Autos und Transporter. Polizisten und wutentbrannte Bauarbeiter bildeten ein festes Knäuel.

»Sieht aus wie 'ne Razzia«, sagte Trigg.

Während sie dem Ganzen draußen folgten, löste sich eine große Gestalt aus dem Schatten eines Schuppens, kletterte behende über den Zaun und ließ sich auf die andere Seite fallen. Noch bevor er die Erde berührt hatte, war er schon losgerannt. Seine Bewegungen hatten etwas Entschlossenes und äußerst Geschmeidiges.

Venables und Trigg stießen die altmodische Schwingtür des Pubs auf. Die Straße war menschenleer. Vom Baulager drangen noch Rufe und Kampfgeräusche herüber, aber der Mann von eben war bereits verschwunden.

Dann hörten sie das Starten eines Wagens, der unmittelbar darauf mit leichten Schleuderbewegungen in die Straße einbog. Die Kotflügel berührten den Kies, und er beschleunigte mit laut aufheulendem Motor. Es war ein großer, angestaubter Ford, und einen Moment lang war ihnen, als könnten sie die intensive Anspannung und die Entschlossenheit des Mannes hinter dem Steuer körperlich spüren.

Trigg platzte vor Wut und stampfte mit seinen kleinen Füßen auf. »Dreckskerl! Er hat den LTD geklaut.« Er reckte die Fäustchen in die Luft und drohte der sich entfernenden Staubwolke hinterher. »Du bist Asche, Kumpel.«

Fünf

Im LTD steckte der Schlüssel. Deshalb hatte Wyatt ihn gewählt, anstatt kostbare Zeit damit zu vergeuden, eine der Rostlauben vom Gebrauchtwagengelände kurzzuschließen. Er fuhr von Belcowie nach Norden in mörderischem Tempo und spürte, wie der Ford bockte und schlingerte, wenn er in Schlaglöcher fuhr. Einmal verlor er die Kontrolle, die Reifen drehten auf dem Kies durch und er schleuderte gegen den Pfosten einer Hochspannungsleitung. Danach drosselte er die Geschwindigkeit. Ein Kotflügel war verbogen, schabte gegen den Vorderreifen, und Wyatt war gezwungen, Richtung Terowie einzubiegen, einer kleinen Stadt an der Straße nach Broken Hill. Hier hatte schon General MacArthur 1942 kurz angehalten – mehr wusste Wyatt über diesen Ort auch nicht.

Binnen fünf Minuten hatte er einen neuen Wagen gestohlen. Diesmal fuhr er nach Süden und blieb auf der Hauptstraße. Je näher Adelaide rückte, desto zivilisierter wurde die Landschaft. Die Städte lagen dichter beisammen, die Farmen wirkten weniger verwittert. Doch Wyatt befürchtete, in eine Straßenkontrolle zu geraten. Bei Tarlee bog er ab nach Nuriootpa und kurvte durch die kleinen Ortschaften, Weingüter und verschlafenen Touristenstraßen des Barossa Valley. Dann – er wollte sie glauben machen, sein Ziel sei Melbourne – fuhr er Richtung Südosten zur Murray Bridge. Dort ließ er den Wagen stehen und nahm den Zug nach Adelaide. In Adelaide Hills stieg er aus.

Die letzten zehn Kilometer zu Leahs Haus ging er zu Fuß. Er nahm kleine Seitenwege, die von Brombeerbüschen gesäumt waren. Langsam hörte sein Herz auf zu pochen. Die Hügel erinnerten ihn an die kleine Farm an der Küste Victorias, die er vor ein paar Wochen hatte verlassen müssen. Die gleichen Obstplantagen und dickwolligen, weißen Schafe, die gleichen geometrischen Muster aus Straßen, Pferdekoppeln, Hecken und Ortschaften. Nur das Meer fehlte. Er holte tief Luft, spürte wieder Leben.

Die Spannung wich aus seinem Körper, und er machte sich Gedanken über die Risse, die die Steelgard-Operation nun leider durchzogen hatten. Wyatt war nicht so töricht, unnötig Risiken einzugehen. Ein Überfall auf den Belcowie-Lohntransport war nun gefährlicher als vorher, aber er hielt das Risiko für kalkulierbar. Er fühlte sich leicht frustriert, aber mit Frustrationen hielt er sich in der Regel nicht lange auf.

Wyatt war vierzig. Anständige Männer in seinem Alter zählten bereits die Jahre bis zur Rente. Die Hartgesottenen unter ihnen waren entweder tot oder hinter Gittern. Wyatt war anders. Nie hatte ihn auch nur der blasseste Zweifel gestreift; Unsicherheit oder persönliche Grenzen waren ihm fremd. Er operierte auf der Grundlage eiskalter Überlegung. Bei einem Job konnte er alles auf das Wesentliche reduzieren, seine Arbeit verriet eine präzise, harte Handschrift.

Das Wesentliche war hier offenkundig – die Steelgard-Geschichte war riskant, besonders nach seiner Flucht aus Belcowie. Die Wachleute schienen naiv und phlegmatisch, die Lieferung lief immer nach demselben Muster ab und die Sicherungsvorkehrungen waren miserabel. Dennoch musste das Wie und Wo geändert werden. In Belcowie, insbesondere im Brava-Baulager, würde in den nächsten Wochen eine angespannte Atmosphäre herrschen.

Er hörte, wie hinter ihm ein Wagen in den ersten Gang hinuntergeschaltet wurde, um sich den Berg hochzuarbeiten. Er trat von der Straße weg zwischen ein paar Bäume. Das Fahrzeug kam heran, ein grüner Land Rover mit Hunden und aufgerolltem Maschendrahtzaun auf der Ladefläche.

Als er außer Sicht war, ging Wyatt weiter. Zehn Minuten später erreichte er Leahs Heimatstädtchen. Heindorf hieß es und verwies ohne Umschweife auf den deutschen Einfluss, dem die Steinhäuschen, die liebevoll bemalten Müllbehälter aus Holz und die seltsamen Bäume seit mindestens einem Jahrhundert ausgesetzt waren.

Er hatte ihre Straße erreicht und bückte sich, als wollte er sich die Schuhe binden. Nichts, was nicht sein sollte, wie es war. Die Autos waren dieselben, die schon vor ein paar Wochen hier gestanden hatten. Niemand weit und breit. Er richtete sich wieder auf und ging weiter. Leahs Haus lag auf halber Strecke. Alles schien in Ordnung. Die Straße machte eine Kurve und endete an einem Kiefernwäldchen. Er kletterte über den Maschendrahtzaun, lief unter den Bäumen durch und kam zum Hintereingang von Leahs Haus. Er hielt Ausschau nach irgendwelchen Lebenszeichen auf den Nachbargrundstücken. Aber es waren keine Fenster direkt einsehbar, nur Zäune und die Obstbäume der Hintergärten. Es war früh am Abend. Hier und da brannte bereits Licht.

Leah hockte, bewaffnet mit einer Handschaufel, am Rand eines Erdbeerbeets, als er über ihren Zaun sprang. Er landete geschickt und duckte sich, reglos wie eine erschreckte Katze in der Dämmerung. Sein Kommen schien sie nicht zu überraschen. Sie rammte lediglich die Schaufel in die schwarze Erde und erhob sich.

»Ich hab's in den Sechsuhrnachrichten gehört«, sagte sie und rieb sich die Hände an den Jeans sauber.

»Einwanderungsbehörde?«

Sie nickte. »Acht von Jorges Chilenen wurden festgenommen.«

»Irgendetwas über mich?«

»Nur, dass ein Mann in einem gestohlenen Wagen entkommen ist«, sagte Leah.

Dann mit bitterem Unterton. »Ich musste meine Mädchen abziehen. Die Bundespolizei ist ziemlich rabiat geworden.« Sie schüttelte den Kopf. »Das war eine Goldgrube, Mann.«

Hier war eine Depression im Anrollen. Wyatt kannte sie gut genug, um die Zeichen richtig zu lesen. Manchmal ließ sie sich einfach fatalistisch in die Dunkelheit ihrer Seele fallen, wenn sie Misserfolge einstecken musste, die dann auch ihr Make-up nicht abdecken konnte. Sie hielt ihre Vergangenheit für ein Joch. Seit Jahren war sie im Geschäft, nun ließ sie selbst Mädchen für sich arbeiten, die einst genauso werden würden wie sie. Sie meinte, sie könne noch glücklich werden, wenn sie aus diesem Muster ausbrechen würde. Sie brauche einen glücklichen Zufall, sagte sie manchmal. Glück und Geld.

»Ich habe nachgedacht«, sagte Wyatt.

»Ja, das kannst du gut, Wyatt.«

Er rückte damit raus: »Ich will doch einen Anschlag auf die Lohngelder versuchen. Dazu brauche ich deine Hilfe.«

Er wusste, dass sie Aktionen liebte, besonders wenn sie depressiv war. Er sah sie an. Normalerweise empfand er sie als absolut ernste Schönheit, die kaum lächelte oder andere Zeichen von Lebendigkeit aussandte, nun aber breitete sich ein Grinsen auf ihrem Gesicht aus. Sie zog die Nase kraus. Das veränderte ihre ganze Erscheinung.

Sechs

Triggs Tag fing schlecht an und wurde immer schlimmer. Zuerst stolperte er über einen Artikel in der Cosmopolitan. Er saß im Salon »Schneiden & Trocknen«, um sich die Dauerwelle auffrischen zu lassen, weil er hoffte, so ein paar Zentimeter an Größe zu gewinnen. Kerzengerade saß er unter der Trockenhaube und blätterte, als er den Artikel ›Sind kleine Männer wirklich sexy?‹ entdeckte und der sofort seine ganze Aufmerksamkeit fesselte. Raelene befreite ihn von der Haube, bevor er zum Ende kam, aber immerhin hatte er bereits zur Kenntnis genommen, dass der Hollywood-Schauspieler Alan Ladd offenbar so klein gewesen war, dass er alle Liebesszenen von einem kleinen, für die Kamera unsichtbaren Podest aus zu bewerkstelligen hatte.

Später, als Trigg durch die Hauptstraße von Goyder

schlenderte, hörte er, wie zwei Leute spöttische Bemer-
kungen über den LTD machten, der gestern in Belcowie
gestohlen worden war; überdies spiegelte eine Schaufen-
sterscheibe sein Ebenbild mit luftiger Dauerwelle wider,
die von seinem Kopf abstand, als hätte er soeben in eine
Steckdose gegriffen. Seine an den Seiten dehnbaren, mit
kubanischen Absätzen versehenen Stiefel schienen sich
auf einmal ebenfalls bis zur Größe von Fußbällen auszu-
dehnen. Ihm kam es plötzlich so vor, als machte sich
ganz Goyder über ihn lustig. Dieses Gefühl belastete ihn
so, dass er kurzerhand in die Drogerie marschierte, um
eine Tube Pomade zu kaufen. Später dann im Geschäft,
bei Trigg Motors, pappte er damit sein Haar zurück an
den Schädel und empfing vom Schreibtisch aus Kunden
in Audienz.

Er hatte die Bürgermeisterin gebeten, zum Lunch vor-
beizuschauen. Als sie kam, musste er sich zwangsläufig
erheben, denn es stand einiges auf dem Spiel. Sie erschien um zehn vor drei, zwanzig Minuten verspätet,
und er führte sie zunächst durch den Showroom, vorbei
an den Service-Stellen und zu den Parkplätzen von Trigg
Motors. Er redete sie mit ›Meine Verehrteste‹ an.

Dann geleitete er sie zurück ins Büro. »Kaffee?« fragte
er. »Tee? Vielleicht etwas Stärkeres. Ich habe Sherry, Gin
und Tonic, Cola-Rum?«

Der spitze Mund der Bürgermeisterin verzog sich. Sie
schien zu schnauben. »Ich fürchte, ich muss gehen, die
Kammer wartet auf mich«, presste sie hervor.

Trigg war klar, dass er verloren hatte. Aber noch war
Unternehmergeist in ihm, und so klatschte er in die
Hände und sagte: »Ich werde mich kurz fassen. Seit zehn
Jahren bin ich in dieser Stadt. Trigg Motors ist eine ziem-

lich große Firma, ich beschäftige eine Menge Leute, nicht zu vergessen die damit verbundenen positiven Effekte auf die hiesige wirtschaftliche Lage. Die Stadt hat mir viel ermöglicht, ich möchte ihr gern etwas zurückgeben.«

»Mr. Trigg –«

»Die Nominierung für den Gemeinderat nächsten Monat – ich möchte mich als Kandidat der Liberalen zur Verfügung stellen«, unterbrach Trigg. »Als Gemeinderat könnte ich viel für diese Stadt tun.«

Die Bürgermeisterin wich zurück in Richtung Tür. Sie war ein kleines, ordentlich geschnürtes Päckchen aus hochformellem Frühlingskostüm, steifer Frisur und Handtasche, und Trigg konnte sich des Verlangens kaum erwehren, sie hinauszuschubsen. »Ach, das tut mir Leid«, sagte die Bürgermeisterin, »für den Rat hat die Partei bereits jemand anderen vorgesehen.«

»Das ging aber schnell«, entfuhr es Trigg spontan.

»Mr. Trigg, es gibt Verfahren, an die wir uns halten müssen. Langjährige Verdienste für die Partei und so weiter.«

Trigg lag auf der Zunge zu sagen: Und altes Geld. Und Speichellecker. Er hielt sich zurück und bemühte sich um einen ruhigen Ton. »Vielleicht könnte ich noch eine Unterredung mit dem Ortsverband der Partei anregen?«

Die Bürgermeisterin wich nun nicht mehr aus, sie schien zu einer Entscheidung gelangt. Das Kinn in die Höhe gereckt und in kerzengerader Pose, sagte sie: »Sie sollten wissen, dass wir es uns nicht leisten können, etwas zu tun, was Anlass zu Spekulationen gibt.«

Triggs Gesichtszüge veränderten sich. »Spucken Sie es aus«, knurrte er.

Die Bürgermeisterin wurde rot. »Gerüchte … Es tut mir wirklich Leid, Mr. Trigg.«

Diesmal bekam sie die Klinke zu fassen, öffnete die Tür und verschwand.

Triggs rechte Hand griff ins Haar, um es flachzustreichen. Als er sie zurückzog, war sie voll Pomade. Ein prüfender Blick in den Spiegel, den er aus der Schreibtischschublade zog, und er entdeckte sofort den Fettschimmer auf seinen Ohrmuscheln. Er wischte sie mit dem Taschentuch sauber. Innerlich kochte er. Seine Schulden lähmten ihn und gute Geschäfte waren nicht in Sicht. Da versucht man zu expandieren und die notwendigen Kontakte zu knüpfen, und wo landet man? Diese Stadt war fest im Griff des alten Geldes.

Kurz danach kam der Anruf auf seiner privaten Leitung. Er hörte die Telefonanlage piepsen und dann Leo Mesics Stimme aus Melbourne: »Du bist diesen Monat im Rückstand.«

Trigg wurde bleich. Panik befiel ihn. Er fürchtete und hasste Mesic.

»Nun?« drängte die Stimme.

Trigg versuchte, sich zu sammeln. Schließlich war Melbourne sechshundertfünfzig Meilen entfernt. »Ich war bereits letzten Monat im Rückstand und ich werde auch nächsten Monat im Rückstand sein. Die Wirtschaft hier befindet sich in einer Talsohle.«

Die Stimme fuhr fort, als hätte er nichts gesagt. »Du weißt, wie's läuft – wenn du einen Termin verpasst oder nur Teilzahlungen leistest, sinkst du immer tiefer in die Scheiße.«

Hörst du nicht zu, wollte Trigg sagen. »Was habt ihr denn erwartet?« fragte er. »Ihr fesselt mich an Autos, die sich hier keiner leisten kann. Man fährt lieber Traktor, bis die Weizen- und Wollpreise sich erholt haben. Der Typ, der die Pillen, den Fusel und die Videos weiterverkauft, schuldet mir zwanzigtausend. Die Kids schnüffeln mittlerweile Lösungsmittel oder was auch immer, weil es für Speed nicht mehr reicht. Ich meine: Was erwartet ihr denn? Alle anderen werden euch doch bestätigen, dass es so läuft.«

Während Leo Mesic antwortete, dachte Trigg darüber nach, dass es kaum einen Unterschied zwischen einem aufrechten Bürgerarschloch und einem Gangsterarschloch gab. Beide bluten einen aus. Gönnen einem keine Atempause.

»… wobei wir bei dreihunderttausend wären, die du uns schuldest«, sagte der Mann in Melbourne.

»Sieh mal, nichts für ungut, aber wenn mir die Leute hier endlich zahlen, was sie mir schulden, zahle ich euch, was ich euch schulde.«

Leute wie Tub Venables zum Beispiel, dachte er. Ironie des Schicksals, die Mesics dieser Welt zwangen ihn, Zins um Zins zu zahlen und er wiederum nötigte Venables. Und keiner konnte zahlen. Der einzige Weg, irgendetwas aus Venables herauszuholen, dachte er, war Vergütung in Naturalien.

Mesics zweifelnde Stimme setzte sich wieder vom Summen der Leitung ab: »Vielleicht können wir die Autos herabsetzen.«

»Das wär schon was«, sagte Trigg betont locker.

In Wahrheit war er mürrisch und besorgt. Die Mesics hatten ihn da gepackt, wo's am meisten weh tut – an den Eiern. Nachdem sie ihn dazu gebracht hatten, zu investieren, zwangen sie ihn nun, regelmäßig einzukaufen.

Der Fusel, die Videos und die Drogen waren billig, aber er musste die Kohle immer noch vorschießen. Die gestohlenen Wagen hatten zwar alle ›offizielle‹ Papiere, waren aber Mercedes', Volvos und Toyotas, eine Nummer zu groß für die Leute hier. Würden sie ihm gestatten, sie auf Kredit zu verkaufen? Bestimmt nicht. Er könnte versuchen zu fliehen, aber früher oder später würden sie ihn sowieso kriegen.

»Dreihunderttausend«, sagte Leo Mesic. »Sieh zu, dass es bald weniger wird.«

Das Gespräch war beendet, doch der Tag wurde dadurch nicht schöner. Ein paar Minuten später summte Triggs Gegensprechanlage und Liz von der Rezeption sagte: »Sergeant King möchte Sie sprechen. Soll ich ihn reinschicken?«

Mein Gott, dachte Trigg. »Hat er gesagt, was er will?«

»Irgendwas wegen gestern.«

»Hat er den LTD gefunden?«

»Davon hat er nichts erwähnt. Er hat nur gefragt, ob er wegen gestern mit Ihnen sprechen könne.«

»Bitten Sie ihn herein«, sagte Trigg.

Erst beschloss Trigg, hinter seinem Schreibtisch sitzen zu bleiben, aber dann fand er, dass man das mit einem Polizisten, der einem vielleicht einmal einen Gefallen tun könnte, nicht machen sollte. Als King hereinkam, stand er also am Fenster und blickte über den Hof voller Volvos, Mercedes' und Toyotas, alle unverkauft, alle gestohlen.

»Herr über alles, was er betrachtet«, sagte King.

Trigg versuchte, eine neutrale Miene aufzusetzen. King war möglicherweise ein ganz gerissener Dreckskerl. Wollte er nur nett sein, oder wusste er, dass die Autos nicht koscher waren? Nun, lass ihn kommen. Unter dem Vorwand, nach der Schule Triggs Zapfsäule zu bedienen, verkaufte Kings Sohn höchstpersönlich Dope an die Haderlumpen dieser Stadt.

»Gefällt Ihnen der Laser?« fragte Trigg. »Den kann ich Ihnen diese Woche um zweitausend billiger geben.«

»Sprechen Sie doch mal mit meiner Frau«, erwiderte King. Er war etwa einsachtzig groß, mit hervortretenden Adern am ganzen Körper und sehnig wie ein Stück Seil. Trigg musste seinen Kopf weit nach hinten legen, um in Kings Gesicht zu sehen. »Hören Sie«, fuhr King fort, »wir haben gerade Ihren Wagen gefunden.«

Trigg zuckte zusammen, schlug die Hände vors Gesicht und mimte den Besorgten. »Bringen Sie es mir sanft bei, lieber Freund.«

»Kaputte Scheinwerfer, verbogener Kotflügel auf der Beifahrerseite.«

»Der Dreckskerl. Wo haben Sie ihn gefunden?«

»Terowie.«

»Terowie? Er will nach Broken Hill«, sagte Trigg. »Dort wird er vor die Hunde gehen wie all die anderen Illegalen hier im Lande.«

»Sah er denn wie ein Ausländer aus?«

Trigg zuckte die Achseln. »Heute sehen doch Ausländer aus wie du und ich.«

»Seinen Kollegen zufolge ist er kein Ausländer, sondern Australier.«

»Weshalb ist er dann abgehauen?«

»Erzählen Sie's mir.«

Sie standen gemeinsam am Fenster und blickten hinaus. Draußen wusch Happy Whelan einen XJ6 und ähnelte dabei einem Ochsen mit Zahnschmerzen. Ein

Haufen Blech briet in der Sonne. »Bei all dieser Aufregung gestern«, sagte Trigg, vor allem zu sich selbst, »hab ich im ersten Moment geglaubt, jemand hätte versucht, die Lohngelder abzugreifen.«

Sieben

»Leah schickt mich«, sagte Wyatt.

Der Mann im blauen Overall kaute auf einer Wassermelone herum. Er biss die Teile ab, als hätte Wyatt eine Stoppuhr laufen. Nun spuckte er einen Kern aus. »Leah«, sagte er und wischte sich den Saft vom Mund.

»Sie meinte, Sie könnten mir mit einem Motorrad weiterhelfen.«

Auf dem Schild stand ›Jap Job‹. Der Besitzer von Jap Job deutete mit der Wassermelone auf die Motorenteile, Werkzeuge und ölverschmierten Lappen, inmitten derer er thronte. »Motorräder sind mein Geschäft«, sagte er.

»Sie meinte, ich soll nach Ihrer Spezialität fragen«, sagte Wyatt.

»Ach wirklich?« Er biss noch ein Stückchen Wassermelone ab. Er hatte lange, wirre Haare und verfügte über einen imposanten Schnauzbart. Von seinem Kinn troff Saft. Er kaute weiter, dann deutete er mit der abgenagten Schale der Wassermelone auf Wyatt. »Wenn Sie mal Darmverschlingung haben«, sagte er, »dann essen Sie das.« Dramatisch schleuderte er die Schale weg, richtete sich auf und ein Rülpser entfuhr ihm. »Besser hier draußen als drinnen.«

Wyatt reichte es jetzt. »Lassen Sie mich Ihre Gedanken ordnen«, sagte er, riss ein Streichholz an und warf es auf den Boden der Garage. Es landete knapp einen Meter entfernt von einer abgesägten Plastiktonne, in der diverse Vergaserteile in Benzin getränkt lagen. Ein zweites Streichholz warf er gleich hinterher.

Der Besitzer von Jap Job wurde bleich und erstarrte. »Ich hab meinen Kopf beisammen, alles klar, ich konzentriere mich.«

»Ich suche ein Motorrad, das auf freier Strecke gut läuft, aber auch als Geländemaschine brauchbar ist. Möglichst viel PS, schnell und wendig, nicht zu schwer. Ich möchte es heute noch und ich möchte eines, dessen Herkunft nicht zurückzuverfolgen ist.«

Der Mann machte ein recht verdrossenes Gesicht. »Das wird Sie aber einiges kosten.«

»Wie viel?«

»Dreitausend.«

Von dem Job in Melbourne hatte Wyatt noch Geld übrig, also stritt er nicht lange herum. »Wann?«

»Um fünf.«

»Fünf Uhr«, sagte Wyatt und ging wieder hinaus auf die Straße. Jap Job war eine Klitsche aus Stein und Wellblech in einer Seitenstraße hinter dem Geschäftszentrum von Gawler, einer kleinen Stadt vierzig Auto-Minuten nördlich von Adelaide. Wyatt ging ins Stadtzentrum, fand eine Hotelbar und bestellte einen Grillteller. Das erste Grillfleisch seit fünf Jahren. Er hatte schon gedacht, Grillgerichte seien aus der Mode gekommen. Dazu nahm er ein Light-Bier. Der Barmann brachte es fertig, spöttisch dreinzusehen, ohne einen Muskel zu bewegen. Wahrscheinlich wollte er damit andeuten, dass das Light-Bier in diesem Pub eigentlich nur in der Ladies' Lounge serviert wurde.

Den Nachmittag verbrachte er mit Nachforschungen.

Er war mit dem Bus nach Adelaide gefahren und weiter nach Gawler per Zug. Das lange Sitzen hatte ihn ermüdet. Gawler gefiel ihm. Er mochte die Gebäude aus altem Stein und den Fluss – das Stadt-und-doch-Land-Gefühl hier.

Um halb fünf holte er den Rucksack aus dem Schließfach, und um zehn vor fünf stand er an der Hintertür von Jap Job. Der Easy Rider heute früh hatte wie der Typ Mann ausgesehen, der gleich die Hell's Angels ruft, wenn er in Schwierigkeiten ist, aber es war niemand zu sehen.

Um fünf Uhr schlenderte Wyatt durch die Vordertür, die Hände lässig in die Hüften gestützt. In der Ecke stand jetzt ein Motorrad. Der Besitzer grüßte nicht, er sagte nur: »Suzuki 500. Sauber wie eine frisch geputzte Pfeife, schafft's garantiert auf den Mount Everest.«

Wyatt war das Fabrikat egal. Er stieg auf, um zu sehen, wie sie ihm passte. Der Motor war warm, also drehte er den Zündschlüssel. Das sanfte Bullern klang äußerst vertrauenswürdig. Er stellte ihn wieder ab.

»Wollen Sie 'ne Probefahrt machen?« fragte der Mann.

»Ich komme wieder, wenn sie nichts taugt.«

»Ich weiß nicht, wo Sie her sind, Sportsfreund, aber ohne Helm kommen Sie hier nicht weit.«

»Packen Sie einen dazu«, sagte Wyatt.

»Das kostet extra.«

Wyatt zahlte und um zwanzig nach fünf verließ er Gawler mit einem schwarzen Helm auf dem Kopf und einem Rucksack auf dem Rücken. Gleich hinter dem Ortsausgang gab er Vollgas. Er wollte vor Sonnenuntergang über Nebenstraßen bis Belcowie kommen.

Unter ihm blitzte der weiße Mittelstreifen. Für seine Pläne war ein Motorrad geeigneter als ein Auto. Er musste über unwegsames Gelände, also brauchte er ein schnelles und manövrierfähiges Gefährt, wenn er aus dem Nichts auf der Bildfläche erscheinen wollte, und er brauchte ein Fahrzeug, das er in Sekundenschnelle verstecken konnte.

Die Sonne stand tief am Himmel, als er die Kreuzung mit dem Malleebusch erreichte, wo ihn der Bus vor ein paar Wochen abgesetzt hatte. Er bog in Richtung Belcowie ab, drosselte die Geschwindigkeit, weil er dem Straßenbelag nicht traute und es außerdem die Zeit war, wo hundemüde Farmer in Fahrzeugen mit abgefahrenen Reifen und kaputten Scheinwerfern auf dem Mittelstreifen heimwärts rasten.

Wyatt wusste genau, wohin es ihn trieb. In der ersten Woche bei Brava-Construction, hatte er einen Landvermesser begleitet, um die Sichtlinien der Rohre von einer kleinen, mit dichtem Gestrüpp bewachsenen Hügelkette aus zu prüfen. Über matschige Wege, vorbei an endlosen Zäunen, Kängurus und nervös grasenden Schafen; aber da war auch eine verlassene Farm, ziemlich verborgen in einem Tal zwischen den Hügeln. Ob es wirklich ein gutes Versteck war vermochte er nicht zu sagen, nicht bevor er es näher in Augenschein genommen hatte, doch er erinnerte sich, dass die Farm einen nördlichen und einen südlichen Zugang besaß. Und zwei Zugänge waren das mindeste, was er von einem guten Versteck erwartete.

»Warum nicht ein Haus mieten?« hatte Leah gefragt. »Eins, das wir ohne Probleme kriegen können, so wirken wir wenigstens wie anständige Leute.«

»Namen, Gesichter, Papierkrieg«, antwortete Wyatt. Er sagte es so ruhig wie möglich, vermied es, sie anzusehen.

»Weißt du, dass das langsam zwanghaft wird?« sagte sie.

Die Schatten wurden nun länger. Wyatt machte die Scheinwerfer an und überraschte damit ein paar Hasen und eine Katze, die auf der Jagd war. Zermatschte Insektenleichen sammelten sich auf dem Visier seines Helms. Plötzlich erkannte er eine Blechhütte ohne Dach wieder, die von ein paar Pfefferbäumen umringt war, verließ die Straße nach Belcowie und bog in eine Nebenstraße ab. Er fuhr sehr konzentriert, wollte den Pfad nicht verpassen, der zu der Farm führte. In seinem Rucksack steckten ein Nylonzelt, ein Camping-Kocher und ein Schlafsack, doch er schlief lieber in einem Schuppen als irgendwo am Straßenrand. Die Vorstellung, nachts von den Scheinwerfern der Bergwacht geweckt zu werden, die ein Gewehr auf ihn richtete, war ihm zuwider. Auch dicht neben einem Mähdrescher aufzuwachen erschien ihm wenig erstrebenswert.

Kurz vor Sonnenuntergang erreichte er das Tor der Farm. Gleich daneben befand sich eine Laderampe, die mit Stacheldraht gesichert war. Wilder Hafer überwucherte Zaun und Torpfosten und breitete sich über das Gitter der Rampe aus. Dahinter begann ein Steinweg, so dass Wyatt nicht hätte sagen können, ob irgendjemand in letzter Zeit dort entlanggegangen war. Vorsichtig öffnete er das Tor und versuchte, die Gräser nicht zu zertrampeln, während er das Motorrad durchschob.

Hinter einer Buchsbaumhecke stellte er es ab und ging zu Fuß weiter. Es dauerte fast fünf Minuten. Zwischen dem Tor zur Straße und den Gebäuden standen Bäume und Felsnasen ragten aus der Erde. Wyatt hoffte, die Geräusche seiner Ankunft seien dadurch ein wenig gedämpft worden. Sollten Leute in dem verlassenen Farmhaus campieren, würden sie denken, das Motorrad sei weitergefahren.

Es war noch hell genug, um erkennen zu können, dass das erste Gebäude einst der Unterbringung von Gerät gedient hatte. Jetzt stand es leer, direkt gegenüber einem provisorisch errichteten Heuschuppen aus Gummibaumstämmen und rostigem Eisen. Das Strohdach, von Wetter und Schimmel verwittert, war längst eingefallen. Der Innenhof, der sich vom Schuppen zum Hauptgebäude erstreckte, sah aus, als hätte dort eine Bombe eingeschlagen. Leere Tonnen, unentwirrbare Ballen von Stacheldraht, ganze Motorblöcke, rostige Pflugmaschinen waren von dornigem, verholzten Gras umwachsen. Aus dem Dach eines Toilettenhäuschens wuchs ein kleiner Baum.

Dann sah er sich das Farmhaus an. Die Wände standen noch und der größte Teil des Daches hatte gehalten. Das genügte Wyatt – nun wusste er, dass hier ausreichend Platz für die Fahrzeuge und ein paar weitere Männer war.

Er holte das Motorrad.

Acht

Das war am Mittwochabend. Am Donnerstag erwachte Wyatt bei Morgengrauen. Er fühlte sich wie erschlagen von der langen Motorradfahrt und dem harten Fußboden, der ihm als Schlafunterlage gedient hatte. Während der Nacht hatte er Geräusche von Ratten gehört. Jetzt entdeckte er Rattendreck neben seinem Schlafsack. Alles roch nach Staub und der Feuchtigkeit in den Wänden und Böden. Draußen lärmten Spatzen und Finken, doch das störte ihn nicht weiter; sanftes, warmes Sonnenlicht zog herauf.

Sein Frühstück bestand aus Müsliriegeln und starkem schwarzen Kaffee. Er erforschte die Gegend rund um das Haus und versuchte, sich ein Bild zu machen von den Gefahren, die möglicherweise von den dahinterliegenden Berg- und Hügelketten ausgehen konnten. Das Farmhaus lag höher, als er es in Erinnerung hatte, so konnte man die Zufahrtsstraße permanent im Blick behalten. Hinter der Farm führte ein gewundener Trampelpfad hinaus aus dem Tal. Der Geräteschuppen hatte eine zweite Tür und genügend Platz für ein paar Fahrzeuge. Das Farmgebäude schien zumindest vorübergehend bewohnbar zu sein und drei bis vier Leuten Schutz zu bieten.

Wyatt dachte an geordneten Rückzug, verzögerte Flucht. Anstatt gleich abzuhauen und zu riskieren, in die nächstbeste Straßenkontrolle zu geraten, schien es ratsamer, hier in der Gegend unterzutauchen bis die Hysterie sich gelegt hatte. In der Regel gaben die Bullen nach zwei oder drei Tagen die Straßenkontrollen auf, und genau dann konnten sie sich davonmachen.

Er wusch und rasierte sich über einem alten Zinkeimer, zog frische Jeans und seine Lederjacke an, setzte den Helm auf und fuhr davon. Die Straßenkarten, die Leah ihm in Adelaide besorgt hatte, gaben 70 Kilometer Entfernung zwischen Goyder und Belcowie an. Das bedeutete, etwa 90 Kilometer von der Farm nach Belcowie. Diesmal hatte Wyatt keine Lust auf Nebenstrecken. Er gab Stoff und erreichte Goyder noch lange bevor die Geschäfte und Banken öffneten.

Goyder wollte unbedingt Großstadt sein und verlieh

diesem Wunsch den nötigen Nachdruck durch das Auf-
stellen von Parkuhren und den Bau dreier Ampelanla-
gen und einer Fußgängerzone. Dort befanden sich die
unvermeidlichen Filialen der Drogerie- und Schreibwa-
renketten des Landes, eine Klosterschule, ein Gymna-
sium, ein College und ein Krankenhaus am hinteren
Ende. Außerdem gab es Imbiss-Stände, Videotheken
und Tankstellen an jeder Ecke. Die Aufschrift ›Trigg
Motors‹ zierte einen gesamten Häuserblock. Im Memo-
rialpark fanden sich Münzgrills und eine Darstellung
vom Jesuskind in der Krippe. Goyder wirkte irgendwie
geschmacklos, und wenn die örtlichen Grundbesitzer
mehr Geld in die Stadt hätten investieren können, wäre
die Selbstgefälligkeit sicher unerträglich gewesen.

Wyatt fand Steelgard in einer Nebenstraße hinter Trigg
Motors. Gegenüber war ein Autozubehörhandel, also
stellte er sein Motorrad davor ab und beobachtete das
Steelgard-Gebäude durch die Spiegelung im Schaufen-
ster. Mittlerweile war es acht Uhr morgens und bei Steelgard wurden soeben Rolladen und Tür geöffnet. Er sah,
wie ein paar Leute durch die Eingangstür gingen, und
kurz darauf wurde das Seitentor geöffnet und der Blick
freigegeben auf eine Werkstattgarage und einen großen
Parkplatz. Unterdessen schwangen sich drei Fahrer in je
einen Van und fuhren über die Straße an die Dieselzapf-
säulen von Trigg Motors.

In diesem Augenblick kam ein mit Pickeln übersäter
Junge die Straße entlang. Neben Wyatt blieb er stehen
und schloss die Tür zum Zubehörhandel auf. Er trug
Hosen aus Seehundfell, schwere Wanderschuhe und ein
Khakihemd, dazu einen dünnen Lederschlips. Er lächelte
Wyatt an. »Schöner Tag heute«, sagte er.

»Stimmt«, erwiderte Wyatt. Auch mit Helm war es auf jeden Fall sicherer, das Gesicht wegzudrehen. Wer weiß, ob der Junge nicht ein photographisches Gedächtnis hatte.

»Kann ich Ihnen helfen?« fragte er.

»Bin auf der Durchreise.«

»Alles klar«, meinte der Junge und ging in den Laden.

Wyatt ließ die Suzuki an, schwenkte sie herum, um noch einmal einen genauen Blick auf das Steelgard-Gelände werfen zu können und fuhr davon.

Er hatte zwar keine Ahnung, wo der Steelgard-Transporter donnerstags auf seiner Fahrt nach Belcowie noch anhielt, aber er wusste, dass es nur eine größere Landstraße dorthin gab. Er passte den Van an einem Rastplatz außerhalb der Stadt ab. Dort gab es einen Obst- und Gemüsestand, also gönnte er sich einen Apfel und wartete. Der Boden hier schien fruchtbarer als in der Gegend um Belcowie, jedenfalls gab es in der gesamten Ebene und den nahe gelegenen Hügeln eine Menge kleiner Weingüter und Gestüte.

Kurz nach halb neun passierte der Steelgard-Van den Rastplatz. Zirka eine Minute später warf Wyatt den Apfel weg und setzte hinterher. Er folgte dem Wagen in reichlichem Abstand und machte auch nicht den Scheinwerfer an. Falls der Fahrer misstrauisch wurde – und davon musste Wyatt nach den ganzen Vorfällen ausgehen –, könnte er im Rückspiegel allenfalls eine in Staub eingehüllte Silhouette in weiter Ferne erkennen. Wenn überhaupt.

Als sich der Van langsam dem Ende der Route näherte und in Belcowie ankam, waren dreieinhalb Stunden vergangen. Zwischendurch hatten sie acht Banken und zwei

Bausparkassenfilialen in neun verschiedenen Städten angesteuert. Jedes Mal benötigten sie nicht mehr als zehn Minuten für das Be- oder Entladen. Nur einmal gab es einen außerplanmäßigen Halt, eine Kaffeepause gegen zehn Uhr, irgendwo in einer munteren Kleinstadt. Der Fahrer hielt sich an die vorgegebene Geschwindigkeit, beachtete sämtliche Verkehrsregeln und folgte den Bundesstraßen.

Während der Fahrt dachte Wyatt über den Transporter nach. Es war noch immer derselbe wendige Isuzu mit denselben Männern wie neulich. Die Karosserie bestand vermutlich aus ein Zentimeter dickem Stahl, die Scheiben waren kugelsicher. Die Ladetür schien vielversprechender. Zwar waren die Schlösser in den Stahl eingelassen, jedoch nicht die Scharniere. Mit entsprechendem Werkzeug konnten sie aufgestemmt werden. Auch die Ventilatoren konnten von Nutzen sein. Gesetzt den Fall, Steelgard ließ im Hinblick auf Gasmasken Nachlässigkeit walten, könnte man zum Beispiel versuchen, Tränengas durch die Ventilation einzuleiten.

Er dachte an seine Überfälle auf Geldtransporter. Einmal waren seine Leute von unten gekommen, nachdem sie den Maschenboden des Vans durchsägt hatten. Ein anderes Mal pirschten sie sich durch den Motorraum ans Innere heran, um die Fahrer mit Gas außer Gefecht zu setzen. Beide Methoden hatten funktioniert, aber auch viel Zeit und mühsame Vorbereitung gekostet, weil Umleitungsschilder aufgestellt werden mussten, um die Fahrer an abgelegene Orte zu leiten. Außerdem bedurfte es echter Spezialisten, die das kostspielige, extrem Lärm verursachende Schneidegerät bedienen konnten.

Schwer zu sagen, ob es wieder klappen würde. Die

Sicherheitsfirmen waren klüger geworden. Hatten bald kapiert, dass sie nie zwei Mal dieselbe Route fahren und die Hauptstraßen nicht verlassen durften. Und wenn sie ein Umleitungsschild sahen, riefen sie mittlerweile erst über Funk die Zentrale, um sich das bestätigen zu lassen. Die Transporter wurden aufgerüstet und waren schwieriger zu knacken. Wyatt wusste von Funkmeldern in den Seitenspiegeln, von Alarmsirenen, die Tote aufwecken konnten, von versteckten Sendern, mit denen man den Weg der Transporter verfolgte und von Zentralverriegelungen, die selbst Bremsen und Motorblock sperrten und schon gar keine Tür mehr frei gaben.

Er überlegte, ob die Sicherheitsstandards bei Steelgard wohl schon so weit gediehen waren. Er bezweifelte es. Trotzdem war die Sache keineswegs einfach. Immer noch war die Zugangsfrage ungelöst. Da war das Problem des Funkkontakts, den die Fahrer mit der Zentrale in Goyder während der gesamten Fahrt unterhielten. Und nicht zuletzt mögliche Zeugen. Der Verkehr auf den großen Straßen war zwar nur mäßig, aber selbst ein Auto alle fünf Minuten war ein Auto zu viel.

Die Lösung des Problems möglicher Zeugen zeichnete sich im letzten Abschnitt der Steelgard-Strecke ab. Wyatt war dem Transporter seit einiger Zeit auf einer befestigten, aber von staubigem Schmutz übersäten Straße gefolgt, die sich in ausladenden Kurven nach Belcowie wand. Plötzlich leuchteten die Bremslichter auf und eine Wand aus Staub stieg auf. Der Transporter bog hier offenbar von der befestigten Straße in eine Nebenstraße ab, wo weniger Schmutz aufwirbelte. Offensichtlich eine Abkürzung.

Wyatt schaltete einen Gang tiefer, stoppte die Verfolgung und inspizierte stattdessen die Reifenabdrücke des Vans. Nächsten Donnerstag würde er ihnen ein weiteres Mal folgen. Sollten sie dann dieselbe Strecke fahren, wollte er in der Woche darauf hier den Überfall wagen.

Wie man an das Geld herankam, konnte später entschieden werden. Anders verhielt es sich mit dem Funkgerät. Heute Abend würde er Eddie Loman in Melbourne anrufen. Er sollte jemanden schicken, der sowohl das nötige Know-How als auch das entsprechende Equipment besaß, um den Funkverkehr zu stören.

Neun

»Gabe?«

»Ja«, sagte Gabe Snyder.

»Eddie Loman hier.«

Einen Augenblick lang herrschte Stille. Er bremste sanft, das Autotelefon ans Ohr gepresst, um den Schwachkopf vor ihm unerlaubterweise links in die Waiora Road abbiegen zu lassen. Snyder wollte keinen Unfall riskieren. Sein Toyota-Transporter war das allerneueste Modell, komplett mit modernster Funk- und Mobiltelefonausrüstung ausgestattet. Er wartete, bis der Schwachkopf in sicherem Abstand vor ihm herfuhr, und sagte dann: »Eddie! Schon 'ne Weile her, was.«

Eddie Lomans Stimme kam und ging. Snyder führte das auf die Entfernung und die vielen Hügel in diesem Teil Melbournes zurück. »Nochmal«, sagte er.

»Hast du heute Abend schon was vor?« wiederholte Loman, und diesmal war seine Stimme laut und deutlich vernehmbar.

»Naja, heute ist Freitag«, meinte Snyder. »Vielleicht

geh ich auf 'nen Sprung in die Cadillac Bar.«

»Kannst du vorher bei mir vorbeikommen? Ich glaube, ich habe da etwas, was dich interessieren könnte.«

Es war irre. Snyder konnte Eddie Lomans Stimme nun glasklar hören. Er gab kurz Gas, um die Kreuzung bei der La Trope Universität zu schaffen und verlangsamte dann wieder. Auf einem Schild stand ›La Salle Park – Psychiatrische Klinik‹. Snyder sah auf die Uhr. Vier Uhr nachmittags. Besuchszeit. Auf dem Parkplatz würden bestimmt einige Wagen parken, die ideale Deckung, genau nach seinem Geschmack. »So um sechs, okay?«

Dann wurde die Verbindung wieder schlechter. Er hörte ein Knacken und hoffte, Loman hätte das Gespräch beendet. Dann war es still in der Leitung. Snyder legte auf und konzentrierte sich wieder aufs Fahren. Dabei wirkte seine konturlose Kinnpartie noch schwabbeliger. Ein grober, feuchter Mund in einem schwammigen Gesicht mit feisten Hamsterbacken, die ein wenig von seiner Aknehaut ablenkten. Auch die Frisur war das reinste Ablenkungsmanöver, schulterlang, lockig und hellbraun. 1969 sollte er zur Armee und gleich nach Vietnam. Um nicht an die Front zu müssen, hatte er sich um eine Ausbildung als Funktechniker beworben. Seine schönen Haare waren dem radikal zum Opfer gefallen. Diese Demütigung hatte er nie ganz verwunden.

Normalerweise trug er leuchtend weiße Overalls, die seine Solariumbräune besonders gut zur Geltung brachten. Aber als er das letzte Mal am La Salle-Klinikum herumgestreift war, war ihm das sehr lästig gewesen. Deshalb trug er heute ein T-Shirt, kurze Hosen und Reeboks. Seine Finger schmückten billige Ringe und seine Arme Armreifen aus Nepal, die er auf dem Wochenmarkt an der Esplanade erstanden hatte.

Er fuhr auf den Parkplatz der Klinik. Rasenflächen, Spazierwege mit Bänken, Blumenbeete und kleine Haine europäischer Baumarten erstreckten sich über mehrere Kilometer hinter dem Klinikum. Die meisten Besucher fuhren an der Gabelung rechts zu den Hauptgebäuden. Snyder nahm den linken Weg, der einmal ganz um das Klinikum herumführte. Weder Personal noch Besucher kamen hier je lang.

Er kurbelte das Fenster herunter und lauschte. Die Mauer aus Blauschiefer zu seiner Rechten und die dicht an dicht stehenden Trauerweiden zur Linken warfen die Motorengeräusche zurück; wie eine ratternde Nähmaschine hörte es sich an. Snyder war entsetzt. Das Ärgerliche an dem ganzen Öko-Scheiß, der heutzutage mit den Motoren veranstaltet wurde, war zum einen die damit verbundene verminderte Leistung, zum anderen wurde den Auspuffgeräuschen eine extrem hässliche Note verliehen.

Alice löste sich aus dem Schatten der Bäume und winkte ihm zu. Snyder schaute auf die Uhr. 16.15 Uhr. Am Montag hatte er zu ihr gesagt ›Ich bin am Freitag wieder hier, okay?‹ Freitag, Viertel nach vier. Er hatte die Worte ganz langsam und deutlich ausgesprochen, in der Hoffnung, sie würde verstehen, obwohl er wusste, dass die Chance wohl gering war. War sie doch hier, weil in ihrem Hinterstübchen die Dinge etwas durcheinander geraten waren.

Aber sie hatte ihn wohl verstanden; denn hier war sie, pünktlich um Viertel nach vier. Er hielt den Wagen an einer Stelle, wo er durch die Bäume vor den Blicken des Personals im Verwaltungsgebäude geschützt war, und beobachtete, wie sie näher kam. Diesmal waren ihre Haare frisch gewaschen. Wie feine Spinnweben im Wind flogen sie ihr ums Gesicht. Ihre Kiefer bearbeiteten konzentriert einen Kaugummi, genau wie beim letzten Mal. Auch am Montag hatte ihr Atem danach gerochen, die gelben Juicy Fruit vermutlich. Wieder schien sie bis unters Dach voll mit Drogen, ihre Haut war fleckig und Speichelfäden zogen sich am Kinn entlang.

Scheiß auf ihr Gesicht, dachte Snyder. Einfach eine Tüte drüberziehen. Er lächelte ihr durch die Scheibe zu und öffnete die Beifahrertür. Du meine Güte! Jetzt wurde sie auch noch rot und ruckelte ungelenk mit den Schultern, wie ein Teenager, der zum ersten Mal in das Auto des Geliebten steigt. Dabei kam sie wahrscheinlich ganz schön herum. Sie mochte wohl um die dreißig sein. Am Montag hatte es sogar Momente gegeben, in denen sie ganz vernünftig erschien.

»Alice«, rief er.

Alice stieg ein, zog die Wagentür hinter sich zu, beugte sich zu ihm hinüber und schob ihm unvermittelt ihre Zunge ins Ohr und ihre Hand in die Hose. Snyder war froh, dass er diesmal keinen Overall anhatte. »Hast du mir was mitgebracht?« fragte sie.

Snyder spielte mit ihr. »Was soll ich mitgebracht haben?«

Sofort zog sie ihre Arme zurück und schlang sie um ihren Körper, ihre Mundwinkel verzogen sich und die Augen füllten sich mit hässlichen Tränen. »Was zu rauchen«, maulte sie. »Was Schönes.«

»Ach das«, sagte Snyder.

»Bitte!«

»Rauchen ist ungesund.«

Wieder erhob sich Gejammer. »Du hast es aber versprochen.«

»Krieg dich wieder ein«, murmelte Snyder. Er bekam ein Lächeln zustande. »Das ist aber nicht fair von dir. Wenn ich dir schöne Ringe und was Anständiges zu rauchen mitbringen soll, dann musst du mir auch etwas geben.«

Es war unglaublich, wie leicht sie an- und abzustellen war. Am Montag hatte sie behauptet, sie sei seit fünfzehn Monaten in der Klinik. Snyder war der Meinung, dass die Irrenärzte in dieser langen Zeit eigentlich etwas für sie hätten tun können. Aber sie war noch immer total durcheinander. Er beobachtete ihr Gesicht, während er redete. Es wurde gerade von einer Welle der Erleichterung und Dankbarkeit durchflutet, der unmittelbar im Anschluss Bestürzung und hinterher ein Ausdruck von sexueller Erregung folgten, was ihn fast abgeturnt hätte. Ihre Zunge und Hände begannen erneut, ihn wie am Montag zu bearbeiten, und wieder sagte er sich, scheiß auf ihr Gesicht.

Er zeigte ihr die Stange Zigaretten, die in einer Tüte auf dem Rücksitz lag. Das brachte sie wieder in Stimmung. Sie kletterte über die Lehne des Sitzes, zog ihr Höschen aus und zerrte ihn zu sich. Obwohl er nur knapp fünfzehn Minuten mit ihr zugange war, ging es so hitzig und fiebrig zur Sache, dass er gleich noch ein zweites Mal kam.

Dann schob er sie aus dem Wagen, zusammen mit der Stange Zigaretten und einer Halskette aus Kunststoff für zwölf Dollar. Er fuhr zurück zum Haupteingang, immer auf der Hut vor dem Wachpersonal der Klinik. Wie immer war niemand zu sehen.

Um sechs Uhr stand er bei Eddie Loman im Hinterzimmer, um zu erfahren, dass er für einen Job im Süden vorgesehen war.

Das Interessanteste daran war, dass Wyatt dahinter steckte.

Zehn

Snyder bemerkte sofort, dass Eddie Loman seinem Blick auswich und sich unruhig und unablässig seine Beinprothese rieb. Snyder wartete eine Weile, um zu testen, ob er von selbst damit herausrückte. Dann sagte er: »Hast du nicht was übersehen?«

»Was soll ich übersehen haben?«

»Er wird verdammt noch mal gesucht.«

Lomans Gesicht verzog sich. »Du hast also davon gehört.«

»Zum Teufel, natürlich hab ich davon gehört. Zwanzigtausend für den, der ihn auffliegen lässt.«

Loman rieb sich wieder die Prothese. Durch die Bewegungen rutschte das Hosenbein nach oben und enthüllte ein künstliches Bein in Schweinchenrosa. Das Bein hatte er vor zehn Jahren verloren; auf der Flucht war er mit seinem Wagen in eine Wanne voller Bullen gerast. Vermutlich leidet er immer noch unter Phantomschmerzen, dachte Snyder.

»Ich meine«, fuhr er fort, »man fragt sich schon, warum Wyatt ausgerechnet jetzt eine Truppe zusammenstellen will, wo doch im Augenblick möglichst keiner wissen sollte, wo er steckt. Der muss doch durchgeknallt sein, oder?«

Er beobachtete, wie Loman die Biergläser nachfüllte

und die leeren Flaschen anschließend unter dem Tisch verschwinden ließ. Dort lagen bereits drei leere Flaschen Melbourne Bitter. Loman war ein ordentlicher Mensch. In den Wohnräumen, die hinter seinem Baustoff- und Heimwerkermarkt lagen, passte zwar kein Stein auf den anderen und das Mobiliar sah aus, als hätte er es bei einer Versteigerung des Nachlasses von Erdbebenopfern ergattert, aber nirgends war auch nur ein Körnchen Staub zu entdecken und es roch frisch gelüftet.

Loman nahm einen großen Schluck Bier. Danach platzierte er sein Glas ordentlich auf einen Untersetzer, den das Konterfei eines Aborigines zierte. »Also ich glaube, Wyatt hat keine Ahnung, dass sie ihn suchen.«

»Genau darum geht's doch. Du hättest es ihm gestern Abend am Telefon sagen können. Hast du aber nicht getan.«

Loman blickte ihn an. »Wyatt kann auf sich selbst aufpassen.«

»Komm mir bloß nicht so, Eddie. Zuerst kassierst du von ihm eine Vermittlungsgebühr dafür, dass ich bei dem Job mitmische, und dann verpfeifst du ihn für zwanzigtausend. Hab ich Recht? Ist 'ne richtige Arschlochnummer.«

Snyder war in seinem Element und Loman interessierte ihn nicht. Der war einer von denen, die Spezialisten und die nötige Ausrüstung an Leute vermittelten, die etwas Größeres vorhatten. Auch Snyder kam über ihn öfter an gute Jobs heran. Aber den Typ zu mögen, das war irgendwie nicht drin. Nicht mit diesem fahlen Gesicht, dem Raucherhusten und allen Anzeichen weiterer, stark vorangeschrittener innerlicher Verwesungsprozesse. Außerdem schätzte es Snyder nicht, wenn er verarscht wurde. Ihm missfiel, dass Loman gerade versucht hatte, zwanzigtausend extra einzustreichen, ohne ihm etwas davon abzutreten.

»Hm? Ist doch ziemlich fies, dem alten Wyatt so was anzutun, oder? Ganz zu schweigen von der Gefahr, in die meine Wenigkeit dadurch geraten kann. Was, wenn der Kopfgeldjäger ausgerechnet dann auf Wyatt zielt, wenn ich gerade in der Schusslinie stehe, hm? Antworte.«

Hinter Lomans Stirn arbeitete es fieberhaft. »Ich hätte ihn bestimmt informiert. Ich hab gedacht, weil das Ding irgendwo im Busch abläuft, ist er fürs Erste sicher. Und wenn alles vorbei ist, hätte ich es ihm auf jeden Fall gesagt, ist doch klar.«

Snyder nickte mit dem Kopf und sagte: »Ach, jetzt kapier ich langsam. Du bist also gar nicht hinter den zwanzig Riesen Kopfgeld her.«

»Ich doch nicht! Wyatt ist mein –« Loman suchte nach Worten, »naja, Freund wär zu viel gesagt, aber er ist einer meiner besten Kunden.«

Snyders schwammiges Gesicht straffte sich, als er sich zu Loman hinüberbeugte. »Wie viel?«

»Ich versteh nicht.«

»Was zahlt er dir? Wie viel bin ich ihm wert?«

Loman rieb sein Bein. »Fünfzehnhundert.«

»Und worum geht's?«

»Hat er nicht gesagt, nur, dass es ein ganz großes Ding wird.«

»Und dass es eine Funkanlage gibt, die ich möglichst effizient stören soll. Was springt für mich dabei raus? Was hat er gesagt?«

»Anteilig. Kein fester Betrag, sondern einen bestimmten Anteil an der Beute.«

Snyder grinste. »Wenn ich's also richtig verstehe, ist es so, dass du mickrige fünfzehnhundert bekommst, für mich dagegen sind einige zehntausend drin. Ich könnte gut verstehen, wenn sich da einer etwas benachteiligt fühlt und ein bisschen mehr vom Kuchen haben will. Du natürlich nicht, oder?«

Ein Hauch von Röte überzog Lomans fahle Haut. »Ich hatte keine Ahnung, dass du so gut mit Wyatt kannst.«

»Absolut nicht. Ich mach nur meinen Job, er macht seinen. Wir sind eben Profis und nicht vom Neid zerfressen. Und keiner von uns verursacht Aufruhr hinter dem Rücken des anderen.«

»Okay, okay. Ist ja gut.« Loman lehnte sich zurück. Die Sitzfläche seines Stuhls war aus glattem, braunen Plastik und es gab ein Geräusch wie ein Furz. Er rutschte noch einmal demonstrativ hin und her, um zu beweisen, dass es der Stuhl war, nicht er.

»Eins ist klar«, sagte Snyder, »Wyatt ist sein Geld wert. Mit Typen wie dir und mir geht er anständig um. Man muss schon ein echtes Schwein sein, um ihn irgendeinem Kopfgeldjäger aus Sydney zu liefern.«

»Das reicht jetzt, okay?« erwiderte Loman. »Ich hab's verstanden.«

»Das wär 'ne echte Arschlochnummer.«

Elf

Letterman arbeitete jetzt für die Firma in Sydney, aber er sah immer noch wie ein Bulle aus. Eigentlich gab es längst keinen Grund mehr, graue Anzüge zu tragen, aber in anderen Klamotten fühlte er sich einfach unwohl. Er war groß, kräftig und machte eine gute Figur.

Dieser Effekt wurde nun mal durch das Tragen von Jeans, Cordhosen oder T-Shirts einfach ruiniert. Er fand, er wirke sanft in seinen Anzügen, ein bisschen wie ein Bankangestellter aus der Vorstadt.

Er führte eine marineblaue Krawatte unter dem Hemdkragen entlang und beugte sich vor zum Spiegel, um sie zu binden. Die Haare in den Nasenlöchern und Ohren kümmerten ihn wenig. Sie waren Ausdruck seines Elans und einer ihm innewohnenden Wut. Genau wie sein langsam kahl werdender Schädel. Er betrachtete sein Spiegelbild aus nächster Nähe. Das Motelzimmer in Melbourne musste für Liliputaner konzipiert worden sein. Jedenfalls hing der Spiegel zu niedrig, das Bett war zu kurz, und immer wenn er duschen wollte, musste er den Kopf weit nach unten beugen, um den Strahl abzupassen.

Obwohl er sich einigermaßen entspannt fühlte, wirkte sein Gesicht müde und unbeeindruckt. Wenn er arbeitete, wirkte es wach und unbeeindruckt. Er war sechsundvierzig, verdiente sein Geld mit dem, was er am besten konnte, und hatte sich nie besser gefühlt. Die Organisation gab ihm immer Vorschuss, der in etwa seinem früheren Gehalt als ermittelnder Inspektor entsprach, zusätzlich eine Prämie für jeden ausgeführten Auftrag. Sollte er Wyatt aufspüren und kaltstellen, warteten fünfzigtausend Dollar auf ihn. Sie waren ziemlich scharf auf Wyatt. Denn Wyatt hatte sie dort getroffen, wo es am meisten wehtat, er hatte einen ihrer Melbourne-Bosse erledigt und so die größte Transaktion, die je in Melbourne stattfinden sollte, vereitelt.

Einfach würde es nicht sein den Kerl aufzuspüren. Letterman ging den Auftrag so an, wie er es als Bulle gelernt hatte. Zunächst gab es keine heiße Spur. Die meisten

Fälle nahmen eine Wendung während der ersten vierundzwanzig Stunden. Wyatt jedoch war seit sechs
Wochen spurlos verschwunden. Offenbar war er ein echter Profi und vermied alle Orte, an denen er sich übli-
cherweise zeigte. Wahrscheinlich hielt er sich sogar im
Grenzgebiet zu anderen Bundesstaaten auf und versuchte, nicht aufzufallen. Doch er hatte so viel Aufruhr
und Schaden verursacht und die geballte Aufmerksamkeit der Medien und der Polizei auf sich gezogen, dass
die Firma es erst jetzt gewagt hatte, Letterman nach Melbourne zu schicken.

Auch andere Faktoren waren nicht gerade günstig.
Zum einen war davon auszugehen, dass Wyatt es nicht
gerade darauf anlegte, aufgespürt zu werden. Das bedeutete, er würde sämtliche Spuren verwischen, gefälschte
Papiere benutzen und vermutlich sein Aussehen mani-
pulieren. Er würde nicht einfach so die Straßen entlangs-
pazieren wie ein seniler Rentner, der sie nicht mehr alle
beisammen hat. Zum anderen konnte Letterman nicht
mehr auf die freundliche Unterstützung früherer Kollegen hoffen. Und drittens schien die Firma in Melbourne
nicht gerade beliebt zu sein. Als er vor vier Tagen hier
ankam, begann er die Nachricht zu streuen: zwanzigtausend Dollar für den, der etwas über Wyatt ausplauderte.
Doch bislang kein Mucks. Wyatt stammte aus Melbourne, das mochte damit zu tun haben.

Aber der Wink mit den zwanzig Riesen würde schon
noch Wirkung zeigen. Letterman kannte das von seiner
Arbeit als Bulle. Zehnprozentige Ermittlungsarbeit,
neunzigprozentiger Dusel. Er hatte sie am Ende alle
gekriegt: Crackdealer, die gerade dabei waren, ihren
VW gegen ein Mercedes-Cabrio einzutauschen, Gatten-

mörder, die sich freiwillig stellten, Einbrecher, die noch am Tatort geschnappt und Bankräuber, die wegen einer hohen Belohnung verpfiffen wurden. Letterman hatte viel Geduld. Zwanzigtausend war viel Schotter.

Andere Dinge wiederum schienen günstiger. Wenn die Melbourner wirklich so schwer aus der Reserve zu locken waren, dann hatte Wyatt vermutlich keine Ahnung, dass die Organisation hinter ihm her war. Die Bullen, das war klar, aber kein Auftragskiller. Kriminelle gaben ihre guten alten Gewohnheiten nicht so leicht auf. Irgendwann würde er schon wieder an einem seiner Lieblingsorte auftauchen. Irgendwann würde er ein neues Ding drehen. Würde wieder Geld brauchen. Außerdem machte er seine Geschäfte immer auf breiter Basis, er arbeitete oft in Teams, und wer so vorging, konnte nicht für immer untertauchen. Bis dahin würde Letterman eine Politik der kleinen Schritte betreiben, wie früher als Bulle: Wo wurde Wyatt zum letzten Mal gesehen? Wer hat ihn gesehen? Mit wem arbeitet er sonst zusammen?

Er zog sich das Jackett über und verließ das Motelzimmer. Ein weiterer Vorteil eines Anzugs gegenüber einem T-Shirt oder Pullover bestand darin, dass man praktischerweise eine Knarre darunter verstecken konnte und bei Bedarf ganz einfach an sie herankam.

Draußen stand sein Mietauto von Avis, ein Fairmont, dessen ausladende Vorderschnauze weit über die Parkmarkierung hinausragte. Wie üblich checkte er vor dem Einsteigen alle Eventualitäten. Er nahm zur Kenntnis, dass ihm keiner auf dem Rücksitz auflauerte, dann öffnete er sehr vorsichtig die Klappe des Kofferraums, um Drähte zu enttarnen, die da nicht hingehörten, erst dann machte er sie ganz auf, um mögliche Quecksilberelektroden zu entfernen. Anschließend untersuchte er den Bereich unter dem Fahrersitz nach Bomben, die auf Druck reagierten, und schaute auch unter der Motorhaube nach dem Rechten. Die Karre war clean. Er setzte seine schwarze Hornbrille auf, die er immer beim Fahren trug, stieg ein und fuhr im Rückwärtsgang aus der Parklücke.

Er fuhr von St. Kilda über den Nepean Highway nach Frankston. Dort bog er nach Shoreham ab und suchte nach dem Postamt. Hinter dem Schalter stand ein älterer Mann mit wässrigen Augen. »Ich arbeite für die Courier Mail in Brisbane«, sagte Letterman, »und bin an einer Geschichte dran über einen Verbrecher, der hier in der Nähe gewohnt hat.«

»Meinen Sie Warner?« fragte der Postangestellte.

Letterman nickte. Er hatte ein paar alte Ausgaben der Melbourner Zeitungen in den Fingern gehabt und wusste, dass Wyatt hier diesen Namen benutzt hatte. Er hatte sich auch gleich Kopien der polizeilichen Fahndungsbilder beschafft und zog eine aus der Tasche, die er dem Postler unter die Nase hielt. »Ist er das?«

Beide studierten das Phantombild aufmerksam. Der Polizeizeichner hatte Warner mit schmalem Gesicht, etwas strubbeligen kurzen Haaren und freudlosen Zügen dargestellt.

»Gar nicht schlecht, sieht ihm sogar ähnlich«, meinte der Postler. »Wissen Sie, eigentlich waren wir damals ziemlich platt. Er schien ein total netter Kerl zu sein, ein bisschen zurückhaltend irgendwie. Keiner hier hatte auch nur den leisesten Verdacht.«

Letterman steckte die Kopie wieder ein. Jetzt wussten

es allerdings alle. Große Geschichte, füllte ganze Titelseiten. Bandenkrieg, stand in den Schlagzeilen. Organisierte kriminelle Elemente aus Sydney im Kampf mit örtlichen kriminellen Elementen, von denen hinterher einige nicht mehr am Leben waren. Die Polizei suchte einen Mann, der sich abwechselnd Warner, Lake oder Wyatt nannte und zuletzt auf seiner Farm auf der Mornington Halbinsel gesehen worden war.

»Ich recherchiere für eine Reportage über das Doppelleben solcher Typen«, erklärte Letterman.

Der Postangestellte schob seine Unterlippe abschätzig nach vorn und sah aus dem Fenster. Letterman ließ sich nicht aus der Ruhe bringen. Der Kerl wollte wohl andeuten, dass er gar nicht erst versuchen sollte, ihn übers Ohr zu hauen. »Von einer Zeitung aus Brisbane sagen Sie?«

»Korrekt«, erwiderte Letterman.

»Das ist also bis nach dorthin gelangt?«

Der Königsweg zum Herzen des Postlers war also sein Stolz. Lettermann trug dick auf: »Ich würde mal sagen, das war die absolut größte Geschichte seit langem.«

Der Postler strahlte. Dann huschte ein Schatten des Bedauerns über sein Gesicht. »Eigentlich kann ich Ihnen überhaupt nicht viel erzählen.«

»Um einen kleinen Anfang zu wagen, sagen Sie mir doch, ob er irgendwelche Briefe bekam. Leser interessieren sich für solche Details ungemein. Briefe von der Freundin, aus Übersee, von Verwandten oder Bekannten aus anderen Bundesstaaten, etwas dergleichen?«

Der Postangestellte schüttelte traurig den Kopf.

»Wie ich der Polizei schon gesagt habe, er hat vielleicht Briefe aufgegeben, aber bekommen hat er nie welche. Die Leute werden immer schreibfauler. Sie benutzen heutzutage lieber das Telefon.«

Letterman bedankte sich höflich und ließ sich den Weg zu Wyatts Farm in Mornington beschreiben. Das Gebäude war versiegelt. Das Gras stand viel zu hoch. Der unbefestigte Weg zum Haus wies keine Spuren eines kürzlichen Besuchs auf. Wyatt war seit einer Ewigkeit nicht mehr hier, dachte Letterman, und er wird auch nicht mehr zurückkehren. Dasselbe erwähnte er dem Nachbarn gegenüber, einem ungehalten wirkenden Farmer. »Der wäre doch verrückt«, bemerkte dieser, »wenn der hier wieder auftauchen würde. Wir waren alle ziemlich wütend auf ihn. Wenn er wirklich noch mal aufkreuzen sollte, dann kann er was erleben.«

Letterman stieg in seinen Fairmont. Die ganze lange Fahrt war ein Schuss in den Ofen gewesen, es war überhaupt nichts herausgekommen, und zu allem Überdruss war er auch noch in Kuhscheiße getreten und hatte sich an einem Stück Stacheldraht ein Fädchen seines Anzugs gerissen. Er hasste das Buschland, keine Ahnung, wie Leute dort leben konnten.

Vor Frust bekam er Magenschmerzen, und während der Fahrt zurück nach Melbourne ließ er die letzten Jahre Revue passieren. Sie hatten zu ihm gesagt, er habe das Zeug zum Polizeipräsidenten. Also hatte er sich hochgearbeitet und Lehrgänge in Jura und Buchhaltung besucht. Er hatte eine Sondereinheit bei der Sitte geleitet und war zum stellvertretenden Leiter des Rauschgiftdezernats avanciert.

Aber man kommt nicht weit, wenn man nur wartet, dass einem die richtigen Informationen wie gebratene Tauben in den Mund fliegen. Deshalb hatte er sich ein solides Netzwerk von Spitzeln und Kontaktmännern aufgebaut, da und dort weggeschaut und auch schon die berühmte Aktentasche aus einem Bahnhofsschließfach abgeholt.

Dann fing das Gerede an. Er korrumpiere junge Kollegen und mache Geschäfte mit zwielichtigen Gestalten aus der Unterwelt. Schüchtere Zeugen ein. Er hatte alles abgestritten. Dann die Anklage: Mordkomplott, Rechtsbeugung, Versuch der Bestechung. Sie hatten nicht den Hauch eines Beweises, die Zeugen bekamen plötzlich alle kalte Füße oder waren mit unbekanntem Ziel verreist, und Letterman kam frei. Aber vor eineinhalb Jahren hatte das Polizeigericht fünf von acht Anklagen wegen Amtsmissbrauch stattgegeben und er wurde gefeuert.

Er räumte seinen Schreibtisch und ging nach Hause. Noch am selben Abend klingelte sein Telefon. Die Firma hatte Interesse an ihm. Eine Hand wäscht die andere, meinten sie, und flüsterten an den richtigen Stellen leise Worte in die entsprechenden Ohren. Also, wie sieht's aus? Wollen Sie nicht mit dem weitermachen, was Sie am besten können?

Während er durch Moorrabin fuhr, kamen ihm die hasserfüllten Fratzen seiner Polizeikollegen wieder in den Sinn, die ihn lieber hinter Gittern gesehen hätten. Er fischte eine Maloxaan aus seiner Tasche und kaute auf ihr herum. Sein Magen rumorte und der Schmerz ließ langsam nach. Was ihm an seinem neuen Job am besten gefiel, war, neben der Tatsache, dass er sein eigener Boss war, dass es nie mehr Berichte zu schreiben gab und weder Dienstanweisungen noch Arbeit nach dem Buchstaben des Gesetzes.

Als nächstes kam die Abfahrt St. Kilda. Letterman

wechselte auf die linke Spur und bog in die Straße zu seinem Motel ein. Anzug wechseln, die Scheiße von den
Schuhen kratzen und dann wieder los.

Komplizen. Als vor sechs Wochen halb Melbourne
hochging, wurden immer wieder drei Namen genannt:
Wyatt, Hobba, Pedersen. Hobba war tot. Wyatt trug
hierfür die Verantwortung. Blieb nur Pedersen.

Zwölf

»Eine Frau ist eine gute Tarnung, Wyatt, überleg's dir.«

Wyatt überlegte. Leah hatte einen scharfen Verstand
und machte auch Gebrauch davon. Das war ihm bereits
vor fünf Jahren aufgefallen, als er zwei Jobs in Adelaide
am Laufen hatte und sie ihm diverse Vorbereitungen
abgenommen hatte. Und nun bombardierte sie ihn mit
immer neuen Ideen in puncto Steelgard. Das meiste
hatte Hand und Fuß. Trotzdem – er wollte nicht, dass sie
aktiv beteiligt war.

»Ich will meinen Anteil, Wyatt.«

Er starrte sie an. Scharfsinn und Verärgerung brachten
Leben in ihre Gesichtszüge. Ihre Augen funkelten. Sie
ballte die Fäuste auf dem Esstisch, als sie sich zu ihm vor
beugte, schnaubte förmlich und schien zu allem bereit.

Doch dann zogen sich ihre Augenbrauen zusammen.
»Du traust mir das wohl nicht zu.«

Verärgert winkte Wyatt ab. Er schwieg.

»Also was dann?« wollte sie wissen.

Wyatt hatte nicht vor, zu sagen, dass das Vorhaben
mittlerweile schwieriger, kostspieliger und vertrackter
geworden war, als ihm recht sein konnte. Zuerst hatte es
nach einem schnellen Coup ausgesehen, doch die Razzia

durch die Bundespolizei hatte alles versaut. Er zwang sich zu einem Lächeln. »Auch hier draußen brauchen wir Leute, die nützlich sind.«

Sie ignorierte sein Lächeln. »Ich werde dir mehr nützen, wenn ich mitkomme, anstatt das Haus zu hüten. Ich kann fahren, einkaufen, Fotos machen, alles mögliche.«

Wyatt nickte sacht mit dem Kopf. Sie hatten Wein getrunken – zum letzten Mal, bevor es losgehen sollte –, und er fühlte seine Widerstände schwinden. Er bemerkte, wie Leah ihn ansah. Ihr Körper zeigte keine Regung, schien aber voller Energie zu sein. Sie zog die Stirn leicht in Falten und ihr Blick wurde unruhig.

»Ich könnte Schmiere stehen«, begann sie von Neuem. »Du brauchst jemand, der dir über Funk mitteilt, wann der Transporter die Abkürzung nimmt.«

»Eventuell.«

»Denk noch mal drüber nach.«

Schweigend sah er sie an.

»Erzähl von dem Typ, der da aus Melbourne anreisen soll«, fuhr sie fort.

»Kennt sich prima mit Schlössern aus. Ebenso mit Sprechfunk. Der Transporter ist mit einem Langwellensender mit fester Frequenz ausgerüstet. Den müssen wir stören. Wenn wir Glück haben, denkt die Zentrale, es sei eine vorübergehende Übertragungsschwäche.«

»Aber wie ihr an das Geld rankommt, weißt du immer noch nicht.«

»Das findet sich. Zuerst muss das Basislager eingerichtet werden.«

»Du solltest jetzt erst mal den Job bis zum Ende durchgehen«, warf Leah ein.

Normalerweise wurde Wyatt nie wütend. Er hielt

Menschen viel zu sehr auf Distanz, um ihretwegen in Rage zu geraten. Die Ansichten und Probleme anderer interessierten ihn nicht. Die einzigen, über die er sich mitunter aufregte, waren jene Idioten, mit denen er arbeitete, die mit ihrem Gejammer oder ihrer Dummheit sein Leben aufs Spiel setzten. Aber nun wurde er wütend. Er spürte es deutlich.

Sein Gesicht schien ihn zu entlarven. Leah blinzelte, griff nach ihrem Weinglas und leerte es in einem Zug.

»Du willst nicht mit einer Frau zusammenarbeiten«, stellte sie fest.

Aber darum ging es nicht. Er wollte nicht unter Druck gesetzt werden. Lösungen fielen ihm immer erst ein, wenn er alleine war und sich richtig konzentrieren konnte. Im Augenblick hatte er keine Lust, sich zu konzentrieren. Ihm tat noch immer alles weh von dem langen Trip auf der Suzuki quer durch den ganzen Bundesstaat, der Wein machte ihn schläfrig und ihm wäre lieber gewesen, Leah hätte sich mehr mit ihm als mit der Planung seines Jobs beschäftigt. Doch er fing sich wieder. Er mochte es nicht, so irgendwelchen Gedanken nachzuhängen.

»Gut«, sagte er. »Wir gehen den Job bis zum Ende durch.«

»Du musst versuchen, einen von denen zu bestechen«, sagte sie unvermittelt.

»Und wen, zum Beispiel? Den Fahrer? Den Wachschutz? Was willst du ihnen vorschlagen? Und was, wenn sie plaudern? Kennst du irgendjemand von Steelgard?«

»Nee.«

»Nee. Aber wenn du bei ihnen vorbeigeschaut hast,

kennen sie dich. Nächster Vorschlag.«

»Wir errichten eine Straßensperre. Wenn sie anhalten, zwingen wir sie, die Schlüssel herauszugeben, und öffnen die Ladetür.«

»Eine Straßensperre wäre eine Möglichkeit«, gab Wyatt zu, »aber das heißt noch lange nicht, dass sie die Schlüssel herausrücken. Es gibt getrennte Bereiche für Fahrer und Wachpersonal. Die Wachleute sitzen hinter dem Fahrer, und zwar durch eine Schutzscheibe getrennt. Normalerweise öffnet der Wachschutz die Ladetür von innen. Außerdem fällt mir auf, dass du bereits im Plural sprichst.«

Er sagte es in einem eisigen, schneidenden Ton. Leah grinste dennoch. Sie war in ihrem Element. Nach einer Weile musste auch Wyatt grinsen.

Leahs Grinsen wich einem nachdenklichen Ausdruck. »Wie hält es Steelgard mit dem Risiko für ihre Angestellten?«

»Die wollen natürlich vermeiden, dass irgendjemand verletzt oder getötet wird. Kostet zu viel Schadenersatz und Hinterbliebenenrente und ist schlecht fürs Image. Das Geld ist versichert. Die Angestellten werden normalerweise instruiert, das Geld rauszurücken, bevor es zum Äußersten kommt.«

»Okay, dann zerren wir den Fahrer aus seiner Kabine, halten ihm eine Knarre an die Schläfe, so dass es auch der Wachmann mitkriegt, oder wir wedeln mit einer Stange Dynamit vor ihrer Nase herum und drohen damit, die Tür des Transporters zu sprengen, wenn der Wachmann nicht aufmacht.«

»Fahrer und Wachpersonal verständigen sich über Walkie-Talkie«, gab Wyatt zu bedenken. »Wir können den Sprechfunk stören, aber nicht ihre Handgeräte. Sobald ihm etwas merkwürdig vorkommt, wird der Fahrer den Wachmann verständigen.«

»Na und?«

»Und eine Reihe von Sicherheitsvorkehrungen und Notfallmaßnahmen, von denen wir keinen blassen Schimmer haben, könnten intern ausgelöst werden. Die Steelgard-Leute machen zwar alle einen drögen Eindruck, das heißt aber noch lange nicht, dass die Vans nicht mit allen High-Tech-Schikanen ausgestattet sind. Vielleicht haben sie Tür- und Bremsblocker, die nur von jemandem aus der Zentrale entsichert werden können. Möglicherweise haben sie Zeitschlösser. Wer weiß. Wir müssen auf solche Scherze gefasst sein. Es kostet viel Mühe und Zeit und man braucht die richtige Ausrüstung, um mit solchen technischen Finessen fertig zu werden.«

Leah schwieg eine Weile. Dann sagte sie: »Es gibt also keinen einfachen Weg ins Innere des Transporters.«

»Vielleicht schon. Aber genau wissen wir es erst hinterher. Ich will damit sagen, wir müssen uns auf den guten alten Schneidbrenner einstellen oder auf eine Sprengung mit Nitroglyzerin oder Plastiksprengstoff. Ein wirkungsvolles und geadeltes, leider aber auch enorm lautes, zeitaufwendiges und Aufmerksamkeit erregendes Verfahren.«

Ein Ausdruck von Bedauern zog über ihr Gesicht. Sie griff nach seiner Hand und streichelte sanft über den Handrücken. »Sei nicht so.«

»Wie bin ich denn? Ich sag nur, wie es ist. Wir sitzen da zwanzig, dreißig Minuten, vielleicht sogar eine Stunde mitten auf der Straße, und schneiden uns zum Geld vor und hoffen, dass kein Kängurujäger oder Dorfbulle vorbeikommt.«

Ein Grinsen machte sich auf ihrem Gesicht breit. »Oder wir schneiden ihn einfach woanders auf.«

»Und wo?«

»In unserem Versteck.«

»Im Versteck. Und wie, bitte, kommen wir dahin, wenn wir nicht einmal in den Van hineinkommen, weil die eventuell ein Notfallblockiersystem in Betrieb gesetzt haben?«

Leah goss Wein nach, sie liebte dieses kleine Ritual und zog es in die Länge. »Wir schleppen ihn ab.«

Eine kurze Pause entstand. Dann sagte Wyatt lächelnd: »Mit einem Abschleppwagen oder einem Tieflader. Und wir brauchen jemand, der weiß, wie man das ganze Zeug bedient.«

Sie lächelte zurück. »Ich geh mal telefonieren.«

Sie verließ den Raum und ging in die Küche. Wyatt nippte am Wein. Offensichtlich wollte sie ihre Quellen geheim halten, also mischte er sich nicht ein. Trotzdem fühlte er sich jetzt sehr verletzbar. Nicht weil Leah nun mitbestimmen sollte oder weil er ihr einiges zutraute, sondern weil er das Gefühl hatte, von denjenigen abgeschnitten zu sein, mit denen er sonst zusammenarbeitete. Er musste sehr vorsichtig sein. Er kannte Leahs Kontakte nicht und war sich überhaupt nicht sicher, ob er ihnen trauen konnte. Er sagte sich zwar, dass es auch nicht anders war, als sich auf Leute wie Eddie Loman zu verlassen, was Männer und Ausrüstung betraf. Doch das beruhigte ihn nicht sonderlich. Eddie Loman konnte ihn zwar jederzeit verraten, genau wie Leahs unbekannte Kontaktmänner, aber wenigstens kannte er Loman persönlich, wusste, wo er zu finden war. Und Loman kannte Wyatt, und wusste genau, wenn er versucht, ihn aufs Kreuz zu legen, hätte er mit einer Kugel zu rechnen, die keinen zweiten Gedanken mehr zuließ.

Leah wählte. In der Ecke des Wohnzimmers stand ein Nebenapparat und ratterte aufgeregt vor sich hin, während sie die Wählscheibe betätigte. Wyatt zählte mit. Neunstellige Nummer, also Ferngespräch. Er hörte sie noch ›Ich bin's, Leah‹ sagen, aber dann senkte sie die Stimme. Er unternahm keinen Versuch, von der Nebenstelle aus mitzuhören. Wichtig war, sich während der kommenden Wochen gute Rückendeckung zu verschaffen.

Er dachte über den Abschlepplaster nach. Im Grunde war das eine ausgezeichnete Idee. Sie war so einfach, und das gefiel ihm. Die Frage war nur, wie sie es anstellen sollten, den Transporter hochzuhieven und durch die Gegend zu fahren, ohne dass jemand Verdacht schöpfte. Die Antwort war nahe liegend, und sie war mindestens so einfach und bestechend wie Leahs Idee. Brava-Construction. Brava-Fahrzeuge – auffälliges Hellblau und als Firmenlogo einen schnaubenden Stier an jeder Tür – schoben sich seit langer Zeit regelmäßig durch die Straßen und gehörten mittlerweile zum Landschaftsbild.

Leah kam zurück ins Wohnzimmer. Heute Abend trug sie Schwarz und es stand ihr ausgezeichnet. Schwarzer Fifties-Rock, schwarze Nylons, eine verzierte Weste aus Kambodscha über einem schwarzen T-Shirt. Sie wirkte entspannt und ein bisschen frech. Ihr war klar, dass sie nun mit von der Partie war. Er spürte, dass er sie gern hatte. Er begehrte sie. Es war bestimmt ihr letztes Trinkgelage bis nach Erledigung des Jobs, sicherlich lag es teilweise am Alkohol. Aber nur zu einem kleinen Teil.

»Und?«

»Alles klar. Ich habe Namen und Adresse. Wir schauen ihn uns morgen an. Er erwartet uns.«

»Erzähl mir ein bisschen von dem Typ.«

»Meine Kontaktperson sagte, dass er sich mit Schwertransportern sehr gut auskennt. In der Vergangenheit war er an Diebstählen von Anhängern und Cargolastern beteiligt und er ist ein hervorragender Mechaniker. Außerdem soll er zuverlässig sein.«

Wyatt schob seinen Stuhl zurück und wollte aufstehen. »Nicht«, sagte Leah. Ihre Stimme war ganz leise, fast ein Gurren. Wyatt setzte sich wieder.

Sie kam herüber zu ihm und blickte auf ihn hinunter. Ihr Knie berührte seines. Dann setzte sie sich rittlings auf seine Oberschenkel, und als seine Hände unter ihren Rock glitten, wölbte sich ihr Rücken vor Erregung. Vor fünf Jahren hatte sie das auch geliebt. Damals war sie noch auf den Strich gegangen. Er hatte es gewußt, doch es war ihm gleichgültig gewesen, war nie ein Thema gewesen. Es interessierte ihn nicht, wer sie war, wenn sie mit ihren Freiern verkehrte, oder warum sie es tat oder wie die anderen Männer waren. Es war ihr Job, fertig. Irgendwie hatte sie damals geahnt, dass er nicht zu der Sorte Mann gehörte, die sich darum scherte, was sie machte. Und sie war zu klug, um sich irgendetwas einzufangen.

»Wyatt?«

»Ich bin hier.«

»Unternimmst du immer noch einmal im Jahr eine Reise?«

»Wenn es ein gutes Jahr war, ja. In letzter Zeit waren

die Ertrage allerdings eher spärlich.«

»Aber diesmal wird einiges dabei rausspringen. Du könntest nächsten Monat bereits auf Tahiti sein.«

Es war ihre Art zu fragen, ob sie mitkommen könne. Er wusste es noch nicht genau. Seine Finger streichelten sie weiter und ihr Rücken wölbte sich erneut.

Dreizehn

Am darauf folgenden Morgen, nachdem der Pendlerver-kehr sich gelegt hatte, fuhren sie auf der kurvenreichen Stadtautobahn über die Hügel in die Stadt hinunter. Leah fuhr ohne hektische Bremsmanöver und nervöse Schlenker. Als sie die Hügel hinter sich gelassen hatten, widmete Wyatt seine Aufmerksamkeit dem Verkehr. All-tägliche Geschäftigkeit auf den Straßen der Vororte. Es war ein Reflex. Als ob Banken, Lohntransporter, Safes und Juweliere nur für ihn da waren.

An der Rennbahn bei Victoria Park fiel ihm ein, dass er auch für sie schon Verwendung hatte. Eines Tages wollte er sich während eines größeren Sportereignisses die Kasseneinnahmen schnappen, und eine Schwach-stelle im Sicherheitssystem ausnutzen. Leah fuhr an den riesigen Parkanlagen entlang, die die Stadt umgaben. Ein paar Jungs joggten über die Sportplätze des Prince Alfred College. Solche Schulen wurden nie mit ihrem vollen Namen genannt. Sie hießen nur Prince's, King's, SCEGGS oder PLC und jeder ging davon aus, dass man wusste, was gemeint war.

Wyatts Selbstbeherrschung, seine Statur und selbstbe-wußte Haltung führte viele zu dem Trugschluss, er wäre arrogant oder aus besseren Kreisen. Einmal hatte ihn jemand gefragt ›Waren Sie auch im Scotch?‹ Diese Schulen, die Leute, die ihre Sprösslinge dort hinschickten, stanken nach Geld, und Wyatt war entschlossen, sich seinen Anteil davon zu holen. Es war nichts Persönliches. Für Hass- und Neidgefühle hatte er keine Zeit. Das fraß nur unnötig Energie und trübte das Urteilsvermögen. Für Wyatt zählte nur, dass sie das Geld besaßen, das er haben wollte, also stellte er sich die Frage, wie man da am besten herankam.

In Enfield bog Leah auf die Main North Road ab, und plötzlich zeigte die Stadt auf einmal ihre hässliche Seite. Die Windschutzscheiben reflektierten die gleißende Sonne und im Chrom der Gebrauchtwagenareale, und nicht nur dort, lauerten überdimensionale Plastikhühner, Hamburger, Tennisschläger oder Sonnenbrillen, die an den Balustraden über den Ladeneingängen die Branche des Betriebs illustrierten. Leah musste scharf bremsen und fluchte, als ein Milchgesicht mit seinem Holztransporter vor ihr Schlenker vollführte. Am Heck klebte ein Aufkleber: ›Nicht lachen – Ihre Tochter könnte drinsitzen.‹ Der ist uralt, dachte Wyatt. Aber die ganze Stadt wirkte wie mindestens fünf Jahre hinter der Zeit. Leah bremste wieder, diesmal war es ein Bus. Dieselwolken flüchteten aus seinem Auspuff und bald war der ganze Innenraum des Wagens voll mit öligem Dunst.

»Ich vergesse immer wieder, wie beschissen es hier sein kann«, bemerkte Leah. »Ich bin einfach zu verwöhnt dort oben auf meinen Hügeln.«

»Buschbrände«, gab Wyatt zu bedenken. »Grundstücksjäger und Entwicklungsplaner. Gefährliche Wildkatzen. Pflanzenschutzmittel auf den schönen Heidelbeeren.«

»Ha ha.«

Wenige Blöcke entfernt von Gepps Cross bog sie links ein in ein Industriegebiet. Bereits 50% vermietet! schrie es von den Plakatwänden an den Zäunen. Das Gras wuchs mannshoch um die verlassenen Gebäude. Wyatt zählte allein vier Autokarkassen im Vorhof. Röhren für eine Klimaanlage, Umzugskartons und leere Paletten stapelten sich entlang eines Stahlzauns.

»Hier?«

»Das ist die Adresse, die mir angegeben wurde.«

Leah fuhr die Zufahrtsrampe hoch und um das Hauptgebäude herum. Dahinter waren sechs kleinere Schuppen und einige Großhandelslager. Drei davon standen leer. Die anderen gehörten einem Sanitärgeschäft, einem Holzmöbelfabrikanten und einem kleinen Transportunternehmen. Das Transportunternehmen war am hinteren Ende der Reihe und davor parkten zwei Vans. Ein bereits abblätternder Schriftzug verhieß ›KT Transporte, Express Service ins Umland‹.

»Voilà, Mr. Keith Tobin«, sagte Leah. »Kein Auftrag zu klein.«

Sie hielten an und stiegen aus. Unter einem der Vans war ein Mann zugange. Er trug robuste Wanderstiefel. Während er mit Metall auf Metall hämmerte, zuckten und tanzten die Sohlen seines rustikalen Schuhwerks vor Begeisterung im Takt.

»Mr. Tobin?« fragte Leah.

Die Stiefel hielten inne. Eine gedämpfte Stimme sagte: »Wer will das wissen?«

»Ein gemeinsamer Bekannter von uns hat bei Ihnen angerufen. Sie erwarten uns.«

Tobin war kein Blitzmerker. Seine Stiefel schienen zu inhalieren, was Leah eben gesagt hatte. Nach einer Weile rutschte er unter dem Van hervor. »Jetzt versteh ich«, sagte er.

Wyatt beobachtete die Szene und hoffte, dass sie keine Rückschlüsse auf seine Arbeit zuließ. Vor ihm stand ein kräftiger Mann um die dreißig im Arbeitsoverall. Kleine blaue Tätowierungen schmückten seine Unterarme. Seine Haare waren stoppelkurz und unter seiner leicht pockigen Nase spross ein buschiger Schnauzbart. Er war laut und fröhlich, hatte etwas leere Augen in einem ansonsten ganz lebendigen Gesicht und sah aus, dachte Wyatt, wie ein Cricketspieler. Während er ihn betrachtete, zog Tobin den Overall aus und enthüllte grüne Shorts, ein blaues Unterhemd und viel gesunde, gebräunte Haut. Dann setzte Tobin eine Sonnenbrille mit orangefarbenen Spiegelgläsern auf die Nase und murmelte hastig: »Kommen Sie mit ins Büro.«

Bevor sie eintraten, blickte sich Wyatt rasch um. Wenn hier irgendjemand herumlungern sollte, der nicht hierher gehört, dann würde er auf dem Absatz umkehren. Er sah niemanden. Er folgte Tobin und Leah ins Büro.

Dort sah es aus, als hätte eine Bombe eingeschlagen. Aktenordner, zerknüllte Rechnungen und Auftragsbestätigungen müllten den Schreibtisch und den gesamten Fußboden zu. Bierdosen standen auf den Fenstersimsen. Wyatt hatte keine Lust, hier seine Zeit zu vergeuden. Er wartete nicht erst, bis Leah sprach, sondern fragte: »Haben Sie Vorstrafen?«

Tobin nahm die Sonnenbrille ab. »Wie bitte?«

Wyatt wartete ab. Anders ging es nicht. Der Sekundenzeiger tickte, während Tobins Hirn versuchte, die Frage zu verstehen.

»Ich doch nicht, Alter«, sagte er schließlich. Ein beleidigter Zug verdunkelte den offenen, leeren Blick, mit dem er sie empfangen hatte. »Was geht Sie das überhaupt an?«

»Können Sie Schwertransporter bedienen?«

Jetzt sprach Wyatt in einer Sprache, die Tobin verstand. »Kein Problem.«

»Tieflader, Abschlepplaster, solche Sachen?«

»Jap.«

»Sind Sie diese Woche frei?«

»Warum? Was soll das Ganze? Mir wurde gesagt, ihr hättet da was laufen.«

»Wie sieht's nächste Woche aus? Können Sie die Arbeit hier ohne Probleme verschieben?«

Tobin sah jetzt eher verdrossen aus. »Ich bin nicht überlaufen mit Aufträgen.«

»Wie sieht's aus mit Familie, Freundinnen, Freunden?« fragte Leah. »Gibt es jemanden, der Sie vermissen würde, wenn Sie ein paar Tage weg wären?«

»Nö. Aber Sie sagen mir jetzt besser, worum's bei dem Job überhaupt geht, ansonsten können Sie gleich wieder abhauen, alles klar?«

Leah schien zu wissen, was sie tat. Wyatt überließ ihr den Rest. »Was haben Sie am Donnerstag vor?« fragte sie ihn. »Fahren Sie da zufällig in Richtung Norden?«

»Könnte sein. Warum interessiert Sie das?«

»Wir würden Ihnen gern etwas zeigen. Fahren Sie Burra an?«

»Einmal die Woche. Ein Typ dort schuldet mir noch einen Kasten Scotch, fünfhundert Zigaretten, Videobänder ...«

Leah nickte.

»Wir treffen uns dort. Donnerstag um zehn.«

»Hören Sie, mir geht das tierisch auf die Nerven. Zeit ist Geld. Wenn Sie einen Profi wollen, müssen Sie schon was dafür springen lassen, und ich will einen Vorschuss.«

»Kein Vorschuss«, sagte Wyatt. »Alle Spesen werden bezahlt und Sie bekommen Ihren Anteil von der Beute, wenn Sie mitmachen. Die gleichen Regeln für alle.«

»Wie viel?«

»Zwischen fünfzig und hundert Riesen.«

»Für jeden?«

Wyatt nickte.

Tobin pfiff anerkennend. Dann deutete er mit dem Kopf auf Leah. »Ist sie auch dabei?«

»Haben Sie ein Problem damit?«

»Naja, ich meine, Sie wissen schon.«

Wyatt drehte sich um und ging zur Tür. »Okay, das war's, wir finden jemand anderen.«

»Nein, Mann, hey, bleib hier«, rief Tobin. »Ich hab's nicht so gemeint. Ich hab eben noch nie mit 'ner Tussi gearbeitet, das ist alles.«

»Da war noch eine Kleinigkeit«, bemerkte Leah. »Ich bin keine Tussi.«

»Dann sagen Sie mir einfach Ihren Namen.«

Wir drängen ihn zu sehr, dachte Wyatt. Er hat das Gefühl, er gibt und bekommt nichts in die Hände. »Kein Problem«, sagte er dann gelassen. Er nannte Tobin die Namen und beschrieb sein Vorhaben. »Alles klar?« fragte er. »Sind Sie dabei?«

»Ein Geldtransporter«, sagte Tobin und schnalzte mit der Zunge. Dann runzelte er die Stirn und zögerte, als wäre er ein echter Profi, der erhebliche Zweifel an dem Job hatte. »Aber die Aufschrift muss schon richtig echt aussehen!«

»Genau.«

»Also, Sie sind hier schon richtig«, erklärte Tobin und wurde wieder recht mitteilsam. Er deutete aus dem Fenster in den Hof. »Sehen Sie die beiden Vans dort? Hab ich selbst beschriftet. Layout, Schriftzug, Buchstaben, alles.«

Wyatt nickte bewundernd. »Toll.«

Tobin streckte ihm die Hand entgegen. »Ich bin dabei«, sagte er.

Wyatt schüttelte sie und dachte, 'nen Haufen Muskeln, aber wenig Grips. Doch der Job brauchte auch einen mit Muskeln, und wenn es ihm gelang, die Sache straff zu organisieren, dann fielen die Schwachpunkte nicht so ins Gewicht.

Vierzehn

Letterman sah Pedersen aus dem Haus kommen und in einen Range Rover steigen. Der Range Rover schien brandneu. Er ließ den Fairmont an, um Pedersen zu folgen. Das alles erinnerte ihn an das Einstellungsangebot eines Wach- und Sicherheitsdienstes, damals, als er bei den Bullen rausgeschmissen worden war. Sie seien an seinen Qualitäten als Detektiv interessiert, meinten sie. Könnten ihre Kontakte spielen lassen und ihm eine Lizenz als Privatdetektiv verschaffen, Anfangsgehalt 700 Dollar die Woche. Das Geld war okay, die Arbeit nicht. Letterman wusste, wie das mit Privatdetektiven war. Zuerst kamen sie sich vor wie Spenser oder Cliff Hardy und dann wurden sie vor Langeweile gallig. Denn als Privatschnüffler lebte man im Auto und war immer an fünf Sachen gleichzeitig dran – hier den Gatten oder die

Gattin bespitzeln, dort Kredit- oder Beschäftigungsverhältnisse abchecken, andauernd Kaffee aus Thermoskannen in sich hineinschütten, während schadensersatzberechtigte Unfallopfer fröhlich auf dem Tennisplatz herumhüpften. Gelegentliche Ausflüge in Konfektionshäuser, um eine Pelzmodenschau vor randalierenden Tierschützern zu bewahren. Ein Witz.

Die Rücklichter des Range Rovers leuchteten auf, das rechte heller als das linke. Letterman beschattete Pedersen nun schon seit zwei Tagen. Am ersten Tag hatte er, als Pedersen gerade bei einem Buchmacher verschwunden war, das Glas der Bremsleuchte mit einem Stein eingeschlagen. Er wusste zwar nicht, ob Pedersen nachts viel herumfahren würde, aber wenn, würde es nun auf jeden Fall einfacher, ihn im Auge zu behalten.

Pedersen fuhr aus der Parklücke heraus. Kurz darauf zog Letterman nach. Auf der Nicholson Street war dichter Verkehr und er folgte ihm im Abstand von zwei Wagen, immer das hell leuchtende Bremslicht im Blick.

Bislang war Pedersens heutiger Tagesablauf die reinste Kopie des gestrigen. Er schlief bis Mittag, nachmittags war er wieder beim Buchmacher, dann folgten ein Pub und ein Bordellbesuch, der Kauf eines Brathähnchens fürs Abendessen, und gegen acht Uhr abends zog er erneut los. Gestern Abend fuhr Pedersen ins Stadtzentrum, in die King Street. Letterman sah, wie er seinen Wagen im Halteverbot parkte, eine schwarze Lederjacke überstreifte, die vielleicht vor zehn Jahren einmal modern gewesen war, und Einlass in einen der Clubs begehrte. Der wurde ihm sowohl im ersten, als auch im zweiten Club ein paar Türen weiter verwehrt. Letterman sah auch die wütenden Gesten, die sich gegen die Türsteher richteten. Alle Türsteher, die Letterman kannte, waren Ex-Knackis mit einem langen Vorstrafenregister, meist Gewaltverbrechen. Pedersen konnte von Glück sagen, dass sie nicht Kleinholz aus ihm machten. Letterman hätte das durchaus verstanden. Pedersen wirkte deplatziert, mit den tiefen Furchen in seiner bleichen Haut, seinen fahrigen Bewegungen und seinen furchtbaren Klamotten. Außerdem sah er ziemlich alt aus, zu alt für die Clubs in King Street.

Aber heute Abend variierte er das Programm. Heute hielt Pedersen vor einem Pub in Fitzroy. Auf dem Gehweg kündigte eine Hinweistafel ein Ereignis an, bei dem sich Damen im Schlamm wälzen und gegenseitig an den Haaren ziehen. Schon eher was für ihn, dachte Letterman, während er beobachtete, wie Pedersen den Range Rover wieder im Halteverbot parkte und in den Pub ging.

Letterman wartete im Auto. Er stellte den Motor ab und das Radio an und blieb bei einer Talksendung auf Radio National hängen. Vielleicht gab's wieder eine schöne Geschichte, wie neulich zum Beispiel, als eine Schwuchtel den Polizeipräsidenten von New South Wales mit einer Spritze attackiert hatte.

Dann schaltete er die Innenbeleuchtung an und kritzelte in ein kleines Notizheft. Alles, was Pedersen in den letzten beiden Tagen gemacht hatte, wurde säuberlich aufgelistet. Für Letterman war eines klar: Pedersen lebte im Augenblick noch von den Einkünften des Jobs, den er vor etwa sechs Wochen gemeinsam mit Wyatt durchgezogen hatte. Damals, als Wyatt die Pläne der Firma für die Operation in Melbourne durchkreuzte.

Mit einem Teleobjektiv hatte er Pedersen auch beim Betreten und Verlassen von Pubs, Wettbüros sowie eines

Bordells namens ›Fanny Adams‹ fotografiert. Eine ganzen Film hatte er verbraucht und sofort in einem Expresslabor entwickeln und abziehen lassen. Einige Fotos gingen an die Firma. Sie legten Wert darauf, ein Foto vor und eines nach der Aktion vorgelegt zu bekommen. Fotografieren gehörte zur Basisarbeit. Letterman studierte seine Opfer genau, bevor er sie kaltmachte. Pedersen wollte er zu Hause erledigen, wenngleich er noch nicht entschieden hatte, auf welche Weise. Falls sein Plan jedoch aus irgendwelchen Gründen scheitern sollte, könnte er sich anhand der Fotos rasch einen Überblick über Pedersens andere Stammplätze verschaffen und anders konzipieren. Inständig hoffte er, dass es nicht zu einem Mord auf offener Straße kam. Die Firma hatte ausdrücklich darauf bestanden, kleine Lichter wie Pedersen mit so geringem Aufsehen wie möglich auszupusten.

Er schaltete Innenleuchte und Radio aus, schloss den Fairmont ab und ging über die Straße. Bevor er den Pub betrat, lockerte er seine Krawatte. Sein völlig unbeteiligter Gesichtsausdruck verriet nicht, dass er Pedersen sofort entdeckt hatte. Die Schlammschlacht war anscheinend gerade vorüber und in der Luft lag noch das scharfe Gemisch aus Sex, Hass und Verbitterung, unterlegt mit Rauch, Bierdunst und dem abgestandenem Atem krakeelender Münder. Pedersen wirkte enttäuscht und sehr nervös. Statt an der Bar ein frisches Bier zu bestellen, schnappte sich Letterman ein fast leeres, einsames Glas und fläzte sich wie ein Stammgast an einen kleinen Ecktisch. Er vermied es, Pedersen direkt anzuschauen. Er vermied sowieso jeden direkten Blickkontakt, bis auf den mit dem schmutzigen Fußboden. Es galt Pedersen aus den Augenwinkeln zu taxieren. Denn, so dachte Letterman, die Pedersens dieser Welt riechen einen Bullen, selbst einen Ex-Bullen, wenn sie ihn ansehen.

Letterman musste fast eine Stunde lang ausharren. Er bestellte währenddessen ein Bier bei der barbusigen Bedienung und ertrug eine neue Runde Schlammringen. Dazwischen spielte eine Live-Band und ein Typ verkaufte Speed und selbstgedrehte Opiumzigaretten.

Dann endlich schien Pedersen bereit zum Aufbruch. Sieht ganz nach langem Abschied aus, dachte Letterman und ging als Erster hinaus. Pedersen klopfte derweil den Rücken des einen oder anderen Mittrinkers. Allerdings hatte man sich bis dahin nicht weiter um Pedersen geschert. Letterman ging zu seinem Wagen, stieg ein und setzte einen Hut auf. Wahrscheinlich war es überflüssig, aber er wollte verhindern, dass sich Pedersen zu viele Gedanken darüber machte, wo er den Kahlkopf im Fairmont schon einmal gesehen haben könnte.

Letterman ließ Pedersen nicht aus den Augen, als der wenig später schwankend die Straße überquerte, mit seinem Auto vor einer herannahenden Straßenbahn einen waghalsigen U-Turn hinlegte und mit großer Geschwindigkeit und quietschenden Reifen in Richtung Norden davonbrauste. Letterman musste warten, bis der Verkehrsstrom nachließ, und folgte ihm dann. Pedersen gelangte auf die Nicholson Street und fuhr nordwärts. Er musste sich tüchtig einen hinter die Binde gekippt haben, sein Fahrstil sprach Bände. Nicht schlecht, dachte Letterman, wenn der jetzt im Suff einfach bei einem Unfall draufgehen würde. In der Brunswick Road verlor er ihn aus den Augen, weil Pedersen eine rote Ampel überfuhr, aber das spielte keine Rolle. Denn Pedersen war auf dem Nachhauseweg.

Letterman kam noch rechtzeitig genug vor Pedersens Haus in Brunswick an, um die Rücklichter des Range Rovers erlöschen zu sehen. Er steckte seine Polaroid ein, sprintete ungesehen über die Straße und hinter den Range Rover. Die Straße war eng und schlecht beleuchtet; Pedersen sah ihn nicht kommen. Als Pedersen aufschloss, drängte er sich mit zur Tür hinein, schmiss die Tür von innen ins Schloss, wartete, bis er das Geräusch des Einrastens hörte und zog sein Messer.

Pedersen fuhr herum und drückte sich starr vor Schreck mit dem Rücken gegen die Wand. Sein Atem stank nach Bier. Letterman tippte mit der Messerspitze an die weiche Stelle unter Pedersens Kinn und verfolgte aufmerksam die Schluckbewegungen. »Na, Maxie«, sagte er zärtlich.

Max Pedersen schluckte schwer. »Wer sind Sie?«

»Du solltest nicht so viel fragen, Max«, sagte Letterman. Es verschaffte Letterman sowohl Vergnügen als auch einen strategischen Vorteil in diesem Spiel, Pedersen vertraulich mit Vornamen anzusprechen. Denn Pedersen hatte gar nichts, nicht einmal seinen Nachnamen, mit dem er Letterman hätte ansprechen können.

Während der nächsten zwei Minuten herrschte absolute Stille. Letterman neigte den Kopf erst nach links, dann nach rechts und bohrte die Spitze des Messers genüsslich in die weiche Stelle unter Pedersens Kinn, während die Klinge das fahle Flurlicht grell reflektierte.

Das Schweigen tat seine Wirkung. Wie jedes Mal. »Was wollen Sie von mir?« fragte Pedersen. »Was es auch ist, ich gebe es Ihnen. Wollen Sie Geld? In meiner Brieftasche hab ich was.«

Letterman schwieg. Erst wenn das Schweigen seine

volle Kraft entfaltet hatte, wollte er seine Fragen hart und erbarmungslos auf ihn abfeuern. Damit sie auch richtig trafen.

Die erste war ein Brüllen. »Wo ist er?«

Pedersen zuckte zusammen. »Wer?«

Wieder gab Letterman keine Antwort. Nach einer Weile wiederholte er sanft: »Wo ist er?«

»Wer denn? Ich weiß nicht, von wem Sie sprechen.«

Die sanfte Stimme wurde zu einem fast zärtlichen Flüstern: »Wo ist er?«

»Wer denn?« Es klang wie ein Flehen. »Ich wohne hier alleine. Hinter wem sind Sie denn her?«

Letterman trat einen Schritt zurück und ritzte mit dem Messer die Haut an Pedersens Hals leicht auf. Als er sprach, klang es tonlos und hastig: »Wyatt.«

Pedersen hob abwehrend die Hand und zog sie blutend wieder zurück.

Er starrte zuerst ungläubig auf das Blut, dann auf Letterman, als ob er die Welt nicht mehr verstünde. »Wyatt?«

Normalerweise hatte Letterman einen zweiten Mann dabei, der bei dem Interview assistierte; Arbeitsteilung, einer schlug zu, einer zeigte dem Opfer Wege auf, wie es weitere Angst und Schmerzen vermeiden konnte. »Wo steckt er?« wiederholte er.

»Wyatt wohnt nicht hier«, antwortete Pedersen. »Das ist meine Wohnung.«

Letterman setzte erneut ein sanftes, lächelndes Gesicht auf, aber das Messer hatte schon ein paar leichte Kreuzschattierungen auf Pedersens Haut hinterlassen. »Das weiß ich. Ich will wissen, wo er ist.«

»Ich habe ihn seit Wochen nicht mehr gesehen«, jaulte Pedersen.

Das war die Wahrheit. Letterman wusste es von Anfang an. Dennoch spielte er weiter den Ungläubigen. Ein Schachzug, mit dem er meistens große Wirkung erzielte. »Erzähl mir keinen Scheiß. Du drehst doch schon wieder ein Ding mit ihm.«

»Nein, wirklich nicht!« wehrte sich Pedersen. Er war kurz vorm Flennen. »Ich schwöre, ich hab ihn wochenlang nicht mehr zu Gesicht bekommen. Der hat Ärger gekriegt und ist untergetaucht. Keiner hat ihn seitdem gesehen.«

»Gehen wir mal davon aus, ich glaube dir. Was ich nicht tue, aber angenommen, ich glaube dir. Wenn er abgehauen ist, wo ist er hin? Hat er irgendwo eine kleine Motte rumflattern? Oder befingert er lieber kleine philippinische Jungs? Hat er vielleicht eine alte Mutter an der Westküste? In Perth? Na, wie sieht's aus?«

Pedersen fasste Mut. Dieser Verrückte schien nicht hinter ihm her zu sein, hatte im Grunde gar nichts gegen ihn. »Ich kenne den Kerl kaum. Er ist nicht gerade gesprächig. Ein oder zwei Dinger pro Jahr, dann ist er wieder verschwunden.«

Letterman lächelte wieder und ließ die Klinge im Flurlicht aufblitzen. »Du arbeitest immer mit ihm.«

»Nur ein einziges Mal.«

»Beim letzten Job warst du dabei.«

Pedersen nickte widerwillig. »Ja.«

»Damit habt ihr ein paar Leuten schwer auf die Hühneraugen getreten«, bemerkte Letterman.

Letterman benutzte nur Messer mit sehr dünnen Klingen. Dünne Klingen schlüpfen wie von selbst unter die Haut und ersparen unnötiges Herumgehacke. Er setzte das Messer immer ganz flach horizontal an und brauchte so nur einen einzigen, perfekten Schnitt – fertig. Wenn er von vorn operierte, versuchte er die Halsschlagader direkt zu treffen. Die wird jedoch beim Einschneiden durch ein festes Schild aus Muskeln geschützt, deshalb muss man den Druck ziemlich konstant hoch halten. Mit einer kurzen abschließenden Bewegung hatte er die Schlagader durchtrennt, zog das Messer wieder heraus und sah zu, wie Pedersen zuckend zu Boden glitt.

Die Angelegenheit war blitzschnell und sauber erledigt. Etwas, das ihn unter anderem von den Amateuren in seiner Branche unterschied.

Er machte das obligatorische Foto von der Leiche und verschwand. Auf dem Weg nach St. Kilda überlegte er, was in seinem Beruf Glück bedeutete. Obwohl alle Spuren im Sande verlaufen waren, war er überzeugt, dass es sich gelohnt hatte, sie zu verfolgen. Es könnte Glück bringen. Vielleicht erfuhr er etwas über Wyatt, wo er es am wenigsten vermutete.

Daher war er auch nicht weiter verwundert, als er eine Nachricht der Motel-Direktion unter seiner Tür fand. Es ging um einen Telefonanruf. Der Anrufer wollte stündlich bis etwa um Mitternacht versuchen, ihn zu erreichen. Falls das fehlschlug, würde er anderntags von sieben Uhr morgens an dasselbe wiederholen. Als das Telefon klingelte, schaute Letterman zuerst auf seine Uhr. Elf. Die Stimme am anderen Ende sagte, sie wisse etwas über Wyatts Aufenthaltsort.

Fünfzehn

Am Brunnen kurz vor der Ampel in der Gertrude Street, hatte der Anrufer gesagt, und nun stand Letterman im Schatten eines Baumes und beobachtete das Geschehen. Er befand sich am südlichen Ende des großen Parks, der das Kunstmuseum am Rande der Stadt umgab. Es war fünf Minuten vor Mitternacht. Der Anrufer hatte halb eins vorgeschlagen, doch Letterman wollte vorher die Lage erkunden, um sicher zu gehen, dass sich hier niemand herumtrieb, der nicht hierher gehörte. Ein Penner schlief auf einer Parkbank beim Ententeich, ein anderer lag unter einer Ulme und nippte gelegentlich an seiner Flasche, die er in einer braunen Papiertüte säuberlich versteckt hielt, ansonsten war alles ruhig. Manchmal kamen ein paar Jugendliche oder ein Liebespaar vorbei und hielten kurz an, um dem Geplätscher der Fontäne zu lauschen, bevor sie ihren Weg fortsetzten.

Die Kunsthalle umgab ein Kranz von Außenscheinwerfern, und als Letterman die Augen zusammenkniff, konnte er die Umrisse des Gebäudes erkennen. Eine Wagenladung Japaner hatte sich bei seiner Ankunft im Park aufgehalten, um ihre Leidenschaft fürs Fotografieren an den nächtlichen Streifzügen der Oppossums auszutoben. Jetzt waren sie gegangen. Ein trotz seines jugendlichen Alters ziemlich abgehalftert aussehender Typ in einem schäbigen Mantel war vor ein paar Minuten zweimal um ihn herumgeschlichen, aber Letterman hatte ihn angeschnauzt, »Hast du ein Problem, Kumpel?« und damit in die Flucht geschlagen.

Um halb eins näherte sich eine Gestalt dem Brunnen und blieb mit dem Rücken zur Fontäne stehen. Obwohl die Lichtverhältnisse es nicht zuließen, Genaueres zu erkennen, wusste Letterman sofort, dass dies sein Mann war. »Ich trage einen weißen Overall«, hatte die Stimme am Telefon gesagt. Letterman erkannte nun einen stämmigen Kerl, der wachsam und selbstsicher wirkte, mit langen Haaren, die im Licht der Scheinwerfer glänzten.

Letterman blieb in Deckung. Der Ort war gut gewählt für ein Treffen, das Geplätscher des Wassers würde die Aufnahmen stören, falls der Informant ein Mikro bei sich hatte, es gab genügend Ausgänge und Verstecke im Park und es war angenehm dunkel. Dennoch: Dunkelheit schützte nicht vor versteckten Kameras und Teleskopen, die irgendwo in der Ferne auf ihn gerichtet sein konnten. Die Hornbrille und der breitkrempige Hut stellten eine unzulängliche Verkleidung dar; der aufgestellte Kragen würde ihn nicht vor einer Kugel in den Rücken schützen. Es gab einige Leute, die sie bestimmt gern dort platziert hätten. Gleichwohl, hier sah es zumindest so aus, als wäre alles in Ordnung.

Letterman trat aus dem Schatten des Baums. Der Typ hatte ein völlig bescheuertes Erkennungszeichen vorgeschlagen, aber er hatte eingewilligt. »Entschuldigen Sie, ich suche das Krankenhaus.«

Der Mann fuhr herum, hatte sich sofort wieder im Griff und wies auf ein Gebäude am gegenüberliegenden Ende des Parks. »Dort drüben.«

Letterman kam nun näher und stellte sich neben den Mann an den Brunnen. Leise fragte er: »Wie soll ich Sie nennen?«

»Snyder reicht fürs Erste. Sind Sie Letterman?«

Letterman nickte. »Was haben Sie für mich?«

»Nicht so hastig«, antwortete Snyder. Er setzte sich auf

dem Rasen und stützte die Unterarme auf die Knie. »Lassen Sie uns das in Ruhe besprechen.«

Letterman blickte für einen Moment ratlos auf den Wuschelkopf des Mannes und setzte sich dann ebenfalls. »Es gibt nichts, was wir in Ruhe besprechen müssten. Sie sagen mir, wo ich Wyatt finde, und bekommen dafür zwanzig Riesen.«

»So einfach ist das nicht. Erstens: Woher weiß ich, dass ich das Geld auch wirklich bekomme? Und zweitens weiß ich erst dann genau, wo Wyatt sich aufhält, wenn ich Kontakt mit ihm aufgenommen habe.«

Letterman betrachtete Snyder. Er mochte ihn nicht. Snyder sah grobschlächtig und verlebt aus und wirkte sehr selbstgefällig. Letterman verspürte die starke Neigung, ihm mit dem Messer durch die albernen Haare zu fahren und ihm einen ordentlichen Schnitt zu verpassen. »Wollen Sie damit andeuten, dass Sie für ihn arbeiten?«

Snyder nickte. »Soll irgendwo im Süden abgehen. Am Montagmorgen fliege ich los.«

»Werden Sie ihn persönlich treffen?«

»Irgendwann schon. Ich fliege nach Adelaide, dort soll ich ein Taxi zum Busbahnhof nehmen. Mit dem Bus geht's dann in den Busch. So, mehr erfahren Sie erst, wenn ich die Farbe des Geldes gesehen habe.«

Letterman überhörte die letzte Bemerkung. »Draußen im Busch? Was hat er vor?«

»Vielleicht habe ich mich nicht deutlich genug ausgedrückt. Das ist hier keine Gratisveranstaltung, klar? Ich will 'n bisschen Kohle sehen, und zwar gleich. Den Rest, wenn Sie ihn haben. Ist doch ein fairer Vorschlag.«

Letterman nahm die schwarze Hornbrille ab und fing an, die Gläser zu putzen. »Betrachten Sie es einmal aus meiner Sicht. Ich war schon x-mal im Süden, noch einmal muss ich da nicht unbedingt hin. Schon gar nicht, um aufs Kreuz gelegt zu werden, so nach dem Motto: ›der Typ aus Sydney ist uns prima auf den Leim gekrochen.‹ Oder so ähnlich. Geben Sie mir was Konkreteres in die Hand.«

Die letzte Straßenbahn ratterte gerade durch die Nicholson Street, kaum hundert Meter entfernt von ihnen. Letterman bemerkte, wie die Lichter der Bahn mitten auf der Kreuzung einmal kurz aus und dann gleich wieder angingen. Der Geräuschpegel der Straße war konstant hoch, selbst um diese Uhrzeit. Langsam wurde es kühl. Er war müde. Der Mord an Pedersen hatte ihn für kurze Zeit erleichtert, nun kehrte die gewohnte Anspannung zurück.

»Also gut«, sagte Snyder. »Es handelt sich um einen Überfall auf einen Geldtransporter, mehr weiß ich nicht. Er hat Eddie Loman gebeten, jemanden zu schicken, der sich mit Funkanlagen und dergleichen auskennt.«

»Wann?«

»Nächsten Donnerstag.«

»Wo trefft ihr euch?«

»Irgendein Kaff namens Vimy Ridge.«

Letterman zog einen Umschlag aus der Tasche. Er zahlte gern zwanzig Riesen, wenn er dafür Wyatt bekam. Gab gern auch ein bisschen Vorschuss. Was er nicht mochte, war, dass Snyder versuchte, die Spielregeln zu bestimmen.

»Hier sind zweitausend Dollar«, sagte er. »Führen Sie mich zu Wyatt, dann bekommen Sie den Rest.«

»Sie meinen, so kriegen Sie mich? Sie denken, dass ich jetzt auf alle Fälle hinfliege. Aber ich wäre auch ohne Ihr

Geld geflogen. Ich will was vom Kuchen abhaben. Wyatt können Sie umlegen, wenn alles vorbei ist, keine Sekunde früher, klar?«

»Mit anderen Worten: Ich folge Ihnen und warte.«

»Exakt«, sagte Snyder, »Sie halten sich im Hintergrund, bis ich das Okay gebe.« Er erstarrte plötzlich. »Scheiße, die Bullen.«

Gleichgültig blickte Letterman auf. Zwei junge Polizisten hatten den Park von der Nicholson Street aus betreten und kamen auf sie zu. Sie leuchteten die Gegend mit Taschenlampen ab.

Letterman erhob seine Stimme und deklamierte lallend: »Güte trägt jeder von uns in seinem Herzen. Der Herr Jesus Christus hat mich das gelehrt. Geh auch du in dich und entdecke deine Herzensgüte!«

Snyder reagierte einigermaßen prompt. »Du bist doch irre, Mann«, sagte er und tätschelte Letterman die Hand. »Nur auf dem Grunde deiner Rotweinflasche wirst du noch 'n bisschen Herzensgüte finden. Schönen Tag noch«, rief er, als die Polizisten näher kamen.

Die beiden grinsten sich an und gingen ihres Weges. Letterman sah ihnen nach. Ab und zu leuchteten sie mit ihren Taschenlampen den Wegesrand ab und waren bald außer Sichtweite, wurden irgendwo an der Südseite des Parks von der Dunkelheit verschluckt.

»Loman«, murmelte er.

»Was ist mit ihm? Kennen Sie ihn?«

»Wir sind uns schon einmal begegnet. Ich habe ihn gebeten, die Nachricht auszustreuen, dass ich Wyatt suche. Die Frage ist nun, warum hat er es mir nicht selbst gesagt?«

»Stimmt. Das frage ich mich auch«, sagte Snyder.

Sechzehn

Nach ihrem Treffen mit Tobin fuhren Wyatt und Leah
zurück zu den Gebrauchtwagenhändlern auf der Main
North Road und kauften einen zwölf Jahre alten Holden-
Pick-up. Wyatt wollte einen Wagen, der im Busch möglichst wenig auffiel.

Bevor sie am nächsten Tag nach Norden in ihr Versteck
fuhren, unternahmen sie Großeinkäufe in diversen Super-
märkten und in Läden, in denen Armeeausrüstung verkauft wurde. Sie erstanden vier Feldbetten und Schlafsäcke, einen Campingkocher mit zwei Kochplatten und
Benzin, Emailletassen, Wegwerfgeschirr und -besteck,
zwei Schaufeln, eine transportable Duschvorrichtung, eine
chemische Toilette, Sturmleuchten, Kerzen und Konser-
ven. Alles sollte beim Verlassen der Farm verscharrt werden. Wyatt hatte nicht vor, auch nur die geringste Spur zu
hinterlassen. Keine Fahrspuren, kein Abfall, keine Ausrü-
stungsgegenstände, nichts, was sie in irgendeiner Weise
mit dem Steelgard-Überfall in Verbindung bringen
könnte.

Sie kauften auch vier Funkgeräte. Snyder wollte eine
leistungsstarke Anlage mitbringen, um den Steelgard-
Van abzuhören. Aber Wyatt brauchte noch vier weitere,
handliche Kurzwellenempfänger für die Geländearbeit.
Er kaufte Walkie-Talkies, die auf der Frequenz der
Marine liefen, da er davon ausging, dass in den Buschge-
bieten des Landesinnern wahrscheinlich niemand auf
dieser Frequenz mithörte.

Die folgenden Tage hieß es warten. Warten bis Donnerstag, wenn sie mit Tobin die örtlichen Verhältnisse
abchecken würden. Warten auf Snyders Ankunft näch-

sten Montag, warten auf den Tag des Überfalls. Es war nicht so wichtig, dass Snyder beim ersten Testlauf nicht dabei war. Tobins Einschätzung war wichtiger. Welche Möglichkeiten sah er, den Steelgard-Van von der Straße wegzuhieven? Würde er ein geeignetes Fahrzeug finden? Waren die Straßen breit genug oder die Scheunen der Farm eventuell zu klein?

Wyatt musste sich die ganze Zeit mit diesen Fragen herumschlagen. Nicht weil er es so wollte, sondern weil Leah dabei war. Sie war völlig aufgedreht, scharf darauf, endlich loszulegen, und sie beleuchtete die Sache von allen Seiten. Wyatt war gelassener. Er wusste, wo es Probleme geben konnte, aber er wusste auch, dass nichts geklärt werden konnte, bevor Tobin sich die Sache angeschaut hatte. Es hatte wenig Sinn, sich vorher darüber den Kopf zu zerbrechen. Wenn es soweit war, ging Wyatt bis ins kleinste Detail äußerst konzentriert vor. Doch er konnte auch abwarten. Dann zog er sich völlig zurück und wirkte extrem introvertiert, was leicht als Arroganz missverstanden wurde. Ein leiser, eisiger Wind ging dann von ihm aus. Er wusste um diesen Effekt und war Leahs wegen bemüht, ihn nicht so stark zur Entfaltung kommen zu lassen. Er schaute also möglichst nachdenklich, wenn sie irgendwo ein Problem sah. Er deklinierte mit ihr die Pro und Contras. Das hielt sie beide bei Laune. Und wahrte die Harmonie zwischen ihnen.

Viel zu tun hatten sie nicht. Leah fuhr gelegentlich zum Einkaufen in die Nachbardörfer – nie zweimal in dasselbe – um Lebensmittel zu besorgen: Milch, Eier, Brot, Butter, Obst, Fleisch und Gemüse. Während ihrer Abwesenheit erkundete Wyatt die unterschiedlichen Möglichkeiten, von der Farm wegzukommen. Falls etwas schief

ging, falls sie die Farm überstürzt verlassen mussten,
dann bestimmt nicht auf dem normalen Anfahrtsweg.
Denn von dort würden die anderen kommen.

Als Erstes verfolgte er den Pfad in die Berge. Bis zum
Ende. Manchmal verlor er ihn durch vom Sand ver-
wehte Abschnitte aus den Augen, aber jedes Mal fand er
wieder auf ihn zurück. Der Pfad zog sich schlängelnd
durch das Tal, an den Bergen entlang und mündete
schließlich in eine Nebenstraße jenseits der Bergkette.
Wyatts spontaner Eindruck bestätigte sich: Für die meisten Fahrzeuge war der Pfad passierbar.

Aber es gab noch einen anderen Weg aus dem Tal.
Wenn es mit den Fahrzeugen nicht klappte, weil beide
Straßen gesperrt waren, dann konnte man immer noch
zu Fuß über die Berge entkommen. Ein einigermaßen
geschickter Mann kam an den seichten Hängen der
Berge gut voran. Die Buschgräser waren weder zu hoch
noch zu dicht. Die Hauptgefahrenquellen waren Quarz-
bänke, Hasenlöcher und Grasbüschel. Alles böse Fallen,
um sich den Fuß zu verstauchen. Auch Deckung gab es
ausreichend, zum einen die Gräser, aber auch Bachläufe
und Durchgänge im Gestein, Felsnasen, Findlinge und
einzelne Bäume, deren Rinden von vergessenen Schafen
und Rindern blank gescheuert waren. Ab und zu stieg er
auf einen Aussichtspunkt, um sich eine mentale Landkarte der Umgebung anzulegen. Dort verzeichnete er
topographisch auffällige Punkte, die Straßenlage, den
Standort der anderen Farmen und die Abzweigung, an
der die Blechhütte stand. Dort oben hatte er das Gefühl,
unbesiegbar zu sein. Er schob es auf die klare, nach
Kräutern duftende Luft, die blau-olivfarbenen Hügel
und den Wind, der durch die Gräser strich.

Manchmal legte er sich mit Leah einfach in die Sonne. Während der Arbeit vergaß er oft über lange Zeiträume hinweg, wie schön Sex sein konnte. Wenn sie ihn dann plötzlich an sich zog und ihn langsam entkleidete, blinzelte er erst überrascht, um sie dann aber gewähren zu lassen.

Sie unternahmen auch zwei Erkundungsfahrten durch den Distrikt. Sie hatten zwar Landkarten, aber Landkarten allein reichten nie aus. Wyatt konnte nicht arbeiten, wenn er sich kein konkretes Bild von den Örtlichkeiten machen konnte. Er wusste gern Bescheid über unterirdische Wasserläufe, Straßen- und Umleitungsschilder, Abhänge, die hinter Wäldchen oder Farmen versteckt lagen, überhängende Äste, durch Schwertransporter erodierte Straßenränder, Abschnitte, auf denen man auf Grund von Schlaglöchern die Geschwindigkeit drosseln musste oder die überhaupt nicht passierbar waren, scharfkantige Felsen oder von Regenfällen weggespülte Straßenteile.

Am Donnerstagmorgen fuhren sie nach Burra, eine Kleinstadt, die nach der Stilllegung der Kupferminen durch den Handel mit Merinowolle reich geworden war. Früher gab es auf den sanft ansteigenden Hügeln nur versprenkelte Anwesen, aber nach und nach füllten sich die Lücken. Die Häuser waren aus hiesigem Sandstein, und gigantische Gummibäume wuchsen entlang des Flüsschens, das die Stadt durchzog. Der Marktplatz war gesäumt von zweistöckigen Pubs mit schönen gusseisernen Veranden, an denen sich Wein hochrankte, und die Cottages der ursprünglich aus Cornwall stammenden Arbeiter aus den Kupferminen waren restauriert worden und nun Touristenattraktion. Als Leah und Wyatt eintrafen, standen gerade zwei voll beladene Ausflugsbusse vor dem winzigen Museum der Stadt. Ganz in der Nähe stand auch Tobin.

Er lehnte an seinem Lieferwagen, einem bauchigen Ford, den er leuchtend blau lackiert hatte und an dessen Türen und Seiten goldene Schnörkel leuchteten. Er rauchte und beobachtete die Einheimischen durch seine orangefarbenen Brillengläser. Wyatt fiel auf, dass er sich ausschließlich für Frauen interessierte. Männer würdigte er keines Blickes. Wenn eine Frau vorüberging, nahm er seine Kippe aus dem Mund, drehte sich nach ihr um und vergaß fast, den Mund wieder zuzumachen. Auch Leah bemerkte es, und als sie aus dem Pick-up ausstiegen, sagte sie: »Niedliches Kerlchen.«

»Kann uns egal sein, wie er drauf ist«, meinte Wyatt.

»Mir nicht. Neulich hat er mich auch so angestarrt. Einer von denen, die gleich feuchte Hände kriegen.«

Tobin sah sie und hörte auf, in Lungerpose herumzustehen. Er warf seine Zigarette weg und grinste. Von seinem Gesicht nahm Wyatt nur das breite Grinsen unter dem kräftigen Schnauzbart wahr. Und dann waren da noch sein und Leahs Spiegelbild in den orangefarbenen Brillengläsern.

Reinste Psychologie, mit solchen Typen zu arbeiten, dachte Wyatt. In ihrer Sprache kriegt man sie. »Und, gute Fahrt gehabt?« fragte er.

Tobin klopfte mit der Handfläche gegen die Seite des Vans und sagte: »Von mir bis hier in weniger als zwei Stunden. Ich hab schon geliefert.« Er zählte mit den Fingern auf: »Eine Kiste Scotch, die Videoversionen der neuesten Kinofilme, Souvenirs für die Touristenläden.«

Wyatt betrachtete den Lieferwagen. Die Fenster waren aus schwarzem Rauchglas, es war unmöglich, einen

Blick ins Innere zu werfen.

»Wann sind wir denn wieder zurück?« fragte Tobin. »Ich muss nämlich heute Nachmittag noch ein paar Ersatzteile zu einem Autohändler nach Goyder fahren.«

»Gegen halb eins.«

Tobin rieb die Hände. »Kein Problem. Los geht's.«

Sie quetschten sich zu dritt auf die Vorderbank des Holden und verließen Burra in Richtung Nordwesten. Es war halb elf. Um elf trafen sie in Vimy Ridge, dem letzten Halt vor Belcowie, auf den Steelgard-Transporter. Sie folgten ihm in großem Abstand. Es war wenig Verkehr, genau wie in der Woche zuvor. Der einzige, der den Staub der Straße aufwirbelte, war der Steelgard-Van vor ihnen.

»Und, wie sieht's aus?« wollte Wyatt wissen.

Tobin saß dicht neben Leah und nickte zuversichtlich. Wyatt merkte, wie Tobins Erregung zunahm. Das macht ihn an, dachte Wyatt. Der Van, das viele Geld, sein Knie an Leahs Knie.

»Wie's aussieht? Ich habe ihn mir größer vorgestellt. Der hier ist kinderleicht.«

»Von der Straße zu hieven und auf einem anderen Fahrzeug wegzutransportieren?«

»Kein Problem.«

»Und wenn sie Zentralverriegelung haben, wenn im Notfall alles gesperrt ist – Motorblock, Bremsen, Türen, die ganze Elektrik?«

»Einfach die Bremsleitung kappen und an 'ner Winsche hochziehen.«

Er sah Wyatt an, während er sprach, mit dem Rücken gegen die Beifahrertür gelehnt. Einen Arm lässig ausgestreckt über der Lehne, berührten seine Fingerkuppen fast Leahs Schultern. Wyatt bemerkte, wie sie versuchte, von ihm abzurücken.

»Nächste Frage«, warf sie ein, »ist die Straße hinter der Abzweigung nicht zu schmal für einen Truck?«

Tobin war ein ungebildeter Mensch. Wie die meisten Zeitgenossen mit praktischen Berufen verließ er sich auf Körpersprache, um seiner Rede den nötigen Nachdruck zu verleihen. Wyatt warf Tobin einen schnellen Blick zu. Was er sah, war eine meisterhafte Choreographie aus Schulter-, Hand- und Mundbewegungen. Tobin wollte wohl auf seine Art sagen: »Tja, da bin ich überfragt.«

Die Staubwolken vor ihnen vollführten Pirouetten. Sehr schön – auch diesmal nahmen sie die Abkürzung. Wyatt wartete zehn Minuten, bevor er ebenfalls einbog. Sie fuhren den Weg bis zu der Stelle, wo er wieder in die Hauptstraße mündete, etwa vier Kilometer nördlich von Belcowie. Wyatt hielt an.

»Und?«

»Auch kein Problem«, sagte Tobin.

Und eine halbe Stunde später wiederholte er es, als sie ihm die Schuppen auf ihrer Farm zeigten. »Kein Problem. Hier können wir ganze Schiffe unterstellen.«

Er grinste sie an. Seine orangefarbene Brille hatte er in der Zwischenzeit wieder aufgesetzt. Wyatt wusste genau, dass er auf Leahs Busen starrte. »Also, bin ich drin? Abgemacht?«

»Kommt drauf an. Wir brauchen auch noch einen Tieflader oder einen Schlepper, und zwar einen, durch den man uns nicht gleich aufspüren kann.«

Tobin tippte mit dem Zeigefinger gegen seine Nase. »Lasst das meine Sorge sein. Also, bin ich dabei?«

Wyatt nickte.

Wieder streckte Tobin seine Pranke aus, um Wyatts Hand enthusiastisch zu schütteln. Dann legte er den Arm um Leahs Schulter und drückte sie an sich. Nur ganz kurz, eigentlich hatte es nichts zu bedeuten. Doch er schaute Wyatt dabei fest in die Augen, und Wyatt wusste, dass diese Geste sehr wohl etwas zu bedeuten hatte.

Siebzehn

»Was soll das heißen«, rief Trigg am Freitagnachmittag, »kriegt ihr heutzutage kein Taschengeld mehr, oder was?«

Der Junge war zirka siebzehn Jahre alt, trug eine Schuluniform und hieß Wayne. Er war Triggs Dealer auf dem Schulhof der Highschool. »Ich wiederhole nur, was ich dauernd zu hören bekomme«, erwiderte er. »Speed und Dope sind einfach zu teuer geworden.«

»Als ich in eurem Alter war, hab ich Zeitungen ausgetragen, Rasen gemäht, Autos gewaschen, ich war mir für nichts zu schade! Faules Pack. Heute rennen sie lieber in Mooneys Spielhalle, wenn sie nicht gerade wichtig in der Mall rumhängen –«

Trigg hielt einen Augenblick inne. Wenn die Kids wirklich all ihr Geld zu Mooneys Spielautomaten trugen, wie in drei Teufels Namen konnte es dann sein, dass Mooney die siebenhundertfünfzig Kröten nicht bezahlen konnte, die er ihm noch schuldete? Wirklich jedes Aas in Goyder versuchte, sich vor dem Bezahlen zu drücken.

»Faules Pack«, wiederholte er.

Wayne nahm einen Schluck aus der Dose Southwark, die Trigg ihm hingestellt hatte, und ließ ihn reden. Dass

Trigg schwul war, hinderte ihn nicht daran, zu schwadro-
nieren wie die eigenen Eltern, wenn es um die Jugend
von heute ging. Mit einem leichten Grinsen sagte Wayne:
»Geldmäßig läuft es bei ein paar Jungs besser. Bei denen,
die sich informiert haben, was das Züchten von Hanf-
pflänzchen betrifft. Die verlangen für das Zeug auch
weniger als du.«

Trigg schloss die Augen. Es war die Sache nicht wert.
Wenn er Wayne und die anderen ausbezahlt hatte und
Subunternehmern wie Tobin immer wieder einen Auf-
schub der Schulden gewährte, dann würde er die Raten
für Mesic nie zusammenbekommen. Er musste langsam
härter durchgreifen.

»Wenn's das also für heute war«, meinte Wayne und
stellte die Dose ab, um seine Schultasche zu schnappen,
die er beim Reinkommen hinter die Tür gepfeffert hatte.

Trigg quälte sich ein Lächeln ab. »Du bist aber in Eile.
Bleib doch noch ein bisschen.«

Wayne wusste, was jetzt kam, und seine Miene verfin-
sterte sich. »Ich muss jetzt nach Hause.«

Trigg klopfte mit der flachen Hand neben sich aufs
Sofa. »Nur noch zehn Minuten.«

Wayne gab nach. Er ließ die Schulmappe zu Boden
gleiten und setzte sich zu Trigg. Seine Finger strichen
abwesend über Triggs Knie.

»Du warst beim Friseur«, bemerkte Trigg.

Wayne zuckte mit den Schultern. Seine Finger führten
die Bewegungen an Triggs Knie fort.

»Gefällt deiner Freundin wohl besser, was?«

»Na, na, jetzt aber langsam, Raymond«, sagte Wayne.
Das gedämpfte Licht, die körperliche Nähe und das
schwere Atmen neben ihm füllte die Luft mit Erregung

und Gier. »Letztes Mal hat es mir wehgetan.«

»Aber Baby, warum hast du nichts gesagt? Diesmal machen wir es auf andere Weise.« Nach zehn Minuten sagte Wayne: »Zehn Minuten.« Innerhalb der nächsten sechzig Sekunden hatte er Triggs Wohnung verlassen.

Danach telefonierte Trigg. Er fühlte sich verschwitzt und unwohl in seiner Kleidung.

»Mooney?« sagte er. »Die Uhr läuft. Du wirst auch nicht jünger.«

»Ein paar Hunderter könnte ich dir geben«, erwiderte Mooney schuldbewusst.

»Was ist los, Mooney«, fragte Trigg. »Lässt du die Kids etwa umsonst an den Automaten spielen, hm?«

Er legte auf und wählte erneut. »Hier spricht Trigg. Du wirst auch nicht jünger.«

Die Stimme am anderen Ende musste sich erst durch diverse Lagen Essen im Mund kämpfen. Kaugeräusche waren zu hören und dann ein Räuspern. »Ich kann nicht. Hol dir im Zweifel das Auto einfach wieder zurück.«

Das Auto zurückholen? Gottverdammte Scheiße, dachte Trigg, kann sich denn keiner mehr ein Auto leisten? »Ich möchte dich ungern deines fahrbaren Untersatzes berauben«, meinte Trigg. »Wie wäre es, wenn ich mit den Zinsen etwas runterginge? Kannst du mir dann nächsten Monat, sagen wir mal, tausend Dollar zurückzahlen?«

»Das nützt nichts. Die Bank hat mir jetzt auch noch das Konto gesperrt. Sie lassen mich nur deshalb auf meiner Farm, weil sie keinen Käufer finden. Aber sie haben mir sogar den neuen Pflug und meiner Frau die Mikrowelle weggenommen.«

Trigg legte auf. Er wollte gerade die nächste Nummer wählen, als er sich untenherum plötzlich recht unsauber fühlte. Er ging ins Bad, zog sich aus und duschte.

Es war fünf Uhr. Er zog eine frische Moleskin-Hose an, dazu ein Pepitahemd, die khakifarbene Krawatte mit dem Schurwolle-Siegel und einen Kinderanorak von Myer's, der irgendwie seinen Weg zu Trigg Motors Showroom gefunden hatte. Es machte den Tag keineswegs besser, seinen alten LTD nun auf einem Schlepper in der Ecke seines Hofes stehen zu sehen. Er ging an den Zapfsäulen vorbei, als Sergeant Kings Sohn gerade einer Truppe junger Bahnarbeiter, die in einem Lieferwagen vorfuhren, ein Cellophantütchen reichte. Er wartete, bis die Transaktion vorüber war, und kam dann näher. »Heute Abend bekomme ich eine neue Lieferung.«

»Ich hab nicht mal die Hälfte der letzten verkauft«, meinte der Junge.

»Du nicht auch noch!« stöhnte Trigg resigniert.

In diesem Augenblick fuhr ein Schulbus vor. Er kam wahrscheinlich gerade von einer Tour durch die umliegenden Dörfer. Trigg wandte sich ärgerlich ab und verschwand in seinem Showroom, wo Liz gerade ihre Sachen zusammenpackte, um nach Hause zu gehen. Trigg sah auf die Uhr: halb sechs. Er seufzte, ging in sein Büro und verspürte zunehmend das Bedürfnis, jemandem sofort den Schädel einschlagen zu wollen.

Er nahm den Hörer in die Hand, schlug das Adressbuch auf und wählte. »Hier spricht Ray Trigg. Ist Tub Venables noch da?«

»Er ist gerade dabei, zu gehen.«

»Sagen Sie ihm, er soll noch kurz bei mir vorbeischauen, ja?«

Trigg legte auf und lehnte sich in seinem Sessel zurück. Absolut ergonomisches Design mit vielen Knöpfen zum Verstellen der Höhe und zum Kippen. Körpergerechte Polsterung und eine Lehne, die sich jeder Bewegung anpasste. Auf diesem Sessel saß Trigg hoch erhoben hinter seinem Schreibtisch. Dafür hatten sich die sechshundert Dollar wirklich gelohnt.

Ein Lichtreflex traf Venables Gesicht, als er am Tor von Steelgard auftauchte. Er schaute nach links und rechts, bevor er die Fahrbahn überquerte. Trigg beobachtete den fettleibigen Fahrer, während dieser auf den Showroom zusteuerte. Besonders seine Körpersprache missfiel ihm. Ein Stück Schiss ohne Mark und Bein. Ein nutzloses aufgeblähtes Etwas, windig, fett und feige.

Trigg klopfte gegen die Scheibe. Venables starrte ihn erschreckt an und kam dann durch den Hintereingang ins Haus. Trigg wartete, bis es an der Tür klopfte.

»Verdammt noch mal, steh nicht so dämlich da draußen rum!« rief er.

Venables trat ein. Er schloss die Tür hinter sich und stand verunsichert herum, als ob er den großen Teppich zwischen sich und Triggs Schreibtisch fürchten müsste.

»Komm näher, alter Knabe.«

Venables trat auf den Teppich, vorsichtig und mit kleinen Schritten. Am schmalen Ende des Schreibtisches blieb er stehen. »Sieh mal, ich weiß –«

»Ach ja, wirklich? Warum machst du's mir dann so schwer? Meinst du, ich hätte nichts Besseres zu tun, als den ganzen Tag meinem Geld hinterherzulaufen?«

»Es ist nicht leicht für mich. Die Zahnspange meiner Tochter –«

»Millionen von Kindern führen ein zufriedenes Leben

trotz vorstehender Schneidezähne. Aber bitte, lass dich nicht unterbrechen. Ich möchte gern mal wieder so richtig ablachen.«

»Die Wohnung meiner Oma kostet uns mehr, als ich dachte. Mindestens fünftausend mehr.«

»Dann steck die greise Schlampe ins Altersheim.«

»Ich hab die tausend nicht, die ich dir schulde«, schloss Venables seine Rede.

»Was ich auf den Tod nicht ausstehen kann«, sagte Trigg, »ist diese beschissene Feigheit. Du bist mir aus dem Weg gegangen in letzter Zeit. Deine Kumpels haben deinen Van aufgetankt, ich hab dich überhaupt nicht zu Gesicht bekommen. Morgens musst du irgendwie durch die Hintertür zur Arbeit rein und abends nach Hause geschlichen sein. Und im Pub hat man dich auch schon eine Ewigkeit nicht mehr gesehen.«

»Meine Frau --«

»Deine Frau hat dir die Eier abgeschnitten«, schnauzte Trigg. Er erhob sich. »Ich möchte, dass du mitkommst.«

»Wie bitte?«

Trigg ging um seinen Schreibtisch herum und in Richtung Tür. »Komm mit.«

Er führte ihn über den Hof mit den Gebrauchtwagen, klopfte dabei im Vorbeigehen auf die Kühlerhaube eines neu wirkenden Honda Legend. Heute Abend kam wieder eine Lieferung, ein Mercedes, ein Saab. Warum sie ihm keine Corollas oder Commodores schickten, war ihm ein Rätsel.

»Hier hinein«, sagte er.

Sie betraten die Werkstatt. Happy Whelan war da, und Venables fiel förmlich in sich zusammen. »Noch eine kleine Chance, bitte.«

Trigg überging sein Flehen. »Hap«, rief er.

Happy Whelan hatte die Miene eines Bestattungsunternehmers und einen massiven Rumpf, der auf O-Beinen ruhte. Seine Bewegungen waren verlangsamt, sein Hirn arbeitete verlangsamt, aber er war Spitzenklasse im Verdecken von Rostflecken und im Aufpeppen altersschwacher, klappernder Getriebe, und wenn er erst einmal angefangen hatte mit einer Sache, dann konnte ihn so leicht keiner mehr davon abbringen. »Ja?« rief er.

»Lass uns mal die Schlagkraft deines neuen Hammers testen.«

»Schon wieder?«

»Schnapp dir Tub«, sagte Trigg, »und zeig ihm, wie's geht.«

Happy packte Venables bei den Schultern und schob ihn unsanft dort hin, wo Trigg gerade stand, neben den Werkbänken und Werkzeughaltern im hinteren Teil. »Leg seinen Daumen mal hier ein«, sagte Trigg und zeigte auf das obere Ende der Werkbank.

Venables Hose war im Schritt vollkommen nass. Er brachte kein Wort heraus, schloss die Augen und schwankte leicht.

Als der Schlag kam, öffnete er sie wieder, stöhnte auf vor Schmerz und sank fast zu Boden. Happy fing ihn auf. »Nicht so besonders, die Schlagkraft«, meinte Trigg und tat so, als wäre er erstaunt. Er ließ den Hammer auf den Boden fallen, der dort einen hässlichen Abdruck im Zement hinterließ. Dann griff er Venables Hand. »Oh oh, du wirst in Kürze aber einen bösen schwarzen Nagel haben, alter Knabe.«

Venables stöhnte und sah aus, als würde er sich gleich übergeben. Trigg streichelte den Rücken der verletzten

Hand und tippte mit den Fingerspitzen immer wieder auf den lädierten Daumennagel, unter dem sich mittlerweile das Blut staute. »Der Druck steigt«, stellte Trigg fest. »Dagegen müssen wir was unternehmen. Hap, mach den Daumen von Mr. Venables im Schraubstock fest. Aber nicht zu fest.«

»Nein«, sagte Venables mit ersterbender Stimme. Seine Knie waren weich wie Pudding und er konnte sich kaum mehr auf den Beinen halten.

Trigg wartete, bis der Daumen eingespannt war, dann nahm er ein Stanley Messer aus der Halterung an der Wand. Die Klinge war scharf und hatte eine ausgeprägte Spitze. Happy benutzte es, um Polster zurechtzuschneiden.

»Dein armer Nagel«, sagte er, während er sich über die Hand beugte und mit der Messerspitze ein Loch in die Mitte kerbte. Venables wurde kalkweiß, beobachtete den Vorgang jedoch fasziniert. Eigentlich tat ihm Trigg doch einen Gefallen, aber im Augenblick sah es fast so aus, als hätte sein letztes Stündlein geschlagen.

Auf einmal hatte die Messerspitze den Nagel durchbohrt, das Blut spritzte. Als es langsam in ein Tröpfeln überging, fragte Trigg: »Und, wie fühlst du dich? Besser?«

»Du Dreckskerl.«

»Einen Riesen, morgen um diese Zeit, wenn du den Steelgard-Van zur Inspektion reinbringst.«

»Ich hab das Geld nicht. Ich bezahle dich anders, was immer du willst, aber ich hab kein Bargeld.«

Trigg stieß Venables verärgert aus der Werkstatt. »Pass bloß auf, dass dir dieses Angebot nicht noch mal sehr Leid tun wird. Verpiss dich!«

Plötzlich hielt er inne. Draußen war ein Autolaster vorgefahren. Der Anblick ließ Trigg schmerzlich aufjaulen. Noch ein Saab und noch ein Mercedes, beide eher neu, beide auch noch schwarz. Nicht nur, dass die Leute hier keine neuen, teuren, ausländischen Wagen mehr kauften. Nein, sie kauften darüber hinaus schon gar keine teuren, ausländischen schwarzen Wagen. Nicht in einer Gegend, in der die Straßen drei Viertel des Jahres im Dreck und ein Viertel des Jahres im Schlamm ertrinken. Und schon wieder tonnenweise Pillen und Videos, die kein Mensch haben wollte.

Achtzehn

Je länger Letterman darüber nachdachte, desto mehr ärgerte er sich über Loman. Loman hatte die ganze Zeit gewusst, wo Wyatt steckte, und ihm nichts gesagt. Loman hatte ihn blamiert.

Nach seinem Treffen mit Snyder war das Gefühl langsam in ihm hochgekrochen. Er hatte sein Motelzimmer verlängert, bis zum Abflug am Montagvormittag, und er hatte den Fehler begangen, einen Ed McBain-Roman zu lesen, das brachte das Fass zum Überlaufen. Er musste etwas gegen Loman unternehmen.

Am Sonntagabend verließ er mit dem Fairmont den Parkplatz des Motels und steuerte eine Tankstelle an der Beaconsfield Parade an. Dort kaufte er zwei Einliterkanister Motoröl, fuhr weiter und bog dann in eine schmale, dunkle Seitenstraße ein. Er parkte den Wagen, stieg aus und goss das Öl in den nächstbesten Gully. Er stieg wieder ein und fuhr die lange Strecke bis zu Lomans Baustoff- und Heimwerkermarkt in Preston. Kurz vor seiner Ankunft dort fuhr er eine Mobil-Tankstelle an und tankte bleifreies Benzin. Niemand bemerkte, dass er auch die beiden Ölkanister bis zum Rand mit Benzin auffüllte. Er wollte vermeiden, dass Dämpfe entstanden. Lomans Laden war ziemlich groß und umfasste ein Drittel des Blocks am Rande eines Einkaufszentrums. Das N in EDDIE LOMAN HARDWARE über dem Geschäft war verkehrt herum angebracht. Zur Straße hin lag der Heimwerkermarkt. Dahinter befanden sich ein großer Lagerschuppen und eine betonierte Fläche, die vollstand mit Gartengeräten für den Hobbygärtner, Muster für diverse Mauerarten, Erdhaufen und Kieshalden in allen Schattierungen von graurosa bis schwarz. Hohe Kiefern umsäumten das Ensemble.

Am hinteren Ende und abseits der Straße lag Lomans Wohngebäude. Es war ein zerlegbares Fertighaus auf Holzblöcken mit vier Zimmern. Letterman näherte sich vorsichtig, auf der Hut vor Hunden, Wach- und Schließ-personal oder Jugendlichen, die eine Abkürzung auf dem Nachhauseweg von der Videothek suchten. Mit einem Kanister in jeder Hand wartete er fünf Minuten. Aus Lomans Wohnräumen drangen leise Geräusche eines Fernsehers. Die Luft schien rein, also rannte Letterman geduckt zur hinteren Tür des Hauses. Es gab keine Hin-dernisse für ihn, der Hof sah aus, als würde jeder Zenti-meter seiner trüben Existenz täglich gewienert und gebohnert.

Im Vorfeld eines Auftrages, die es zu erledigen galt, fastete Letterman. Nur mit leerem Magen fühlte er sich wirklich konzentriert und aufnahmefähig bis in die Finger-spitzen.

Er durfte keine Spuren hinterlassen. Jedes Fenster am Haus untersuchte er auf eine Alarmanlage. So ordentlich, wie Loman war, konnte man davon ausgehen, dass sich ein Kleinkrimineller wie er eine Sicherheitsanlage gönnte. Und er fand sie auch, an jedem Fenster ein Silberfaden, der sofort Alarm auslöste, wenn er berührt oder durchtrennt wurde.

Unter anderen Umständen hätten solche Fensteranlagen für Letterman kein Problem dargestellt. Er hätte einfach den Kitt entfernt und das ganze Holzpaneel zur Seite geschoben. Aber alles sollte so unverfänglich wie möglich wirken.

Er ging um das Haus herum zur Vordertür. Sie war nicht beleuchtet. Er stellte die Kanister ab und prüfte das Schloss. Es war anspruchslos. Er zog sein Etui mit den entsprechenden Utensilien heraus und machte sich an die Arbeit.

Er besaß vierundzwanzig verschiedene Dietriche. Ein Kerl, den er vor fünf Jahren in Long Bay eingelocht hatte, hatte sie ihm gegeben, inklusive Anschauungsunterricht. Es waren lange, flache Metallteile unterschiedlicher Größe mit kleinen Einbuchtungen und Zähnchen an beiden Seiten. Die Ausrüstung enthielt auch diverse Schlüsselrohlinge, kleine Stemmriegel und Knarren, die er heute jedoch alle nicht benötigte. Das kleine Hakeninstrument genügte. Er nahm einen Dietrich, führte ihn ins Schloss ein und drückte leicht gegen den ersten Stift. Dann führte er das Hakeninstrument ein und hatte den ersten Bolzen geöffnet. Er wiederholte die Operation noch einige Male und drang so immer tiefer ins Schloss hinein.

Er hatte es geschafft, stand auf und streckte sich, um seinen Rücken zu entspannen, dann öffnete er die Tür. Aber nur einen Spalt breit. Er horchte und wartete. Als kein

Alarm anging, öffnete er sie weiter, Zentimeter für Zentimeter. Immer noch kein Alarm. Wahrscheinlich hatte Loman unterschiedliche Warnsysteme für Fenster und Türen, und wenn er zu Hause war, schaltete er die Alarmanlage der Türen ab und ließ nur die der Fenster eingeschaltet.

Letterman zog die Tür leise hinter sich ins Schloss. Er stand mitten in einer Art Wohnzimmer. Jedoch war kein Fernseher zu sehen, er musste in einem der anderen Zimmer stehen.

Im Schlafzimmer. Durch die halboffene Tür konnte er Loman ausgestreckt auf einem spartanischen Bett liegen sehen. Er sah sich ein Footballspiel an und trug einen Schlafanzug mit kurzen Hosen und einen leichten Morgenmantel. Sein ›heiles‹ Bein war von unzähligen Narben übersät. Das künstliche lag auf einem Stuhl neben dem Bett. Offenbar fröstelte Loman ein wenig, denn auf einem kleinen Teppich in der Mitte des Raumes arbeitete ein Heizlüfter auf Hochtouren.

Letterman verlor keine Sekunde Zeit. Er würde heute darauf verzichten, Loman mit seinen Verfehlungen zu konfrontieren. Stattdessen stürmte er ins Zimmer und überrumpelte ihn mit einem heftigen Schlag gegen die Schläfe. Er schlug noch einmal zu.

Als er sicher sein konnte, dass Loman bewusstlos war, stellte er den Heizlüfter ab. Dann holte er sein Messer hervor und bohrte mit der schmalen, scharfen Spitze Löcher in die Verschlussdeckel der beiden Benzinkanister. Er verteilte Benzin im ganzen Zimmer, schüttete es an die Wände, den Schrank, die Vorhänge und gegen die Zimmerdecke. Er versuchte, es möglichst weit nach oben zu spritzen, weil er wusste, dass die Ermittler der

Polizei Verdacht schöpften, wenn die Brandherde nur am Boden und im unteren Bereich der Wände nachweisbar waren. Also verfuhr er großzügig mit der Zimmerdecke. Sie würde als Erstes Feuer fangen und dann auf Loman herunterstürzen.

Zum Abschluss tränkte er die Bettdecke mit Benzin und zog einen Zipfel bis an den Heizlüfter heran. Dann schaltete er ihn wieder an und wich zurück zur Tür. Das Bett stand sofort in Flammen. Als das Feuer richtig loderte, warf er die beiden Kanister auf das Bett. Nichts würde von ihnen übrig bleiben.

Bereits um einundzwanzig Uhr war Letterman wieder zurück im Motel und bat darum, am nächsten Morgen telefonisch geweckt zu werden. Er duschte, packte seine Tasche und zählte sein Geld. Dreißigtausend Dollar – achtzehn für Snyder, zwölf für ihn. Er überlegte, ob er in Sydney anrufen sollte, um sie über seine weiteren Schritte zu informieren, verwarf dann aber den Gedanken. Schließlich war er sein eigener Chef. Er hatte es nicht nötig, alle fünf Minuten Bescheid zu geben wie ihre anderen subalternen Deppen. Sie würden seinen Bericht und ihre Fotos bekommen, wenn die Sache erledigt war.

Neunzehn

Snyder ging als letzter Passagier an Bord des 8-Uhr-10 Flugs nach Adelaide. Letterman hatte es sich bereits in der ersten Klasse bequem gemacht, neben sich eine Ausgabe des Age-Magazins als Begleiter. Er sah, wie Snyder die Maschine betrat, und dachte, sieht ihm ähnlich, immer alle warten zu lassen. Letterman hätte diesem Riesenbaby am liebsten in seine selbstverliebte Fresse geschlagen. Snyder war wirklich ein unglaublicher Anblick am frühen Morgen: leuchtend weißer Overall wie immer, eine Halskette, die auf seinem Brusthaar prangte, und dicke Hippieklunker an jedem Finger. Und weiße halbhohe Turnschuhe. Die Haare kräuselten sich um sein aufgedunsenes Gesicht und leuchteten ebenfalls in der Morgensonne. Letterman hingegen trug einen hellgrauen Anzug von David Jones. Nicht zum ersten Mal in seinem Leben bedauerte er, dass sich heutzutage jedermann einen Flug leisten konnte. Auch Leute, die sich nicht einmal Mühe gaben. Die in der Welt herumflogen und dabei aussahen, als wollten sie nur mal eben rasch zum Bäcker.

Wenigstens hielt sich Snyder an das Blickkontakt-Verbot. »Von nun an kennen wir uns nicht«, hatte Letterman ihm gestern eingebläut. Er beobachtete Snyder, wie er sich leicht schwankend seinen Weg zu den hinteren Sitzen in der Economy bahnte und dabei fortwährend mit seinem Handkoffer gegen die Schultern der Passagiere am Mittelgang schlug. Ein Koffer aus Leichtmetall. Seine Funkausrüstung, dachte Letterman.

Das Frühstück bestand aus Dosenfrüchten, Toast und labberigem Rührei. Letterman aß den Toast und bestellte noch eine Tasse Kaffee. Danach hatte er Magenschmerzen und musste die Stewardess um eine Maloxaan bitten.

Nach fünfzig Minuten landeten sie auf dem Flughafen von West Beach. Die Reihe der Passagiere schob sich aus dem Flugzeug und zerstreute sich dann. Ein starker Wind fegte die heißen, öligen Ausdünstungen der Flugzeuge über das Rollfeld. Wie gewöhnlich wurden sie von ein paar Uniformierten und einem Zivilbeamten neugierig beäugt, während sie durch die gläsernen Schiebetüren zu den Gepäckbändern geleitet wurden. Letterman fragte sich, ob sie ihn für einen Bullen hielten, denn er sah aus wie ein Bulle. Auch wenn es schon ein paar Jahre her war, bewegte er sich, dachte und sprach wie ein Bulle.

Er nahm seine Tasche vom Band und bekam seine Automatik von einem Sicherheitsbeamten des Flughafens zurück. Es war eine kleine .25er, geladen mit Hohlmantelmunition. Letterman arbeitete gern von Angesicht zu Angesicht – drei oder vier Kugeln in den Kopf, die Hohlmantelpatronen brechen auf und vom Hirn bleibt nichts als Brei. Die Genehmigung, auf Flügen eine Waffe mitzunehmen, stammte noch aus den Tagen bei der Polizei. Die Fluggesellschaften stellten nie Fragen, man nahm ihm die Waffe am Abflugort ab und händigte sie ihm bei der Ankunft wieder aus.

Er verließ das Gebäude und ging zum Taxistand. Auf Hinweistafeln wurde dafür geworben, sich ein Taxi in die Stadt zu teilen, aber Letterman musste sich die Typen mit ihren Jogginganzügen und malmenden Unterkiefern nur anschauen. Fahrt zur Hölle, dachte er, ohne mich. Dem Fahrer befahl er nur ›Busbahnhof‹, dann ließ er sich auf dem Rücksitz nieder. Snyder, so hatte er beobachtet, war zusammen mit einem aufgebretzelten jungen Mädchen und ihrer kleinen Schwester in ein Taxi gestiegen; er hatte dabei die Zähne gebleckt wie eine Sau beim Futterfassen.

»Guten Flug gehabt?«

Letterman sah auf. Der Taxifahrer schaute ihn im Rückspiegel an.

»Fahren Sie los«, sagte Letterman kategorisch.

Der Taxifahrer öffnete den Mund und schloss ihn wieder, wand sich ein bisschen im Sitz und fuhr dann los. Es war kaum Verkehr. In zwölf Minuten hatten sie den Busbahnhof erreicht. Letterman bezahlte und stieg aus. Drei weitere Taxis rollten heran, auch das von Snyder. Snyder stieg aus. Letterman sah, wie er der Blonden nachwinkte, als das Taxi wieder anfuhr. Er sah auch, wie die Blonde ihre Lippen zu einem Kuss formte und die beiden Schwestern dann ihre Köpfe zusammensteckten.

Letterman ging in die Bahnhofshalle und reihte sich in die lange Schlange vor dem Fahrkartenschalter ein. Während er wartete, ließ er seinen Blick schweifen. Das Linoleum auf dem Fußboden war abgewetzt und schmutzig. Von den Wänden blätterte der Putz. Die Schließfächer waren beschädigt und verbeult, die Plastiksitze in der Wartezone übersät mit Brandlöchern. Es war neun Uhr morgens und der Ort war eine Müllhalde voller Hotdog fressender Menschen. Letterman hatte ein klares Bild vor sich: Sämtliche Türen verriegeln und einen Molotowcocktail in den Haufen Menschenmüll werfen.

»Wohin?«

»Vimy Ridge, Sitz am Mittelgang, hinten.«

Der Schalterangestellte schien nun gekränkt. Er stach auf seiner Tastatur herum und fragte ohne aufzusehen: »Hin- und Rückfahrt?«

»Ja.«

Der Angestellte nannte den Preis. Er nahm Lettermans Geldscheine entgegen, als wären sie verseucht. Ein trüber Zeitgenosse und Letterman wünschte, die Sache wäre schon erledigt. Er sehnte sich danach, irgendwo an einem schönen, sonnigen Ort Chablis zu trinken und Austern zu schlürfen.

Letterman war als Erster im Bus. Er setzte sich auf seinen Platz und beobachtete die anderen Fahrgäste beim Einsteigen. Wenn es hier Ärger gäbe, wollte er ihn wenigstens kommen sehen. Er sah jedoch nur Snyder mit einer Tüte Chips in der Hand, einen ziemlich verpennt aussehenden Soldaten, einen Teenager mit den Kopfhörern eines unsichtbaren Walkmans im Ohr und etwa ein halbes Dutzend gestörter Individuen mit Revolverblättern und Plastiktüten bewaffnet.

Um halb zehn verließ der Bus den Bahnhof und fuhr in Richtung Norden. Letterman sah wogende Ähren auf weiten Feldern und seine innere Trostlosigkeit wuchs. Er hasste das alles, hasste die Leere, die Weite, die hysterischen Schafe, die Bauernkinder, die mit ihren blöden offenen Mündern jeden passierenden Bus anstarrten. Dann fiel ihm ein, dass er möglicherweise noch viele solcher Überlandfahrten vor sich hatte auf der Suche nach Wyatt. Er sorgte sich um seine Anzüge. Seine Laune verdüsterte sich.

Kurz vor halb zwölf erreichte der Bus Vimy Ridge, und der Fahrer kündigte einen kurzen Aufenthalt an. Alle stiegen aus, blinzelten in die Sonne und streckten sich. Letterman hatte nur leichtes Gepäck. Eine kleine Reisetasche, die auf der Gepäckablage über seinem Kopf lag. Er griff danach, überquerte gelassen die Straße und betrat ein Café, als hätte er nie irgendwo anders hingehört.

Das Interieur bestand aus einer Ansammlung von Reliquien und Replikaten der Kolonialzeit des Städtchens, doch Letterman nahm all das nicht wahr. Er saß mit dem Blick auf den Bus gerichtet. Er bestellte Kaffee und nippte an ihm herum, während er die nächsten zehn Minuten den parkenden Bus nicht aus den Augen ließ. Dann drängelten sich die Passagiere wieder in den Bus, der kurz darauf los fuhr. Snyder blieb zurück wie ein stehen gelassener Zirkusclown.

Nach einer Weile sah Snyder mehrmals nervös auf die Uhr. Er rieb sich die Nase und blickte links und rechts die Straße hinunter. Plötzlich sah Letterman nur wenige hundert Meter entfernt einen alten Holden-Pick-up anfahren. Er hatte die ganze Zeit dort gestanden, schon als der Bus eingefahren war. Letterman sah nun, wie er neben Snyder hielt. Der Fahrer machte kein Zeichen, ließ Snyder aber nicht aus den Augen. Snyder nahm seine Tasche und ging auf den Wagen zu. Er öffnete die Beifahrertür und steckte seinen Kopf hinein, wechselte ein paar Worte mit dem Fahrer. Dann stieg er ein und der Pick-up brauste davon.

Letterman zahlte und erkundigte sich nach einem Hotel. Seine schlechte Laune war wie weggeblasen. Er hatte Wyatt.

Zwanzig

»Wo wir jetzt hinfahren, gibt es keine Einkaufsmöglichkeiten«, sagte Wyatt. »Wenn du also noch irgendetwas brauchst – Zahnpasta, spezielle Arbeitskleidung, was auch immer – besorg's dir besser gleich hier.«

»Ein bisschen Scotch wäre nicht schlecht«, erklärte Snyder.

Wyatt betrachtete ihn. Snyder hatte das rote, zerknitterte Gesicht und den schweren, aufgedunsenen Körper eines jeden tüchtigen Trinkers. »Das kommt nicht in Frage. Es ist mir gleichgültig, was ihr hinterher macht, aber die nächsten paar Tage sind absolut alkoholfrei.«

»Wie du meinst«, erwiderte Snyder und zog eine Grimasse. Wyatt schob sich in quälend langsamem Tempo durch das Städtchen. Die anderen ebenso, aber das tröstete Snyder nur mäßig. »Wohin fahren wir überhaupt?«

»Verlassenes Gehöft, zirka 'ne halbe Stunde entfernt von hier. Unser Basislager, bis die Sache durchgezogen ist.«

»Die ganze Zeit über?«

Wyatt hörte eine gewisse Beunruhigung heraus. Er hoffte inständig, dass Snyder keiner von denen war, der sofort die Zitterpappel kriegt, wenn ihm das Fläschchen entzogen wurde. »Im Prinzip ja. Also nochmal: Wenn du was brauchst, besorg's dir jetzt.«

»Naja, okay, ich mein, wie sieht's dort aus? Gibt's Betten? Badezimmer? Strom?«

»Dafür ist gesorgt. Feldbetten, Schlafsäcke, Handtücher, Lebensmittel, Gaskocher und Sturmlichter.«

»Wer hat das bezahlt?«

»Ich.«

»Das geht dann von meinem Anteil ab, stimmt's?«

»Nein.«

»Oho! Wie spendabel«, tönte Snyder. Dann öffnete er seinen Alukoffer. Wyatt hatte keine Vorstellung davon, wie ein Störsender aussah, aber das Radiogerät machte Eindruck. »Alle Frequenzen. Sogar mit Bandabtaster«, bemerkte Snyder. »Ich will nur mal betonen, dass mich das eine ganze Stange Geld gekostet hat.«

»Bekommst du zurück.«

»Gibt's denn irgendwelche Sponsoren?«

»Mich«, sagte Wyatt.

»Noch von dem Melbourne-Job, was?«

Wyatt erstarrte innerlich. Loman hätte ihn vor Snyder

warnen sollen. Er überhörte die Bemerkung. In Sichtweite war ein Geschäft für landwirtschaftlichen Bedarf,
und er drosselte die Geschwindigkeit für einen Farmer,
der die Straße überqueren wollte. Der trug schwer an
zwei kugelförmigen Behältern mit Spritzmittel, einen in
jeder Hand. Er lief geduckt und mit kleinen, mühsam
erkämpften Schritten. Bekleidet war er mit khakifarbe-
ner Arbeitskluft und schweren Gummistiefeln.

»Glaubst du, es stimmt, was man sich so erzählt?«

Wyatt kannte Snyder nun seit etwa fünf Minuten und
das waren genau fünf Minuten zu lang. Snyder redete zu
viel, zumal dummes, unzusammenhängendes Zeug. Aber
Wyatt riss sich am Riemen. »Was erzählt man sich denn
so?«

»Dass man mit Gummistiefeln leichter Schafe ficken
kann. Man steckt die Hinterbeine in den Stiefelschacht,
damit das Vieh nicht ausbüchsen kann.«

Wyatt bremste, um den Bauern über die Straße schlur-
fen zu lassen, und fuhr dann weiter. Er schwieg, denn er
sah keinen Grund zu reden.

Sie erreichten den Stadtrand und Wyatt beschleunigte.
Einige Kilometer lang fuhren sie in Richtung Norden,
dann bog Wyatt ab in eine fürchterlich staubige Straße.
Snyder schaute angestrengt geradeaus. Anscheinend
wollte er genau wissen, wohin sie fuhren. »Auf der Farm
haben wir Karten«, sagte Wyatt.

Snyder lehnte sich zurück. Nach einer Weile sagte er:
»Eddie Loman hat mir nicht viel erzählt.«

»Ich hab ihm auch nicht viel erzählt.«

Snyder wartete, dass Wyatt weitersprach. Als klar war,
dass er dem nichts hinzufügen wollte, sagte Snyder:
»Eddie meinte, ich soll Plastiksprengstoff und eine Funk-

störanlage besorgen. Wenn wir uns hier nicht mitten im Nirgendwo befänden, würde ich tippen, es handelt sich um einen Geldtransporter.«

»Genau.«

Snyder sah Wyatt direkt an: »Hier draußen?«

»Das Unternehmen heißt Steelgard«, erwiderte Wyatt. »Eine kleine Firma, die normalerweise nur die lokalen Bankfilialen versorgt. Aber im Augenblick arbeiten sie für ein großes Bauunternehmen, das hier 'ne Pipeline verlegt.«

»Wochenlöhne?«

Wyatt nickte.

»Wo schlagen wir zu?«

»Wir fahren gerade hin.«

Snyder runzelte die Stirn und sah aus dem Fenster auf die Weizenfelder und die Briefkästen am Straßenrand. Da und dort führte eine von Zypressen gesäumte Auffahrt zu einem Gehöft, kleine grüne Schneisen in der trockenen, staubigen Landschaft. »Das gefällt mir nicht. Es dauert so lange, bis man sich in diese Kisten hineingeackert hat.«

Wyatt erläuterte ihm den Plan mit dem Schlepper. »Du kümmerst dich um den Störfunk, wir verfrachten den Transporter auf die Farm und arbeiten uns in aller Ruhe vorwärts. Ohne Panik, ohne großes Durcheinander.«

»Das ist nicht dein Ernst«, sagte Snyder. »In null Komma nichts werden die Bullen zur Stelle sein, und es wird zwischen hier und Timbuktu keine Straße mehr geben, die nicht kontrolliert wird. Ich meine, wir sollten kurzen Prozess machen, ein großes Loch reinsprengen und dann nichts wie weg.«

Es war bei jedem Job das Gleiche, dachte Wyatt.

Immer will das Fußvolk Feldmarschall spielen. Ruhig und kühl sagte er: »Wir machen es entweder so, wie ich es mir vorgestellt habe, oder gar nicht. Wenn du aussteigen willst, sag's gleich, dann bringe ich dich zurück zur Bushaltestelle. In ein paar Tagen schicke ich dir dann das Geld für die Auslagen, sagen wir fünftausend Dollar. Falls ich jedoch mitbekomme, dass du etwas über mich oder den Job ausplauderst, dann werde ich dir einen Fahrschein in die Hölle schicken.«

»Du meine Güte«, erwiderte Snyder, »ich dachte, ich hätte einen plausiblen Einwand formuliert. Du willst mir doch nicht erzählen, dass wir mit dem Van sauber die Straßensperren passieren werden, in der Hoffnung, die Bullen interessieren sich nicht für unser Handschuhfach? Herr im Himmel.«

»Wir werden einfach in der Gegend bleiben«, erklärte Wyatt. »Nach zwei bis drei Tagen werden sie glauben, dass wir ihnen entwischt sind und die Straßensperren wieder abbauen. So läuft das immer.«

Snyder musste sich mit der Hand am Armaturenbrett festhalten, als der Pick-up nun über einen Schotterweg ratterte. Staubwolken wirbelten auf, drangen durch die Türritzen und nahmen ihnen fast die Luft zum Atmen. »Und woher wissen wir, wann die Luft rein ist?«

»Einer von uns wird mit ihm hier ein bisschen spazieren fahren«, erklärte Wyatt und tätschelte das Lenkrad. »Ein altes Farmerauto. Wenn sie nicht zurückkommt, wissen wir, dass etwas nicht stimmt.«

»Sie?«

»Eine Frau ist auch dabei.«

Snyder wurde still. Er sah Wyatt an und Wyatt sah, wie angestrengt sein Hirn arbeitete, aber auch er schwieg.

Nach einer Weile fragte Snyder: »Wie sieht's mit Fluchtfahrzeugen aus?«

»Wir haben diesen Pick-up, ein Motorrad und den Schlepper, mit dem wir den Geldtransporter herbringen.«

»Das ist der einzige Part, der mir nicht so recht gefällt. Den Geldtransporter einfach so auf einem Schlepper durch die Gegend zu fahren. Das fällt doch auf wie 'n bunter Hund.«

Wyatt erzählte ihm von Brava-Construction. »Eine Menge Jeeps mit Vierrad-Antrieb, Tieflader und Bagger der Brava-Construction fahren hier schon seit vielen Wochen in der Gegend herum. Die Leute haben sich daran gewöhnt. Unser Truck bekommt das Logo und die Farben der Brava-Construction, wir werfen einfach eine Plane über den Geldtransporter und keiner wird etwas von uns wollen.«

»Und der Wachschutz? Der Fahrer?«

»Die können zunächst im Van bleiben. Unter der Plane können sie nicht sehen, wohin wir sie bringen.«

»Ich sag's dir lieber gleich«, sagte Snyder, »ich werde gewiss nicht derjenige sein, der sie umlegt.«

»Niemand legt irgendwen um. Außerdem habe ich eine .38er, die sollte ausreichen, aber ich habe nicht vor, Gebrauch davon zu machen, wenn es nicht unbedingt sein muss.«

Snyder sagte kein Wort mehr. Er beugte sich erneut vor, um angestrengt durch die Windschutzscheibe zu starren und sich die Strecke zu merken.

Kurz darauf kamen sie an die Gabelung, wo die Abkürzung nach Belcowie abging. Wyatt drosselte die Geschwindigkeit und bog ab.

»Hier?«

Wyatt nickte. Er fuhr noch etwa zwei Kilometer und hielt dann an einer Stelle, an der die Straße an einem steilen Hang zu einem ausgetrockneten Flussbett führte. Dort wurde sie schmal und uneben.

Snyder beugte sich nach vorn und grinste. »Hätte selbst keine perfektere Stelle gefunden.«

»Der Schlepper steht dort, am Rande des Abhangs«, erklärte Wyatt. »Unser Mann ist auf der Straße und kratzt sich ein bisschen am Kopf, als wollte er abwägen, ob er mit dem Truck durchkommt. Der Van kommt herangefahren, der Fahrer sieht, dass er nicht überholen kann, und hält an. Sie werden auf der Hut sein, das sind sie immer, aber es wird echt genug wirken, um sie nicht in Panik zu versetzen. Vielleicht kurbelt er sogar das Fenster herunter und fragt, ob er uns helfen kann. Wenn sie Funkkontakt mit der Zentrale aufnehmen wollen, kommen sie nicht durch, weil du bis dahin den Funkkontakt gestört hast.«

»Und wenn sie rückwärts umkehren?«

»Siehst du diesen Akazienhain? Dort werden wir im Pickup warten. Sobald der Van an der richtigen Stelle ist, werden wir herausfahren und ihm den Weg versperren.«

»Sonstiger Verkehr hier?«

Snyder stellte die richtigen Fragen. »Wir stellen Schilder mit ›Durchfahrt gesperrt an beiden Zugängen‹ auf«, antwortete Wyatt.

Snyder saß immer noch nach vorn gebeugt. Eine massige Gestalt ganz in Weiß, Wyatt roch sein Aftershave – Old Spice. Dann hörte er ein Knacken. Snyder ließ seine Fingerknöchel krachen.

Einundzwanzig

Tobin kam als Letzter an. Noch bevor sie ihn sehen konnten, hörten sie ihn. Der Himmel war weit und wolkenlos an diesem Montagabend und die klare Luft leitete jedes Geräusch weiter. So auch das Röhren und Schniefen des Schleppers, den Tobin fachkundig zwischen abschüssigen Rändern und sonstigen Straßenunebenheiten hindurch navigierte. Sie standen auf der Veranda des Farmhauses, um ihn heranfahren zu sehen. Schließlich entdeckten sie zwei Scheinwerfer in der Ferne.

Wyatt ging den schmalen Weg nach unten, um das Tor zu öffnen. Er hörte Leah und Snyder leise sprechen. Seit ihrer Ankunft vor ein paar Stunden hatte er Leah und Snyder nicht aus den Augen gelassen. Snyder schien ein wenig belustigt über Leahs Anwesenheit. Wyatt fand das besser als Feindseligkeit. Abgesehen von ein paar genervten Blicken hinsichtlich des Lebensmittelvorrats und des allgemeinen Reinlichkeitsstandards im Haus, benahm sich Snyder angenehm und wirkte entspannt. Snyder hatte schon ähnliche Jobs gemacht, er wusste, wie man sich in Zweckgemeinschaften verhält. Leah gab sich sogar Mühe, ein bisschen Konversation mit ihm zu machen. Sie merkte, dass Wyatt absolut nichts mit ihm anfangen konnte. Aber in einem unbeobachteten Moment eröffnete sie Wyatt, dass sie ihre Tochter, hätte sie eine, niemals mit diesem Mann allein lassen würde.

Wyatt erreichte das Tor und wartete auf Tobin. Als der Truck herankam, öffnete er das Tor ganz und stellte sich mitten auf die Straße. Er gab Zeichen mit einer Taschenlampe. Tobin reagierte mit der Lichthupe.

Wyatt wartete, bis der Truck das Gatter passiert hatte

und schloss es dann. Er kletterte auf das Trittbrett der Fahrertür.

Tobin grinste breit.

»Na, alle da?«

»Ja.«

»Die Frau auch?«

»Hör auf, von Frauen zu quatschen. Sag mir lieber, wie du an den Truck gekommen bist.«

»Frisch geklaut heute Nachmittag. Die Nummernschilder sind von einem Wrack am Straßenrand.«

»Morgen wird lackiert. Wenn das erledigt ist, werden die Fingerabdrücke entfernt, und danach wird nur noch mit Handschuhen gearbeitet.«

Tobin schaltete in den zweiten Gang und murmelte gekränkt: »Du gibst einem das Gefühl, als wäre man ein blutiger Anfänger.«

»Deine Gefühle interessieren mich nicht. Wir alle haben unsere Aufgaben. Eine meiner Aufgaben ist es, sicher zu stellen, dass wir nichts vergessen haben.«

Tobin schaute missmutig drein. Im Licht der Scheinwerfer tauchten nun hintereinander die Schuppen, Speicher und das Hauptgebäude auf. Leah und Snyder standen auf der Veranda und hielten die Hände vor die Augen, um nicht geblendet zu werden.

»Fahr in den länglichen Schuppen auf der rechten Seite«, sagte Wyatt. »Ich schließe das Tor hinter dir.«

Er stieg vom Trittbrett und sah Tobin beim Rangieren zu. Als alles unter Dach und Fach war, brachte er Tobin über den Hof und stellte ihn Snyder vor. Tobin begrüßte auch Leah, indem er einen Arm um sie legte und breit grinste.

»Hab doch gesagt, wir sehen uns wieder.«

Er hielt sie eine Sekunde zu lang fest und sie zog eine Grimasse. »Tatsächlich?«

»Jawohl«, sagte Tobin und grinste weiter.

Die Stimmung entspannte sich. Sie gingen in den größten Raum im Erdgeschoss, wo Leah und Wyatt bereits alles Nötige vorbereitet hatten und wo auch der Gaskocher stand. Während Snyder auf einer Platte Toasts anbräunte, nutzte Leah die zweite, um einen Eintopf aus der Dose warm zu machen. Wyatt holte das Plastikgeschirr und die Löffel und goss Mineralwasser in die Emailletassen. Tobin lag ausgestreckt auf dem Boden, sein Kopf ruhte auf einem Fußball, den er aus seiner Tasche gekramt hatte. »Nur Drinks für Warmduscher hier oder was?« Grinsend schaute er von Leah zu Snyder und wartete auf eine Reaktion. Leah lächelte nur müde und Snyder ignorierte ihn völlig. Wyatt ebenso.

Tobin legte ein Bein über das andere und verschränkte seine Arme hinter dem Kopf. »Wie ist das Bettenarrangement? Wo schläft Leah?«

Leah deutete mit dem Kopf auf eine der Türen am anderen Ende des Raumes. »Dort.«

»Gut, gut«, meinte Tobin. Dann schwieg er einen Moment und wägte die nächsten Worte ab. »Ich nehme an, die Jungs im einen, die Mädels im anderen Zimmer, was?«

»Jeder von uns bekommt sein eigenes Zimmer«, erwiderte Leah.

»Keine Mehrfachbelegung oder so?«

»Nein.«

Wyatt verfolgte aufmerksam den Dialog. Alles an Tobin war Provokation. Er ließ geradeheraus durchblicken, dass er an Leah Gefallen fand und eventuell rangehen werde – ganz nach dem Motto, was wollt ihr anderen dagegen unternehmen?

Getrennte Zimmer war Leahs Idee gewesen. Wyatt verstand nun die Gründe. Wieder einmal musste er feststellen, dass jeder Job zehn Prozent Arbeit und neunzig Prozent psychologisches Feingefühl verlangte. Wenn die Sache noch dazu Abwarten erforderte, dann potenzierte sich das Dilemma. Dass alle Leute ihr Päckchen mit sich herumschleppten, auch wenn sie sich eigentlich gerade auf eine Sache konzentrieren sollten, war ihm klar. Er kannte versteckte Trauer, Ausraster, Irrsinn und Langeweile. Er wollte der Liste nicht auch noch Sexualneid hinzufügen. Er wollte nicht, dass Snyder und Tobin in ihren Zimmern eingingen, während er und Leah sich im Nebenraum vergnügten. Über Leah brauchte er sich keine Sorgen machen. Sie wusste sich zu wehren.

»War 'n langer Tag heute«, sagte Tobin und streckte sich auf seinem Platz. »Ich werd schlafen wie ein Murmeltier heute Nacht. Sagt Bescheid, wenn das Abendessen fertig ist.« Er schloss die Augen.

Im Haus hatte noch ein verwaister Tisch mit einer grünen Sprelacat-Platte herumgestanden, den Wyatt nun zur Mitte des Raumes schob. Er war bereits gedeckt, und Wyatt öffnete vier Regieklappstühle. Wie alles andere waren auch die Stühle unter dem Gesichtspunkt der raschen Entsorgung ausgesucht worden.

Er dachte über Snyder nach. Normalerweise tat er das nicht, er fällte keine Urteile über Leute, mit denen er gemeinsam an einer Sache dran war. Ihn interessierten nur deren Fähigkeiten und Schwachpunkte. Sein erster Eindruck von Snyder war miserabel gewesen, aber seit er wusste, worum es ging, hatte er sich ziemlich gut auf das Vorhaben eingestellt. Außerdem half er bei der Hausarbeit. Das war wichtig. Offenbar war ihm klar, was Teamwork bedeutete. Wyatt war überzeugt, dass er von Tobin diese Art Unterstützung nicht zu erwarten hatte.

Um sieben aßen sie zu Abend. Keiner hatte Lust, hinterher noch Aktivitäten zu entwickeln. Sie konnten die unermessliche Dunkelheit und Stille draußen förmlich spüren. Drinnen im Haus waren die mageren Sturmlichter nicht hell genug, um zu lesen oder Karten zu spielen. Um neun Uhr waren alle im Bett und schliefen, und keiner zeigte sich vor Sonnenaufgang am nächsten Morgen.

An diesem Dienstag hatten sie einiges vor. Tobin fabrizierte mit viel Geschick täuschend echt aussehende Straßenschilder mit ›Durchfahrt gesperrt‹ aus Planken, Blech und schwarzer und gelber Farbe. Wyatt und Snyder lackierten den Schlepper in der Farbe der Brava-Construction: hellblau. Am nächsten Tag würde Tobin dann den schwarzen Stier, das Logo von Brava, und den Schriftzug Brava Construction auf beiden Seitentüren anbringen. Er schien ein ausgezeichnetes Auge und eine sehr ruhige Hand zu haben. Auch der Schlepper selbst war gut gewählt. Die Ladefläche war lang gezogen und stabil, die Ladeklappe kinderleicht zu bedienen, und sie ließ sich mit einem eleganten Schwenk ausfahren. Auch die Winschvorrichtung war leistungsstark.

Gegen zehn Uhr morgens fuhr Leah mit dem staubigen Pick-up die Auffahrt hinunter. Sie trug Jeans, ein T-Shirt und ein Halstuch, außerdem hatte sie einen kleinen Korb dabei.

»Wo geht sie denn hin?« fragte Tobin.

»Alle paar Tage fährt sie zu unserer Durchgangsstraße, um Blumen zu pflücken.«

Tobin glotzte Wyatt an, versuchte, das zu kapieren.

»Sie prüft, ob die Bullen der Stelle gelegentlich einen Besuch abstatten«, erläuterte Wyatt. »Bislang hat sie allerdings keine Menschenseele angetroffen, nicht einmal einen Farmer aus der Gegend. Aber wir müssen absolut sicher sein.«

Er blickte Tobin an, um zu sehen, ob der begriffen hatte. Er ahnte, dass man Tobin lieber alles zweimal sagen sollte. Tobin war wendig und hatte einen geschmeidigen Körper, den er perfekt und genüsslich einzusetzen wusste, aber sein Verstand arbeitete schwerfällig. Das Schlimmste war, dass Tobin das auch wusste.

»Kapiert«, ließ Tobin Wyatt wissen.

Er drehte sich wieder um und klatschte weiter Farbe auf seine Schilder. Nach einer Weile fragte er: »Ist sie deine Maus?«

Snyder hatte es auch gehört. Er hörte mit der Pinselei an den Radnaben auf und sagte: »Hey, lass gut sein, Kumpel!«

»Man wird doch mal fragen dürfen, Mann«, Tobin widmete sich wieder seiner Aufgabe und pfiff in grässlich falschen Tönen eine alte Melodie der Seekers vor sich hin.

Wyatt unterbrach sie bei ihrer Tätigkeit. »Die Plane«, bekannte er, »ich habe die Maße falsch eingeschätzt.«

Hämisch bemerkte Tobin: »Sieht ja ganz so aus, als hätte der Boss Scheiße gebaut.«

Wyatt warf Snyder einen drohenden Blick zu, der sagte, halt du dich raus. Dann wandte er sich an Tobin. »Einer von uns muss noch einmal los und eine neue Plane besorgen.«

»In Vimy Ridge kenn ich einen Baustoff- und Heimwerkermarkt. Außerdem brauche ich noch Zahnpasta.«

Sie schauten sich beide schweigend an, musterten sich. Wyatt konnte die Zeichen lesen. Tobin stellte ihn auf die Probe, wollte herausfinden, ob Wyatt ihm vertraute. Wenn Wyatt ihm nun sagte, dass er die Plane selbst besorgen wolle, hätte das ständigen Ärger zur Folge. Wyatt wusste auch, dass es besser war, ihm nicht vorzuschlagen, gemeinsam zu fahren. Tobin hätte sich sofort gegängelt gefühlt.

Sie standen noch immer da und sahen sich an. Schließlich signalisierte Wyatt durch ein Nicken, dass er einverstanden war. »Gut. Fahr nach dem Essen los. Bis dahin wird Leah wieder zurück sein. Ich geb dir Geld.«

Sie machten sich wieder ans Lackieren. Leah kam gegen halb eins zurück und sie legten eine Pause ein, aßen Sandwiches und tranken Tee. Um eins tauschte Tobin seine Arbeitskluft gegen saubere Sachen ein, um sich mit 500 Dollar in der Tasche auf den Weg nach Vimy Ridge zu machen. Während Wyatt den Schlepper zu Ende lackierte, studierte Leah Straßenkarten, um sich mit der Gegend vertraut zu machen und sich die Straßenlage einzuprägen. Snyder schleppte sein gigantisches Radiogerät auf eine Anhöhe, um die hiesigen Frequenzen zu lokalisieren.

Gegen vier Uhr kehrte Tobin zurück. Er blickte Wyatt geradewegs in die Augen, als er aus dem Pick-up stieg, dann öffnete er die Heckklappe und zerrte eine Plane hervor, die er vor Wyatt im Gras ausbreitete. Sie war neu und groß genug. »Okay?« fragte er und verfolgte jede Regung in Wyatts Gesicht.

»Perfekt.«

Sie arbeiteten weiter bis halb sechs. Tobin stellte die

Straßenschilder fertig und malte gleich ein paar Brava-
Firmenzeichen auf die neue Plane. Währenddessen
wuschen die beiden anderen den Holden und verpassten
auch ihm eine neue Farbe. Dann holte Tobin seinen Fußball hervor und kickte mit Snyder und Leah herum, bis
die Dämmerung einbrach. Wyatt saß auf der Veranda
und schien das Treiben zu beobachten. Aber in Wirklich-
keit verfolgte er nur die Bilder in seinem Kopf und betrachtete das Steelgard-Unternehmen noch einmal aus
allen Blickwinkeln. Zum Abendessen gab es Minestrone
aus der Dose und Spaghetti Bolognese, zum Nachtisch
eine kleine Frage- und Antwortrunde, um eventuell ver-
bliebene Knitterfalten im Plan auszubügeln.

Zweiundzwanzig

Letterman hasste den Busch. Weder sein Anzug noch
sein Schuhwerk waren dafür geeignet, dennoch war es
ratsam, den Wagen mehrere Kilometer entfernt von der
Farm stehen zu lassen und den Rest zu Fuß zu gehen. Er
hatte ihn erst am frühen Vormittag gekauft, gleich nachdem ihn Snyder über Funk verständigt hatte. Der klap-
prige Valiant hatte ihn doch tatsächlich $1.900 gekostet.
Eigentlich hätte er weitere hundert Dollar in vernünftige
Buschgarderobe investieren sollen.

Immerhin, er hatte nun Wyatt. Er schob sich unter Stacheldraht durch und lief quer über eine verlassene Koppel zum Wagen zurück. Der Untergrund war voller
böser Überraschungen für seine Art Schuhwerk. Er glitt
an den allgegenwärtigen Grasbüscheln ab und kam
wegen der versteckt lauernden Steine und Hasengruben
leicht ins Straucheln. Grassamen und Kletten nisteten

sich in den Säumen des edlen Zwirns ein. Nun, da er Wyatt aufgespürt hatte, kannte er kein größeres Bedürfnis, als sich umgehend von all dem Schmutz zu befreien. Außerdem brauchte er dringend eine Tablette gegen die Magenschmerzen.

Bei seiner Ankunft in Vimy Ridge hatte es nur noch einen freien Wohnwagen im Touristen-Holidaypark gegeben. Gegen halb zwei hatte ihn Snyder dort angefunkt und gemurmelt, er müsse sich sehr beeilen, er habe den anderen gesagt, er orte die lokalen Frequenzen mit dem Funkgerät.

»Wo sind Sie?« wollte Letterman wissen.

»Wir campieren in diesem verlassenen Farmhaus da draussen.«

»Und wie zum Teufel soll ich das finden? Wir hatten doch abgemacht, dass Sie mich hier abholen. Wozu habe ich Ihnen zweitausend Dollar gezahlt!«

»Nur die Ruhe. Einer von uns fährt demnächst ins Städtchen, dem können Sie sich dann an die Fersen heften.«

»Wyatt?«

»Nein, nicht Wyatt. Ein Typ namens Tobin.« Snyder beschrieb ihn kurz. »Er wird im Baumarkt was besorgen. Mit dem Pick-up, mit dem ich abgeholt wurde.«

»Ich werde ihn schon abpassen.«

»Ist übrigens ein geiles Ding, das wir hier drehen«, meinte Snyder.

Letterman war das völlig gleichgültig. Sein Deal mit Snyder bestand darin, erst zuzuschlagen, wenn die Sache gelaufen war. Ihm war nur wichtig, Wyatt auf die einfachste Weise zur Strecke zu bringen.

»Was ist Wyatt für ein Typ?«

»Schwer ranzukommen an ihn. Kopfgesteuert, und verfügt über äußerst präzise Reflexe. Ich würde mich an Ihrer Stelle am Donnerstag nicht anmelden. Machen Sie kurzen Prozess.«

»Und der andere Kerl, Tobin?«

»Tobin ist ein Schwachkopf. Außer mir ist Wyatt übrigens der einzige, der eine Waffe trägt.«

Es entstand eine kurze Pause. Dann sagte Letterman langsam: »Außer Ihnen. Wieso? Wo ist die her?«

»Tja, die hab ich eben mitgebracht«, tönte Snyder großspurig. »Sie ist schön in ihre Einzelteile zerlegt, die sich ein Plätzchen mit den verschiedenen Elementen meiner Funkanlage teilen. Niemand kann so erkennen, was es ist. Wenn nötig, baue ich die Teile einfach zusammen.«

»Clever. Ich hoffe, Sie haben nicht vor, Wyatt umzulegen. Er gehört mir.«

»Nur eine Art Versicherungspolice«, entgegnete Snyder. »Für den Fall, dass bestimmte Leute versuchen sollten, sich vor dem Bezahlen zu drücken. Quasi um meinen Anteil zu sichern.«

Letterman war genervt und drückte seinen Ärger in sparsamen Attacken gegen die Pressspanwände seines Mietcaravans aus. »Das Farmhaus. Beschreiben Sie es. Wo liegt es? Ich kann diesem Tobin nicht so dicht auf den Fersen bleiben.«

»Wenn Sie die Wellblechhütte an der riesigen Koppel passiert haben, halten Sie irgendwo an. Bis zur Farm sind es dann etwa drei oder vier Kilometer. Aber ich warne Sie, wir haben eine Abmachung. Wyatt wird nicht umgenietet, bevor die Sache gelaufen ist.«

»Keine Panik, ich will mich nur mal umsehen. Schließlich muss ich wissen, wo ich am Donnerstag hin muss, während ihr die Sache durchzieht.«

»Das würde ich sorgfältig planen. Sollte Wyatt am Donnerstag irgendetwas Außergewöhnliches auffallen, ein Wagen oder ein Typ, der da nicht hingehört, bläst er die ganze Sache ab. Und knallt Sie ab.«

»Schon gut«, sagte Letterman. »Noch ein Wort zu den Nachbarn?«

»Völlig easy«, meinte Snyder. »Es ist das einzige Haus weit und breit, es gibt also keine.« Er fing an zu kichern. »Wissen Sie was, an Ihrer Stelle würde ich im Anzug kommen. Sollte Ihnen auf der Straße jemand begegnen, können Sie sagen, Sie sind irgend so ein Typ von der Bausparkasse oder der Bank. Die glauben dann bestimmt, Sie wollen Kredite einfordern oder Hypotheken eintreiben, und suchen sofort das Weite. Ich persönlich finde ja, der graue Anzug steht Ihnen am besten.«

Nachdem der Funkkontakt abgebrochen war, verließ Letterman den Wohnwagen und stolperte über die Koppel zum Vaillant. Snyders dreistes Gestichel dröhnte ihm noch im Ohr.

Snyder würde als Erster dran glauben, so viel war sicher.

Lettermann machte sich auf die Suche nach Tobin. Im Baumarkt stieß er auf den grobschlächtigen Mann und ließ ihn nicht mehr aus den Augen, wartete auch geduldig, bis Tobin in der Post einen Anruf und seinen Einkauf im Supermarkt erledigt hatte. Dann klemmte er sich hinters Steuer und blieb im Abstand von etwa einem Kilometer hinter Tobin, während sie Vimy Ridge in nördliche Richtung verließen. Ein paar Kilometer ging es auf einer asphaltierten Straße entlang, dann bog

Tobin ab in eine unbefestigte Nebenstraße. Letterman war völlig entnervt. Tobins Pick-up wirbelte Walzen von Staub auf, und er hatte das Gefühl, durch eine undurchdringliche braune Rußwolke zu fahren. Durch die lausig abgedichteten Türen und Scheiben drang unablässig neuer Nebel aus Dreck und Staub ins Wageninnere. Letterman nieste und fluchte, hoffte inständig, dass es nicht noch zu einem Frontalunfall mit einem entgegenkommenden Fahrzeug kam.

Eine halbe Stunde später war er sicher, Tobin endgültig verloren zu haben. Doch plötzlich tauchte die Wellblechhütte am Straßenrand auf. Rechts war ein schmaler Feldweg. Dort stellte er den Wagen ab und lief in seinen eleganten, für solche Exkursionen jedoch untauglichen Schuhen über die weite Koppel und entdeckte das Farmhaus in der Ferne.

Nun saß er wieder in dem alten Valiant und die Unbilden der Welt des australischen Hinterlands waren vergessen. Am Donnerstag würde das alles endlich ausgestanden sein.

Dreiundzwanzig

Am Vortag eines großen Coups tat Wyatt normalerweise gar nichts, aber diesmal war es anders. Mit dieser Mannschaft hatte er noch nie gearbeitet, und da er wusste, wie tödlich Langeweile werden konnte, tat er alles, um die verbleibende Zeit mit kleineren Beschäftigungen zu füllen. Noch am Mittwochmorgen gab es reichlich zu tun.

Ihm lag vor allem an einer letzten großen Frage-Antwort-Runde. Dafür sollten sie alle ausgeschlafen und frisch sein. Nach dem Frühstück versammelte er die

Mannschaft um den Tisch voller Straßenkarten, Notiz-
bücher und Teetassen. Leah, so bemerkte er, war ganz
ruhig. Snyders leicht aufgedunsenes Gesicht wirkte noch
zerknittert, aber wenn er redete, schien er äußerst mun-
ter. Tobin war kaum wachzukriegen gewesen. Er hatte
sie eine geschlagene Viertelstunde warten lassen, um
sich in aller Ruhe anzuziehen und eine Schale Müsli zu
essen. Nun saß er da, gähnte unablässig und fragte gelegentlich: »Können wir das noch mal durchgehen?«

Wyatt dirigierte sie Schritt für Schritt durch seinen
Plan. »Wenn wir morgen früh aufbrechen, muss die
Farm aussehen, als wären wir nie hier gewesen, falls
etwas schief geht und wir nicht zurückkommen. Alles
muss vergraben, die Fingerabdrücke müssen beseitigt
und alles im Raum wieder eingestaubt werden. Wenn
hier eine richtige Durchsuchung stattfindet, wird das
zwar auch nicht viel helfen, aber vermutlich wird es dazu
überhaupt nicht kommen, wenn alles so aussieht, als
wäre hier seit Jahren keiner mehr gewesen. Ich will verhindern, dass die berühmten kleinen Dinge auf unsere
Spur führen. Vor allem sollte das Ausmaß an Planung
und Vorbereitung nicht offensichtlich sein. Wenn alles
glatt geht, kehren wir für ein paar Tage zurück und neu-
tralisieren den Ort dann ein weiteres Mal, bevor wir uns
endgültig verabschieden.«

Tobin gähnte. »Unnötiger Aufwand, wenn man mich
fragt.«

Wyatt ignorierte die Äußerung. »Um Viertel vor elf
brechen wir auf, fahren den Pick-up und den Schlepper
vor Ort und stellen die ›Straße gesperrt‹-Schilder auf.«

Snyders kleine Augen versanken noch tiefer in seinem
fleischigen Gesicht und über ihnen bildeten sich faltige

Wülste. »Hoffen wir, dass niemand auf die Idee kommt, das bei den Behörden anzuzeigen.«

»Sie bleiben ja nur für kurze Zeit dort, nur so lange, bis wir mit den Vorbereitungen fertig sind. Leah wird mit dem Motorrad hinter dem Geldtransporter her fahren. Wenn sie durchgibt, dass er nur noch wenige Minuten von der Abzweigung entfernt ist, nehmen wir das Schild wieder weg.«

Snyder nickte. »Und währenddessen höre ich den Funkverkehr ab.«

»Absolut richtig.«

»Und was ist mit der Durchfahrt vom anderen Ende, von Belcowie aus?«

»Wir beide werden gemeinsam die Strecke abfahren, um sicherzugehen, dass sich dort niemand herumtreibt. Wenn das klar ist, stellen wir das zweite Straßenschild an der Abbiegung von der Belcowie-Seite aus auf. Sollten andere Fahrzeuge auf der Strecke gesichtet werden, warten wir ab. Sollte es ein Problem geben, beheben wir es oder blasen die Sache ab.«

Tobin spielte mit seinen Fingern Luftpistole und rief: »Peng, und ab in den Graben.«

Wyatt blickte Tobin ausdruckslos an und schwieg, bis Tobin anfing, unruhig auf seinem Stuhl herumzurutschen und vor sich hin zu murmeln. »Nichts dergleichen«, sagte Wyatt. »Wenn da ein alter Opa partout seine Schäfchen auf unserer Straße zählen will, dann wird er kurzerhand an einen Baum gebunden, bis die Sache erledigt ist. Sonst nichts.«

Weder Skrupel noch Menschenliebe waren die Beweggründe für Wyatts humane Pläne. Sie waren unberechenbar, die unbeteiligten Dritten, die immer zur falschen Zeit am falschen Ort sind. Wyatt wollte nur das Gezeter vermeiden, das sich normalerweise nach einer Schießerei, erst recht nach einer tödlichen, erhob. Die Bullen waren gleich viel eifriger, wenn Knarren im Spiel waren.

»Okay, wir haben also die Nebenstraße an beiden Enden gesperrt«, sagte Snyder. »Was kommt jetzt?«

»Tobin stellt den Truck an der Stelle ab, an der die Böschung zum Bach hinunter abfällt. Der Pick-up bleibt vorerst versteckt und wird erst in Position gebracht, um den Geldtransporter zu blockieren.«

»Werde ich beim Aufladen helfen?«

»Wenn es soweit ist. Bis dahin ist es wichtiger, den Funkverkehr des Steelgard-Transporters abzuhören und im richtigen Moment einen Störsender dazwischen zu schalten.«

»Genau das wird schwierig, den richtigen Moment zu finden.«

»Leah wird sich mit der Suzuki hinter den Transporter hängen. Sie wird rechtzeitig angeben, wann wir das Schild abnehmen müssen, und sobald der Van eingebogen ist, wird sie das Schild wieder anbringen.«

»Und dann werde ich Posten auf dem Hügel gegenüber beziehen«, erklärte Leah.

Snyder nickte. Er hatte verstanden, sah kurz zu Tobin und verzog verächtlich den Mund, um sich dann wieder abzuwenden.

»Klingt gut.«

»Nun denn«, sagte Wyatt. »Wir gehen alles noch mal durch.«

Tobin war die ganze Zeit schon am Gähnen gewesen und rutschte unruhig auf seinem Stuhl hin und her. Er trug Shorts und ein Unterhemd – ein gähnender wulstiger Fleischberg. Ein gelangweilter Fleischberg.

»Herr, lass Feierabend werden. Das kriegen wir schon hin.«

Wyatt beugte sich zu ihm vor. Seine Stimme war sanft. »Wenn du morgen Scheiße baust, bringe ich dich um.«

Tobin warf die Arme theatralisch in die Höhe und rollte mit den Augen. »Entzückend. Habt ihr das gehört?«

»Halt die Schnauze, Tobin«, blaffte Snyder.

Tobin wandte sich an Leah. Er stützte sein Kinn auf die rechte Hand und sagte: »Wie steht's mit dir? Kommst du mit nach draußen? Wir überlassen alle weiteren tiefschürfenden Überlegungen den Jungs.«

Leah setzte ihr kühlstes Lächeln auf. »Sei einfach ein braver Junge und hör schön den Erwachsenen zu, wie war das? Vielleicht lernst du ja noch was.«

Tobin lief rot an und wandte sich abrupt ab. »Pah, über dich weiß ich schon alles, du kleine Gangsterpussy.«

Keiner rührte sich. Alle warteten gespannt, was Tobin als Nächstes tun würde. Leah sah ihn distanziert an. Snyder lehnte sich in seinen Stuhl zurück und beobachtete die Szene interessiert. Wyatt blieb auf der Hut, um Tobin gegebenenfalls mit der Faust zu stoppen.

Als nichts geschah, fuhr er gelassen fort. »Wir gehen alles noch einmal durch. Diesmal sagt ihr mir, was ihr tun werdet.«

Der Reihe nach folgten minutiöse Beschreibungen der einzelnen Schritte, mit denen jeder von ihnen morgen vorgehen würde. Tobin überraschte alle Anwesenden mit einer äußerst akkuraten Zusammenfassung seiner Aufgaben, bei der er nicht das kleinste Detail ausließ. Allerdings blickte er während seinen Ausführungen stumpf vor sich hin, und in seiner Stimme lag Streitlust und Verachtung.

Nachdem alle durch waren, sagte Wyatt: »Nun kommen wir zu dem Zeitpunkt danach.«

Er sah zu Tobin hinüber und erwartete Ärger. Tobin war kaum der Typ, der nach einem Überfall Geduld aufbringen und ruhig abwarten würde. Doch Tobin reagierte anders als erwartet. Er ließ nur die Neige in seiner Tasse kreisen und konzentrierte sich auf die Teeblätter.

Wyatt erläuterte seinen Plan für die Zeit danach. »Die Zeit und die kurzen Entfernungen arbeiten gegen uns. Wenn der Geldtransporter vom Radarschirm verschwunden ist und kurz darauf nicht in Belcowie aufkreuzt, wird der ganze mittlere Norden in Alarmbereitschaft versetzt. Bullenwannen, Strassensperren und -kontrollen, die ganze Palette. Wir hätten keine Chance.«

Er machte eine Pause und blickte zu Tobin. Tobins Mienenspiel verlief in rasantem Tempo. So als führte er einen inneren Dialog. Wyatt setzte seine Ausführungen fort. »Wir bleiben auf der Farm, bis die Hetzjagd vorüber ist. Weder aus der Luft noch vom Boden darf zu erkennen sein, dass wir uns hier aufhalten. Wenn nicht absolut sicher ist, dass die Luft rein ist, verlassen wir das Haus nicht. Wir schieben im Vier-Stunden-Rhythmus Wache von einem geschützten Versteck aus. Ich bezweifle, dass sie die Gegend hier durchkämmen, es ist zu abgelegen, und wenn wir Glück haben, denken die, wir hätten den Transporter längst in einen anderen Bundesstaat gebracht. Falls es jedoch anders kommt, haben wir genug Zeit, uns durch die Hintertür zu verdrücken.«

Er brach ab und beobachtete Snyder. Der hatte die ganze Zeit aufmerksam zugehört und schien den Plan in jedem Schritt zu akzeptieren. Doch plötzlich wirkte sein Gesicht angespannt. »Und Plan B?«

Wyatt wusste, worauf er hinauswollte. »Falls etwas schief geht, falls sie mich erkennen oder Leah irgendwelche Bullen in der Gegend herumkurven sieht, blasen wir die Sache sofort ab. Wir kehren dann nicht mehr zurück.«

Snyder warf ihm einen finsteren Blick zu. »Das wäre ziemliche Affenscheiße. Was passiert dann mit dem Geldtransporter? Was machen wir, wenn sie die Abkürzung diesmal nicht nehmen?«

»Darüber werden wir von Leah umgehend in Kenntnis gesetzt.«

»Und dann?«

»Dann blasen wir die Sache ab.«

Snyder fügte sich und zuckte matt mit den Achseln. Wyatt sah Tobin an. Tobin hatte wieder einmal seine Arme hinter dem Kopf verschränkt und blickte stumpf und gelangweilt geradeaus, als ginge ihn das alles überhaupt nichts an.

»Ist dir das auch klar?«

»Ja, verdammte Scheiße –«, setzte Tobin an. »Wenn ich Mist baue, bin ich fällig.«

Er starrte zur Decke und begann, leise vor sich hin zu pfeifen.

Die Zeichen standen auf Gefahr, soviel war klar. Doch Wyatt hatte alles, was ihm wichtig schien, besprochen, und so beendete er die Besprechung. Es war bereits zwölf Uhr mittags. Sie aßen etwas und verbrachten den Rest des Tages mit letzten Vorbereitungen. Tobin vervollständigte die Schriftzüge der Brava-Construction auf den Seitentüren der beiden Fahrzeuge. Wyatt und Snyder bastelten an der Funkanlage herum, sondierten Frequenzen und probierten Störsender aus, während Leah Abfall zusammentrug, die Überreste ihres Aufenthalts verscharrte und Pinsel säuberte. Tobin schwieg den ganzen Nachmittag über beleidigt, doch um Punkt halb sechs holte er seinen Fußball aus dem Haus, und diesmal kickten alle vier gemeinsam in der Abendsonne herum.

Vierundzwanzig

»Der zum Tode Verurteilte nahm noch einmal eine herzhafte Henkersmahlzeit ein«, sagte Leah trocken.

Wyatt spürte, wie sie ihn unter dem Tisch mit dem Fuß anstieß. Er blickte auf. Sie beobachtete Tobin aufmerksam beim Essen. Snyder tat dasselbe. Wie Wyatt hatten die beiden anderen nur eine kleine Schale Müsli gehabt und eine Tasse starken schwarzen Kaffee getrunken. Tobin jedoch hatte bereits zwei Schalen Müsli in sich hineingeschaufelt und machte sich nun daran, einen Berg Rührei und Speck zu attackieren. Man konnte die zerdrückte Mischung förmlich die Kehle hinunter rutschen hören. Sie lauschten seinen Kau- und Schluckgeräuschen. Er aß in einem unglaublichen Tempo, als wäre es das letzte Mal.

Wyatt lächelte ihr etwas abwesend zu und sah wieder weg. Nun, wo alles seinen Gang gehen sollte, war er ganz Konzentration und innere Reglosigkeit. Er hatte fast nichts gegessen, nicht aus Nervosität, sondern weil ihn Nahrungsaufnahme in solchen Momenten schlicht nicht interessierte. Das würde sich ändern. Danach würde sein Adrenalinspiegel so hoch sein, dass er dringend Nahrung benötigte, um wieder herunterzukommen. Auch Leah würde dabei eine wichtige Rolle spielen. Doch an all das verschwendete er jetzt keinen Gedanken. In dieser Phase kannte er keinerlei Gefühlsregungen oder Bedürfnisse, ganz gleich, was geschah oder wie es ausgehen würde. Er befand sich einfach im Wartezustand, wie ein Laufwerk innerhalb einer größeren Mechanik, das erst in Bewegung gerät, wenn andere Teile aktiviert werden.

Er erhob sich und verließ den Raum. Mit einer Tasse Kaffee in der Hand stand er auf der Veranda und schaute übers Tal. Die Sicht war gut heute, der Himmel klar und es ging kaum Wind. Also keinerlei Anzeichen von Sturm oder anderen atmosphärischen Störungen, die sich auf die Funkübertragung negativ auswirken konnten. Ein Falke in der Ferne ließ sich auf den Luftströmen herantragen. Wahrscheinlich eine kleine Feldmaus, dachte er. Oder eine Wachtel, eventuell ein Kiebitz. Der Falke zoomte plötzlich wie in Nahaufnahme heran und stieß im Sturzflug zur Erde, gleich darauf kam er mit seiner Beute in den Krallen wieder hoch.

Leah kam zu ihm, ihre Finger streiften kurz seinen Hintern, dann stand sie versonnen an seiner Seite, ihre Tasse mit beiden Händen umklammernd. »Das große Warten«, sagte sie.

Es war immer das Gleiche mit den anderen. Alle, mit denen Wyatt bisher zusammengearbeitet hatte, verspürten unmittelbar vor der Aktion den unseligen Drang, Konversation zu machen oder wurden auf andere Weise unruhig. In der Regel zog sich Wyatt zurück. Wenn das nicht möglich war, schloss er so lange die Augen, bis sie es kapiert hatten und ihn in Ruhe ließen. Aber etwas in ihm riet ihm, mit Leah so nicht zu verfahren. Um sie bei

Laune zu halten, sagte er deshalb etwas, wovon er über-zeugt war, dass sie es als Antwort erwartete: »Tja, immer dasselbe.«

Tatsächlich jedoch war ihm das Warten ziemlich gleich-gültig. Ihm war zwar bewusst, dass Abwarten andere schnell zermürbte, und die Gründe dafür kannte er – jedoch nicht aus eigener Erfahrung. In dieser Beziehung war er mehr Maschine als Mensch.

»Du bist das wahrscheinlich gewöhnt«, fuhr Leah fort.

»Man muss sich davor hüten, zu entspannt an eine Sache heranzugehen«, erwiderte er. »Man muss hell-wach bleiben.«

Sie nickte mit feierlichem Ernst, als hätte er soeben eine universelle Grundregel des Lebens formuliert. Sie sah ihn an. »Die Zeit danach wird hart mit den beiden. Wird wahrscheinlich so etwas wie ein Antiklimax sein.«

Wyatt nickte. Endlich kam sie zu Wesentlichem und hörte mit den Platitüden auf. Viele Jobs hatten ein bitte-res Nachspiel, wenn hinterher Abwarten bedeutete. Dann gingen die Meinungsverschiedenheiten und das Gezänk los. Die Hitzköpfe meinten dann regelmäßig, ihnen stehe eigentlich ein größerer Anteil zu; sie galt es dann zu besänftigen. Die Cowboys wollten sofort aufbre-chen, um ihr Geld endlich unter die Leute zu bringen, die musste man daran hindern, damit sie nicht geschnappt wurden und die Bullen auf die Spur der anderen führen. Alles reinste Psychologie.

»Wie die mich jetzt schon anstarren«, sagte Leah. »Die werden völlig angeschärft sein hinterher. Wir werden uns gegenseitig Rückendeckung geben müssen.«

»Wenn sie irgendwelchen Ärger machen«, sagte Wyatt, »werden wir erbarmungslos zurückschlagen.«

Um neun Uhr zogen sich alle khakifarbene Overalls über und Wyatt dirigierte penibel den Kehraus des Farmlebens. Sie vergruben Dosen, Papier und Essensreste in einem Erdloch und verteilten mit Rechen Gras, Steine und rostige Überreste des einstigen Zauns darüber. Die Klappstühle, Schlafsäcke, der Campingkocher und die persönlichen Dinge wurden hinten im Pick-up gestapelt, um sie gegebenenfalls bei ihrer Rückkehr auf die Farm rasch wieder auspacken zu können. Die Hände in Gummihandschuhen, vernichteten sie ihre Spuren im Innern des Hauses und entfernten ihre Fingerabdrücke. Die Böden und Oberflächen der Räume wurden mit einer feinen Schicht aus trockenem Lehm bedeckt, und zum Schluss gab Wyatt die Sturmmasken und die tragbaren Funkgeräte aus. Snyders Funkgerät und Störsender waren bereits auf die von Steelgard benutzte Frequenz eingestellt. Das Signal kam klar und deutlich. Der Fahrer gab alle fünf Minuten den Standort an die Zentrale durch. Der Geldtransporter war genau im Zeitplan.

Als Erste wurde Leah losgeschickt. Ihr blieben dreißig Minuten, um den Transporter mit der Suzuki in Vimy Ridge abzupassen. Dann verließen Wyatt und Snyder die Farm im Holden. Tobin folgte mit dem Schlepper. Zwanzig Minuten später hatten sie die Abkürzung erreicht, waren eingebogen und Snyder hatte das ›Gesperrt‹-Schild quer über die Einfahrt gestellt. Dort, wo der Weg schräg zum trockenen Flussbett hinunter abfiel, fuhr Tobin den Truck an den mit Gras bewachsenen Rand, hielt an und ließ Wyatt und Snyder passieren. Nachdem sie niemand auf der anderen Hälfte der Strecke trafen, brachte Snyder an der Stelle, wo die Nebenstraße wieder in die Hauptstraße nach Belcowie mündete, das zweite

Straßenschild an. Dann fuhren sie zurück zu Tobin und brachten den Pick-up in Deckung, während Tobin mit dem Truck rangierte, bis dieser mitten im Weg stand, bereit, den Geldtransporter aufzuladen. So mussten sie nur noch die Rampe herunterlassen und den Van mit der Winde hochhieven.

Zu dritt saßen sie da und warteten. Der Steelgard-Van gab weiterhin brav alle fünf Minuten seine Position durch. Wyatt sah auf die Uhr: elf Uhr fünfundzwanzig. Wie auf Verabredung erwachte das Funkgerät wieder zu neuem Leben: »Steelgard One.«

»Wir hören euch, Steelgard One.«

»Verlassen Vimy Ridge. Zeitplan eingehalten. Erwartete Ankunft Belcowie circa zwölf Uhr.«

»Roger, Steelgard One.«

Tobin kicherte vor sich hin und rückte seine orangereflektierenden Gläser zurecht. »Wie im Film.«

»Warte im Truck«, sagte Wyatt. »Noch Fragen in letzter Sekunde?«

»Ich doch nicht, Kumpel.«

Wyatt lehnte sich in seinen Sitz zurück. Leah würde jetzt die Verfolgung des Transporters aufgenommen haben. Er schätzte, sie hatten noch etwa zwanzig Minuten, bis der Steelgard-Van die Abbiegung erreichte. Wyatt brauchte keine Uhr. Auf dieser Konzentrationsstufe angekommen, hatte er ein untrügliches Zeitgefühl.

Das Funkgerät knackte.

Es war Leah. Sie nannte keine Namen, sondern sagte nur: »Bewegt euch.«

»Bewegen wir uns«, sagte Wyatt.

Er stieg aus und joggte den Weg zurück zum Straßenschild an der Abzweigung. Er nahm es herunter und versteckte es im hohen Gras am Straßenrand, so dass Leah es leicht finden konnte. Dann ging er zurück zum Pickup. Noch fünf Minuten.

»Na«, sagte Snyder.

Wyatt hätte fast die Stirn gerunzelt. Da war es schon wieder. Diese enervierende Forderung der anderen, sie zu beruhigen und bei Laune zu halten. Er kannte seine beruhigende Wirkung auf andere. Seine unpersönliche Art verleitete sie zu der Annahme, dass von ihm keine Gefahr ausgehe. Wenn er nichts am Laufen hatte, unternahm er keinerlei Anstrengungen, sich auf andere Menschen einzulassen, das war ihm am liebsten.

»Jetzt dauert's nicht mehr lange«, erwiderte er. Ihm fiel nichts Besseres ein.

»Hast du schon eine Idee, was du mit deinem Anteil anfängst?«

»Urlaub«, meinte Wyatt. »Eine neue Bleibe besorgen.«

»Ich habe gehört, dass du nach dem großen Melbourne-Ding alles zurücklassen musstest.«

Wyatt fühlte ein unangenehmes Prickeln. Schon wieder diese undurchsichtigen Anspielungen auf seine letzte Aktion. »Kommt vor.«

»Also ich werd die Kohle in Immobilien anlegen«, sagte Snyder. »Der Markt ist günstig, niedrige Preise, der richtige Moment, um zu kaufen.«

»Bestimmt«, erwiderte Wyatt knapp.

Irgendetwas an Snyder störte ihn. Nicht so sehr das, was er sagte, sondern wie er es sagte, sein Gebaren. Man könnte meinen, dass er ein Spiel spielt, dachte Wyatt, als ob er nur der Form halber mit mir redet, aber eigentlich gar nichts wissen will. Snyders Miene war undurchdringlich, aber irgendetwas steckte dahinter.

Er schob die Gedanken beiseite. Es war langsam Zeit für Leahs Signal. Er fing an, sich darauf einzustellen.

Als ihre Stimme schließlich durchs Funkgerät kam, klang sie atemlos und panisch.

»Etwas ist schief gegangen. Der Transporter ist nicht abgebogen. Er ist an der Abzweigung vorbeigefahren.«

Fünfundzwanzig

»Die Sache wird abgeblasen«, sagte Wyatt.

Er sah die anderen an. Leah war gerade auf der Suzuki angekommen. Sie wirkte deprimiert, rieb sich mit ihren Händen unablässig die Wangen, als wollte sie die Müdigkeit aus dem Gesicht vertreiben. Tobin rannte neben dem Schlepper auf und ab und verpasste den Reifen gelegentliche Tritte. Nur Snyder war vollkommen ruhig und starrte Wyatt mit kaltem, argwöhnischen Blick an.

»Die ganze Mühe, der ganze Aufwand, alles umsonst«, stellte Leah fest.

»Kommt vor.«

»Wir probieren's nächste Woche noch mal.«

»Keine Chance«, sagte Wyatt. »Sie haben die Route geändert.«

»Aber warum?«

»Mir fallen spontan 'ne Menge Gründe ein. Routine, der Fahrer wollte mal was anderes sehen, etwas hat ihr Misstrauen erregt, keine Ahnung.«

Snyder wurde hellhörig. »Ihr Misstrauen?«

»Um die Gründe brauchen wir uns jetzt nicht zu scheren«, sagte Wyatt. Und das tat er wirklich nicht – vor allem, weil es nun wichtiger war, den eigenen Kopf zu retten, als die kostbare Zeit mit sinnlosen Spekulationen über mögliche Gründe zu verplempern. Zu ausführlichen Analysen konnte man sich später noch hinreißen lassen. »Wir müssen weg von hier, je schneller, desto besser.«

»Und wohin?«

»Wohin ihr wollt. Kommt schon, bewegt euch, bevor sich jemand über die Straßenschilder und die neue Verkehrsführung wundert.«

Das Funkgerät knackte wieder. »Steelgard One.«

»Wir hören euch, Steelgard One.«

»Zeitlich alles nach Plan, keine Vorkommnisse, voraussichtliche Ankunft Belcowie unverändert.«

Der kurze Austausch kam plötzlich und unerwartet und schien alle für kurze Zeit zu lähmen. Wyatt fasste sich als Erster wieder: »Wir trennen uns. Snyder, du nimmst das Motorrad. Du fliegst mit der ersten Maschine wieder zurück. Leah, du kommst mit mir und Tobin nimmt den Truck. Stell ihn irgendwo ab, wo er nicht gleich auffällt und nimm dann einen Bus oder den Zug.«

Snyder stellte sich ihm in den Weg. »Moment mal, das gefällt mir nicht.«

Wyatts Muskeln spannten sich. »Was gefällt dir nicht?«

»Dass wir uns jetzt einfach trennen und verpissen sollen. Ich finde, wir sollten zuerst herausfinden, was schief gelaufen ist.«

»Ich halt mich da raus«, rief Tobin, kletterte rasch in die Fahrerkabine, ließ den schweren Truck an und war in Windeseile über das trockene Flussbett davongestoben. Bald sah man nur noch eine sich stetig entfernende Staubhose.

Wyatt sah wieder Snyder an und fragte sich, ob Snyder nun vollends ausgetickt war. Er betrachtete das akneübersäte, grobschlächtige Gesicht und versuchte, darin zu lesen. Snyder wirkte etwas verwirrt und ängstlich.

»Außerdem«, hob er an, »bin ich durch diesen Job völlig pleite!«

Das klang schon eher nach Snyder. »Ich werde euch eine Entschädigung zahlen«, sagte Wyatt.

»Wie viel?«

»Fünftausend plus Auslagen.«

Snyder hielt die Hand auf: »Zuerst die Kohle.«

»Fang bloß nicht so an, du bekommst dein Geld schon.«

»Das reicht mir nicht«, erklärte Snyder und zog eine kleine Automatik aus der Tasche seines Overalls. Der Himmel war blau und die Luft glasklar, und das Nachladen der Pistole klang unangenehm laut, wie das Knacken eines Zweigs, der auseinandergebrochen wird. Keiner rührte sich. Dann, als Wyatt gerade etwas sagen wollte, meldete sich wieder das Funkgerät. Der Steelgard-Transporter gab erneut durch: Alles nach Plan. Keine Vorkommnisse.

Snyder fuchtelte mit der Pistole herum. Er wirkte wie ein aufgescheuchtes Huhn, total nervös, als ob er mit Gewalt einen Plan durchführen wollte, der jede Sekunde zu scheitern drohte.

Wyatt stand reglos da, doch sein Körper war angespannt wie der eines Tigers, der zum Sprung ansetzte. Nun begann er zu begreifen, was in diesem Mann vorging. Snyder hatte sich mindestens hundert Riesen erhofft. Fünftausend Dollar als Aufwandsentschädigung waren dagegen nur Peanuts. Eine Beleidigung. Die konnte nur vergessen gemacht werden, indem er Wyatt umlegte. »Snyder, nimm die Pistole weg«, sagte Wyatt leise. »Wir reden noch mal drüber.«

Snyder schüttelte den Kopf. »Erst deine Knarre, bevor hier irgendetwas anderes stattfindet. Mit dem Lauf nach unten, jetzt auf den Boden werfen, okay, nun versetz ihr brav 'nen kleinen Tritt.«

Wyatt kam dem nach. Snyder stand zu weit entfernt, um irgendetwas gegen ihn zu unternehmen. »Das wird dir noch Leid tun«, sagte Leah.

Snyders zunehmende Erregung war spürbar. Als würde er gegen die Zeit anrennen. »Halt's Maul. Sieh lieber zu, dass du Wyatt beim Aufladen des Motorrads hilfst.«

»Das ist alles komplett überflüssig«, sagte sie, während sie die Ladeklappe des Holdens herunterließ. »Sobald wir bei mir sind, werden wir dich auszahlen. Wir wollen hier nicht länger herumhängen.«

Snyders Grinsen wirkte eher wie eine enervierte Grimasse und er trat von einem Fuß auf den anderen. »Fick dich zu Hause ins Knie.«

Wyatt hatte die Suzuki mittlerweile in den Leerlauf geschaltet und war dabei, die Maschine zum Holden zu schieben. Auf einmal hielt er inne, schaute Snyder eindringlich an und überdachte die Situation. Sollte Snyder tatsächlich vorhaben, sie umzubringen, dann wäre das alte Farmhaus der am besten geeignete Ort dafür. Dort würde man ihre Leichen wahrscheinlich nie finden.

Snyder wirbelte herum, hielt die Waffe mit ausgestrecktem, jedoch zitterndem Arm. »Wer hat gesagt, dass du stehen bleiben sollst? Lad endlich das verdammte Motorrad auf.«

Leah nutzte diesen Moment, um blitzschnell einen Klappstuhl von der Ladefläche des Holden zu greifen und ihn in Snyders Richtung zu schleudern. Er flog horizontal durch die Luft, dreht sich um die eigene Achse und traf Snyder mit der Kante hart in den niederen Gefilden zwischen seinen Beinen. Mit einem lauten Schrei fiel er vornüber auf die Knie. Er wedelte mit der Automatik herum und wollte gerade blindlings drauflosballern, als Wyatt sich duckte und die Suzuki in Snyders Richtung beförderte. Snyder fiel zur Seite, als er von der Suzuki an der Hüfte erwischt und umgerissen wurde. Wyatt stürzte auf ihn zu, rammte seine Stiefel in Snyders Handrücken und entriss ihm die Pistole. Dann schoss er ihn damit zwei Mal in den Kopf.

Er trat einen Schritt zurück und beobachtete Snyder beim Sterben. Weder ging dessen Atem schwer noch zeigte er andere Symptome der Agonie. Er schien irgendwie die Stirn zu runzeln, als ob ihn eine bedeutsame Kleinigkeit nerven würde.

Sechsundzwanzig

Wyatt drehte sich um. »Leah«, sagte er.

Er sprach ihren Namen sehr betont aus, um sie aus ihrer Starre zu holen. Sie fixierte Snyder und war wie gelähmt. Auch wenn man hundert Mal im Film gesehen hat, wie Leute umgebracht werden, eine Vorbereitung auf das wirkliche Leben ist das nie. Das wirkliche Leben – selbst eine Prügelei – ist anders. Schockierend anders: Die Geräusche, die Plötzlichkeit, mit der alles geschieht, die Leere hinterher. Wyatt wollte verhindern, dass sie in ein schwarzes Loch fiel. Er musste sie rausreißen. »Leah.«

Noch immer starrte sie auf die Leiche. »Einfach so.«

»Er hätte uns beide umgebracht.«

Sie ruderte hilflos mit den Armen.

»Alles hat sich verändert.«

»Nichts hat sich verändert. Außer dass wir ihn zuerst verscharren müssen.«

»Wo?«

»Auf der Farm, verdammt. Wir können ihn hier nicht rumliegen lassen. Andererseits ist das Risiko, ihn durch die Gegend zu kutschieren, auch nicht gerade klein.«

In diesem Augenblick knackte und schnarrte es aus dem Funkgerät. Der Steelgard-Fahrer meldete sich erneut bei der Zentrale. Diesmal brabbelte er ein wenig; vermutlich in freudiger Erwartung der baldigen Ankunft am Ziel der langen Strecke. Voraussichtliche Ankunft Belcowie fünfzehn Minuten.

Wyatt schaltete das Funkgerät ab. Er musste Leah auf Trab halten, musste dafür sorgen, dass sie sich nun um ihr Überleben, nicht um ihre Gefühle kümmerte. »Nimm ihn an den Füßen.«

»An den Füßen?«

»Du sollst mir helfen, ihn auf den Pick-up zu befördern. Nimm ihn an den Füßen.«

Er befürchtete, sie würde erneut abdriften. Ihr Gesicht war angespannt. Doch plötzlich bückte sie sich, ergriff Snyders Füße und wuchtete ihn gemeinsam mit Wyatt auf den Wagen. Das brachte neue Farbe in ihr aschfahles Gesicht. Wyatt zog einen Schlafsack hervor, rollte die Leiche hinein und schloss den Reißverschluss sorgfältig. Dann stellte er das umgekippte Motorrad wieder auf. Etwas Benzin war ausgeflossen und der Motor war mit Dreck und Staub überzogen, doch sie ließ sich problemlos anwerfen und rußte nur ein bisschen während der ersten Sekunden.

»Du fährst voraus, ich muss noch die Schilder einsammeln. Gib per Funk Bescheid, falls dir irgendetwas merkwürdig vorkommt oder du jemanden bemerkst, der besser nicht hier sein sollte.«

Wieder veränderte sich ihr Gesichtsausdruck. Sie zog sich zurück. »Nein, vielen Dank. Ich fahre nach Hause. Das muß ich mir nicht antun.«

Sie setzte den Helm auf und schwang sich auf das Motorrad. Wyatt beobachtete sie schweigend. Blickte ihr schweigend hinterher. Dann wischte er sie aus seinen Gedanken und fuhr mit dem Holden zur Einmündung der Abkürzungsstraße. Das ›Gesperrt‹-Schild lag noch im Gras, da, wo er es hingelegt hatte. Er lud es auf, wendete und fuhr die Strecke wieder zurück.

Völlig mechanisch verrichtete er diese Aufräumarbeiten. Er ging ruhig und systematisch vor. Nebenher dachte er angestrengt nach. Irgendetwas an dem plötzlichen Richtungsumschwung des Steelgard-Vans gefiel ihm nicht. Ebenso die Sache mit Snyder. Er schaltete das Funkgerät wieder ein. Die Fahrt zum anderen Ende der Abkürzung betrug knapp fünf Minuten. Er stieg aus, las das zweite Schild auf, schleuderte es hinten auf den Holden. Sieben Minuten. Er bog nach links in die Hauptstraße ein und gab Gas, um so schnell wie möglich zurück zur Farm zu gelangen. Elf Minuten. Er fühlte ein Unbehagen und er wusste warum. Es hätte längst eine neue Durchsage an die Zentrale geben müssen.

In diesem Augenblick spie das Funkgerät erneut eine Stimme aus, ein Hauch Besorgnis dabei. »Steelgard One, hier Zentrale in Goyder, hören Sie mich? Over.«

Wyatt lehnte sich vor, hörte gespannt zu und malte sich aus, wie der Typ in der Zentrale über den Knöpfen seiner Funkanlage gebeugt saß und versuchte, Kontakt herzustellen.

»Steelgard One, hier Goyder, bitte geben Sie ihren Standort durch. Over.« Die Besorgnis hatte sich mittlerweile zu massiven Befürchtungen ausgewachsen. Wyatt überlegte, wie sie weiter verfahren würden. Die Zentrale in Goyder versuchte bestimmt, weiterhin Funkkontakt mit dem Van aufzunehmen. Mittlerweile hatten sie auch den Zahlmeister der Brava-Construction in Belcowie verständigt. Wahrscheinlich debattierten sie noch darüber, ab wann die Polizei eingeschaltet werden musste. Dann würden die Bullen noch einige Fragen beantwortet haben wollen, bevor sie einen Wagen losschickten. Sie brauchten etwa dreißig Minuten bis hierher.

Also schätzungsweise vierzig Minuten alles in allem. Leah war in Sicherheit. Bis dahin war sie über alle Berge. Wyatt verlangsamte das Tempo, wendete und nahm die Spur des Vans nach der Abzweigung Richtung Belcowie auf. Er nahm sich Zeit, wohl wissend, wie trügerisch eine Landstraße sein konnte. Immer tauchten unerwartet Heumieten, Löschtankanlagen, Baumgruppen, Gräben, Böschungen und versprenkelte Farmgebäude am Straßenrand auf. Er fuhr im Schritttempo an diesen möglichen Verstecken vorbei und beschleunigte nur, wenn er sicher war, dass sich dort kein Steelgard-Van verbarg.

Wahrscheinlich war der Van in eine Nebenstraße eingebogen. An den ersten beiden hatte er angehalten, sich die Spuren im sandigen Grund angeschaut, aber keine Ähnlichkeit mit denen entdeckt, die der Van vor einer Woche auf der Abkürzung hinterlassen hatte.

Die dritte Nebenstraße brachte die Antwort. Ein Umleitungsschild lag achtlos hingeworfen im Gras. Der Boden war mit einer pudrigen Staubschicht überzogen,

auf der sich deutlich die Reifenspuren eines Schwerfahr-
zeugs abzeichneten. Durch das Studium der Straßenkarten wusste er, dass dieser Weg etwa vier Kilometer südlich von Belcowie wieder in die Hauptstraße mündete.

Er bog ein. Den Transporter fand er nicht, aber er fand
die Stelle, an der er gehalten hatte. Fand auch den fetten
Fahrer der Länge nach hingestreckt im Graben, ein klaf-
fendes Loch, wo bis vor kurzem der Hinterkopf war.

Siebenundzwanzig

Trigg war sich nicht ganz sicher, ob Tub Venables es
tatsächlich tun würde. Er wusste, dass Venables nicht
seine normale Route fahren würde, nicht, nachdem er
erfahren hatte, dass dort ein Überfallkommando auf ihn
lauerte. Was aber, wenn der Fettsack kneifen wollte und
doch die umständliche, längere Strecke nach Belcowie
nahm?

Gerade als er sich überlegte, wie er dann verfahren
wollte, knarzte Happys Stimme aus dem Walkie-Talkie.
»Boss? Er ist gerade abgebogen.«

Trigg richtete sich auf und spähte über die lange Kühlerhaube des XJ6, den er bereits seit einem halben Jahr
erfolglos zum Kauf anbot. Wahrscheinlich war es ziemlich gewagt, mit einem XJ6 auf diesen gottverlassenen
Nebenwegen herumzukurven, aber er konnte es nicht
ertragen, in irgendeiner Sardinenbüchse durchs Leben zu
fahren. »Alles klar, stell das Schild auf und fahr ihm
nach.«

Trigg griff nach hinten, um sein .303-Gewehr aus der
Hülle zu befreien und stieg aus. Zuerst hörte er den
Geldtransporter nur, dann sah er ihn majestätisch wie

ein Schiff durch die bergigen Meere herangondeln.

Venables hielt nur wenige Meter vor der parkenden Luxuskarosse und stieg aus.

Erst starrte er auf das Gewehr, dann starrte er Trigg an, seine Augen quollen hervor und die Furchen in seinem Gesicht wurden tiefer. Für einen kurzen Moment waren die beiden ganz allein. Nur leere Koppeln und walfischartige Bergketten rings um sie.

Trigg wies mit dem Kopf auf den hinteren Teil des Geldtransporters. »Ist er noch drin?«

Venables Gesicht faltete sich vor Kummer zusammen. »Er liegt gefesselt auf dem Boden. Es ist ihm doch nichts passiert, oder?«

»Er wird vielleicht ein wenig Kopfschmerzen haben, wenn er aufwacht. Aber ansonsten geht's ihm prima.«

Schwere Schritte schoben sich ihnen durchs hohe Gras entgegen. Dann tauchte Happys Gestalt auf, sein düsteres Gesicht verriet die Anspannung. »Alles okay?« fragte Trigg.

»Yeah.«

»Sehr schön«, sagte Trigg. Dann, zu Venables gewendet: »Wird langsam Zeit, dass du dich mal wieder bei der Zentrale meldest.«

Venables hervorstehende Augen waren feucht, der Ausdruck darin schien gequält. Er griff ins Innere des Transporters, um die Sprechmuschel herauszufischen. Leicht krächzend erstattete er Meldung an die Zentrale in Goyder: »Steelgard One, keine Vorkommnisse, voraussichtliche Ankunft Belcowie in fünfzehn Minuten.«

»Sehr schön«, sagte Trigg noch einmal und schob den Gewehrlauf seines .303 unter Venables Kinn. Dann drückte er ab. Eine Fontäne aus Blut und Knochensplittern wurde freigesetzt, als Venables Körper sich zum letzten Mal aufbäumte, zurücksank und dann auf dem Boden aufschlug. Einige Sekunden lang zuckten seine Arme und Beine.

»Wirf ihn da in den Straßengraben«, befahl Trigg. »Er soll nicht gleich gefunden werden.«

Einer ballistischen Untersuchung schaute er mit Gelassenheit entgegen. Die Kugel hatte Venables Schädel glatt durchschlagen. Auch das Gewehr machte ihm keine Bauchschmerzen. Er hatte es vor fünf Jahren von einem Gauner als Bezahlung für einen klapprigen alten VW bekommen. Also nichts Schriftliches, das auf ihn verweisen würde, und er hatte nicht vor, länger im Besitz dieser Waffe zu bleiben.

Interessiert verfolgte er, wie Happy die Leiche von der Straße in den Graben schleppte. Dann stieg er in seinen XJ6 und Happy nahm den Steelgard-Transporter. Hintereinander fuhren sie etwa drei Kilometer auf der unebenen Nebenstrecke weiter. Tobin erwartete sie an einem Erdwall, der sich durch undurchdringliches Gestrüpp aus hohen Disteln und Schilf geschützt, in Sichtweite der Hauptverkehrsstraße nach Belcowie befand. Tobin war gerade erst eingetroffen. Er ließ die Laderampe des Schleppers herunter. Niemand sprach ein Wort, während Happy, dirigiert von Tobins Handzeichen, den Geldtransporter auf die Ladefläche des Truck bugsierte.

»Was ist mit dem Fahrer?« fragte Tobin schließlich.

Verdrossen starrte Trigg über die weiten Koppeln in die Ferne. »Hat's nicht geschafft. Sieh zu, dass ihr den Transporter ganz unter die Plane kriegt.«

Während die beiden damit beschäftigt waren, fuhr

Trigg noch einmal zur Einmündung zurück, um das Schild zu entfernen. Die Schilder würden nur Aufmerksamkeit erregen, wenn die Hektik dann losging, und er wollte verhindern, dass Venables unnötig früh gefunden wurde. Er warf das Schild ins hohe Riedgras und fuhr zurück zum Truck. Der Transporter war vollständig unter der Plane verschwunden. Die Aufschrift, der Firmenschriftzug auf den Seitentüren – alle Achtung, Wyatts Team hatte ganze Arbeit geleistet.

Sie setzten sich in Bewegung. Zuerst Trigg, der das zweite Straßenschild an der Einmündung kurz vor Belcowie noch rasch ins Gras zog, dann Tobin und Happy im Schlepper. An der Einmündung bogen sie nach links. Kein nennenswerter Verkehr.

Trigg fuhr voraus und hielt ständig Funkkontakt mit den beiden hinter ihm. Er war sich eigentlich sicher, dass es im Augenblick noch keine Straßenkontrollen geben würde. Die Bullen würden sich erst einmal eine Weile wundern und nachdenklich am Kinn kraulen, wenn sie über den Verbleib des Vans nachdachten. Aber er wollte kein Risiko eingehen. Sollte es doch eine Straßensperre geben, konnte er die anderen rechtzeitig warnen. Er überlegte, welche Vermutungen die Bullen wohl anstellen würden, wenn sie etwas fanden. Wenn sie zum Beispiel auf den toten Tub Venables stießen, aber auf keinen Transporter, verdächtigten sie vermutlich erst einmal die Leute vom Wachschutz. Wenn sie die Farm entdeckten, und Wyatt, die Frau und den anderen Typ kassierten, würden sie mit Sicherheit glauben, den Fall bereits gelöst zu haben.

Nirgends Straßensperren. Der falsche Schlepper der Brava-Construction stand bereits seit zwei Minuten sicher wie in Abrahams Schoß in der lang gezogenen Autoschlosserei hinter dem Bürogebäude von Trigg Motors in Goyder, als sich die ersten Bullenwagen in Bewegung setzten.

Achtundzwanzig

Das Blut war bereits geronnen und die Fliegen setzten zum Anflug an, doch der Körper war noch warm. Der Fahrer sah nun bedeutend weniger fett aus, als er so tot im Straßengraben lag. Wyatt fragte sich, warum er hierher gefahren war, angehalten hatte und ausgestiegen war.

Er inspizierte die Spuren im staubigen Dreck der Nebenstrecke. Außer Venables' Schuhabdrücken gab es noch zwei verschiedene Reifenspuren, eine vom Steelgard-Van, eine andere mit dem schmaleren Reifenstand eines Pkw. Beide Fahrzeuge hatten hier angehalten, dann war irgendetwas geschehen und beide fuhren danach die Strecke weiter.

Vielleicht waren sie ja noch immer in der Nähe? Wyatt ließ den Pick-up an und gab Gas. Die steinalte Radaufhängung ächzte, die Ölwanne krachte, als er den Wagen durch die tiefen Furchen der lehmigen Straße fuhr.

An der Einmündung hielt er an. Die Hauptverkehrsstraße nach Belcowie war wie ausgestorben. Nur ein einsames Warnschild zeigte an, dass unmittelbar dahinter eine Kreuzung zu erwarten und Belcowie vier Kilometer in Richtung Norden, Goyder siebzig in Richtung Süden entfernt war. Er stieg abermals aus und versuchte, aus den Spuren im Sand schlau zu werden. Doch es gab keine. Grobe Kieselsteine lagen hier überall verstreut auf dem Weg, so dass keine Reifenspuren auszumachen waren. Und vor nicht allzu langer Zeit war da etwas über die Kiesel gezogen worden. Er verfolgte die Schleifspur durch das hohe Gras am Straßenrand bis zu einem Pfosten im Zaun der Koppel links der Straße. Jemand hatte hier ein ›Straße gesperrt‹-Schild deponiert. Es war jedoch bei weitem nicht so professionell wie das von Leah und Snyder.

Er ging zurück zum Holden. Hinter der Kreuzung fiel die Straße leicht ab, und Belcowie war von hier aus bereits deutlich zu erkennen, die weißstrahlenden Weizensilos, die die Sonne flackernd reflektierenden Autofrontscheiben, Karosserien und Blechdächer.

Er blickte in die andere Richtung. Nach Süden, dachte er. Sie sind nach Süden gefahren.

Er wollte gerade ihre Spur aufnehmen, als ihn eine Beobachtung stutzig machte. Irgendetwas stimmte nicht mit den Reflexionen des Sonnenlichts. Zu viele Windschutzscheiben und Blechkarossen auf einmal an einem Ort und das Ganze etwas zu hektisch. Er holte den Feldstecher. Zwischen der Kreuzung und der Stadtgrenze zu Belcowie machte die Landstraße einen weiten Bogen um eine Kalksteinformation. Innerhalb weniger Sekunden war ihm der Grund für die automobile Aufgeregtheit klar. Vier der Brava-Land-Rover schossen in einem Affentempo die Straße entlang. Wahrscheinlich bot sich dasselbe Bild am anderen Ende der Stadt. Jorge hatte Suchtrupps ausgeschickt. Die Latinos hatten eben ein hitziges Temperament und bestanden auf ihre Lohnzahlung.

Wyatt machte kehrt und fluchte. Daran hätte er denken müssen, er hätte wissen sollen, dass sich nicht nur die Leute von Steelgard um den Verbleib ihres Geldes sorgten.

Er beeilte sich, die kurvenreiche Seitenstraße mit ihren Furchen und Schlaglöchern schnell und ohne Knochenbrüche in umgekehrte Richtung zu passieren, um am weiter entfernten Ende wieder auf die Hauptverkehrsstraße zu gelangen. Bevor sie ihn einkesseln konnten. Sie würden sofort merken, dass der Pick-up trotz Logo nicht zu ihnen gehörte. Wenn sie Venables' Leiche fanden, würden sie glauben, er hätte es getan. In Windeseile hätten sie sich über CB-Funk verständigt und ihn in die Zange genommen. Natürlich würden sie sofort die Polizei verständigen. Hätte die ihn erst einmal, wäre zwar das viele Geld noch nicht aufgetaucht, dafür aber garantiert Snyders Leiche unter den Schlafsäcken auf der Ladefläche des Holden und noch viele schöne andere Kleinigkeiten, die auf die Planung eines größeren Coups schließen ließen. Genug, um ihn lebenslänglich wegzusperren.

Auf einem kurzen Zwischenstück, als der Weg etwas ebener und ohne Furchen verlief, wagte Wyatt, seine Aufmerksamkeit auf Snyders Funkgerät zu lenken. Es war noch an, aber leise geschaltet, und lief monoton brummend auf der Frequenz der Steelgard-Zentrale. Er schaltete um auf CB-Funk und suchte den Kanal, den die Leute der Brava-Construction benutzten.

Aufgeregte Stimmen sprachen Spanisch und Englisch. Offenbar kannten sich alle so gut, dass der Funkverkehr ohne größere Formalitäten abgewickelt werden konnte.

»Hey, Jorge hat doch gesagt, keine Heldentaten, sondern lieber auf die Polizei warten.«

»Scheiß drauf. Bis die Cops endlich hier sind, sind die Dreckskerle doch über alle Berge.«

»Vielleicht ist er gar nicht überfallen worden, hat sich

nur verfahren oder das Benzin ist alle. Vielleicht ist auch nur das Funkgerät im Arsch.«

»Und warum ist weit und breit kein Lohntransporter zu sehen? Wieso sollte er eine andere Strecke nehmen, hm?«

»Genau!«

»Stimmt!«

Dann sagte eine andere Stimme: »Der Hubschrauber wird ihn schon kriegen.«

Wyatt zuckte zusammen, als er plötzlich an den Helikopter dachte, mit dem mehrere Male im Monat Geologen und Ingenieure eingeflogen wurden, um mit Jorge, dem Manager, die Lage zu besprechen. Falls es gerade wieder soweit war, würden sie sicherlich schon in der Luft sein und die Suche aufgenommen haben.

»Außerdem ist im Augenblick der Hubschrauber der ambulanten ärztlichen Versorgung aus Port Augusta unterwegs hierher«, ergänzte die Stimme.

»Dann ist ja alles bestens«, sagte jemand anderes. »Die Dreckskerle haben wir in null Komma nichts.«

Ein halbes Dutzend weiterer Stimmen bestätigte dies.

Wyatt trat aufs Gaspedal und das Chassis krachte bedenklich gegen Steinspitzen und Wurzelwerk auf der Strecke. Wenn sie ihn vom Hubschrauber aus erspähten, war er geliefert. Sie würden die Verfolger auf dem Landweg flugs so dirigieren, dass alle Fluchtwege versperrt waren. Seine einzige Chance bestand darin, lebend zur Farm zu gelangen, den Holden in einem der Schuppen zu verstecken und die Flucht zu Fuß fortzusetzen.

Leah sollte aber in einer besseren Position sein als er. Er versuchte, Funkkontakt mit ihr aufzunehmen. Keine Antwort. Vielleicht konnte sie ihn nicht mehr empfangen. Sie war bestimmt schon etliche Kilometer außerhalb des Senderadius. Er versuchte es ein weiteres Mal, wartete und funkte sie zum dritten Mal an.

Er unternahm keinen weiteren Versuch. Es war zu anstrengend und zu gefährlich, mit einer Hand zu lenken auf dieser unebenen, gewundenen Strecke.

Einen Moment lang erlaubte ihm eine Kurve, die Straße nach Vimy Ridge einzusehen. Ein einsamer Brava-Land-Rover hatte ein paar Meter hinter der Einbiegung in die Nebenstraße gehalten und setzte nun im Rückwärtsgang zurück.

Jetzt gab es nur noch eine Möglichkeit, unbeschadet von hier wegzukommen. Wyatt hielt am Straßenrand, wo Venables' Leiche im Graben lag, und stellte den Motor ab. Mit Snyders Pistole, der er zuvor das Magazin entnommen hatte, zertrümmerte er die Sprechfunkanlage. Dann öffnete er beide Türen und schoss mit seiner Pistole die Vorderreifen platt. Danach warf er Snyders Waffe ins Gras. Er trug noch immer Gummihandschuhe, also brauchte er sich um Fingerabdrücke keine Sorgen machen.

Der Koppelzaun entlang der Strecke bestand auf diesem Abschnitt aus Steinen, die Schäfer im neunzehnten Jahrhundert sorgfältig aufeinander geschichtet hatten. Über Hunderte von Metern waren herdplattengroße flache Steinplatten etwa schulterhoch aufgetürmt. An manchen Stellen war die Mauer eingerissen. Wyatt schlüpfte an einer solchen Stelle durch einen Spalt und lauerte auf die Ankunft des Land Rover. Eine kleine braune Eidechse fühlte sich durch seine Anwesenheit offenbar arg gestört. In weniger als einem Wimpernschlag war sie verschwunden.

Natürlich war das nicht unbedingt der perfekte Hinterhalt, aber das Arrangement hatte etwas von einem Verwirrspiel – der verlassene Pick-up mit sperrangelweit offen stehenden Türen, ein Toter am Straßenrand, der gefälschte Brava-Schriftzug, eine menschenleere Straße unter einem gespenstisch blauen Himmel.

Sie gingen kein Risiko ein. Er sah, wie der Land Rover langsam herankam und ungefähr fünfzig Meter entfernt vom Holden hielt. Zwei Männer. Sie stiegen nicht aus, sondern warteten bei laufendem Motor. Einer der beiden gab über CB-Funk eine Meldung durch. Wyatt erkannte ihn. Es war Carlos.

Eine halbe Minute später war Carlos ausgestiegen und bewegte sich vorsichtig in Richtung Holden und Leiche. In seiner Hand ein schwerer Wagenheber. Im Baulager gab es Waffen, doch die waren unter Verschluss, sorgsam bewacht von Jorge.

Aus seinem Versteck verfolgte Wyatt aufmerksam, wie Carlos um den Pick-up herumschlich und ängstlich um sich schaute. Sein Blick streifte Wyatts Versteck und verharrte dann auf dem toten Fahrer. Erschrocken wich er zurück und gab seinem Kumpel im Land Rover zu verstehen, er solle herauskommen.

Wyatt wartete geduldig, bis der Mann draußen und beide entgeistert auf die Überreste von Venables Schädel starrten. Wyatt nutzte diesen Moment der Unachtsamkeit, sprang aus seinem Versteck und kassierte sie unvorbereitet. Sie hörten seine Stimme und drehten sich um. Ganz langsam nahmen sie die Hände hoch.

Carlos fand als Erster ein paar Worte. »Sie kriegen dich, mein Freund.« Er machte eine Handbewegung zum Himmel und ließ die Spitze seines Zeigefingers in der Luft kreisen. »Flugzeug kommt sofort.«

Der andere, ein roter Lockenkopf, verzog verächtlich die Mundwinkel nach unten. »Dreckskerl.«

»Maul halten, Schlüssel her«, befahl Wyatt ruhig.

»Steckt.«

Wyatt nickte und entfernte sich in Richtung Land Rover.

»Wo ist das verdammte Geld?«

Wyatt blieb ihnen die Antwort schuldig. Wenige Meter vor dem Land Rover sprintete er los. Eine Minute später war er wieder auf der Straße nach Vimy Ridge.

Neunundzwanzig

Im Baucamp der Brava-Construction mußte die Hölle los sein. Allein während der ersten fünf Minuten waren ihm acht ihrer Land Rover mit dem Stieremblem entgegengekommen. Alle rasten wie die Henker an ihm vorüber, wenigstens hatte keiner angehalten und wissen wollen, wer er war. Er hing absichtlich tief überm Lenkrad und hielt jedes Mal, wenn ihm einer der Land Rover entgegenkam, den Zeigefinger zum Gruß hoch – eine Angewohnheit, die sich die Brava-Leute von den Einheimischen abgeschaut hatten. Es war bestimmt nicht verkehrt, dass er eine Sonnenbrille und die quietschorangegelbe Baseball-Kappe trug, die Carlos zurückgelassen hatte. Aber die Aufregung der Brava-Leute erleichterte die Sache entscheidend: Auch Wyatt fuhr einen ihrer Wagen, also war Wyatt einer der ihren. Ganz einfach.

Doch Wyatt wusste, dass seine Camouflage ihm höchstens noch ein paar Minuten nützen würde, und wenn er in eine Straßenkontrolle geriet, würde sie ihm überhaupt nichts nützen. Er musste zurück zur Farm.

Er analysierte gerade die Lage, als ein ihm entgegen-
kommendes Fahrzeug plötzlich aufblendete und die
blauen Lichter auf dem Dach rhythmisch tanzen ließ. Ein
Polizist stieg aus und stellte sich mitten auf die Straße,
hob seinen Arm und winkte ihn an den Rand. Wyatt war
gewappnet. Während er den Land Rover zum Stehen
brachte, zog er seine .38er aus dem Halfter seines Gürtels
und platzierte sie griffbereit auf dem Beifahrersitz.

Etwa zwanzig Meter vor dem Polizeifahrzeug hielt er
mit laufendem Motor an. Er war schon im Begriff, das
Gaspedal durchzutreten, als ihm eine innere Stimme
riet, es sich noch einmal zu überlegen. Die Miene des
Cops hatte ihn stutzig gemacht. Er sah nicht besonders
misstrauisch drein, schien nicht mit Ärger zu rechnen. Er
war höchstens stinksauer. Wyatt kurbelte die Scheibe
herunter. »Hallo«, rief er.

»Kommen Sie mir bloß nicht mit Hallo. Was veranstaltet ihr Arschlöcher denn hier!«

»Wie bitte?«

»Einer von euch Idioten ist bereits mit seinem Fahrzeug umgekippt, so eilig hatte er es. Mit einem anderen
hätten wir eben beinahe einen Frontalzusammenstoß
gehabt. Ihr veranstaltet hier Mordsterror auf einem als
Tatort ausgewiesenen Terrain, wo ihr nichts zu suchen
habt. Also haut ab, bevor ich euch einloche!«

»Sorry. Wollten uns nur nützlich machen.«

»Macht euch woanders nützlich. Wenn ich noch einen
von euch hier treffe – gib das ja durch per Funk –, wenn
noch einer von euch hier rumfurzt, werde ich ihm die
Gesetzestexte einzeln um die Ohren hauen.«

»Alles klar, geht in Ordnung«, rief Wyatt.

Er ließ die Kupplung kommen, nickte dem Officer zu und fuhr davon.

»Scheiß Möchtegern-Cowboys«, hörte er ihn noch sagen.

Wyatt ließ ihn im Rückspiegel nicht aus den Augen.

Er sah, wie er den Kopf schüttelte, in den Streifenwagen stieg und in rasendem Tempo in die andere Richtung davonstob. Wie bei einem kinematographischen Spezialeffekt wurde das Blaulicht langsam von einer dichten Staubwolke verschluckt.

Ohne weitere Zwischenfälle gelang es ihm, die Farm zu erreichen. Kurz hinter der Kreuzung mit der Wellblechhütte hielt er an, um die Lage zu peilen. Dann steuerte er den Land Rover leicht hüpfend über Stock und Stein sicher zum Gatter. In der Ferne sah er massive Staubwolken herumwirbeln, noch immer schienen alle durcheinander zu rennen und zu fahren, doch sie waren zu weit weg, um ihn sehen zu können. Auch der Hubschrauber suchte das Tal auf der anderen Seite ab. Letztendlich würde er zwar seine Suche über dem Gelände der Farm fortsetzen, doch im Augenblick konzentrierte er sich offenbar noch ganz auf den Bereich der Einmündung in die todbringende Nebenstrecke.

Die ersten Zweifel an Leahs Aufrichtigkeit beschlichen ihn, als er die Suzuki im ehemaligen Geräteschuppen der Farm stehen sah. Das Tor stand offen, das Motorrad war ordentlich aufgebockt. Sein Misstrauen richtete sich gegen nichts Konkretes. Er fragte sich nur, was sie hier zu suchen hatte.

Er fuhr den Land Rover in den muffigen Schuppen, stieg aus und ging hinaus ins Freie. Seine 38er hielt er sicherheitshalber locker in der flachen Hand. Er betrat nicht sofort das Hauptgebäude, sondern schloss erst die riesigen Torhälften und blieb einige Minuten im Hof, um zu sehen, ob die Luft rein war. Er wollte Leah die Möglichkeit geben, sich zu zeigen. Der Helikopter war nun ein paar Grad nach links abgedriftet und stand in der Luft. Wahrscheinlich setzte er zur Landung an. Sie hatten Venables gefunden.

Wyatt drehte sich um und ging über den Hof. Weniger als eine Minute genügte ihm, um zu erkennen, dass niemand im Haus war. Er suchte in den anderen Gebäuden nach ihr. Sie war nirgends. Bestimmt war sie durch den Hubschrauberlärm aufgeschreckt worden und war abgehauen.

Doch irgendwie glaubte er nicht so recht daran. Und als er auf dem schmalen Weg hinter dem Haupthaus leicht verwischte Reifenspuren entdeckte, ließen sich die Zweifel nicht mehr verjagen.

Mit seinem Feldstecher beobachtete er die Bewegungen im Tal und in der Luft rings umher. Der Helikopter war gerade auf Höhe der Wellblechhütte tiefer gegangen, um das Gelände abzusuchen.

Die Suchtrupps folgten dem Hubschrauber. Gleich würden sie das Farmgebäude im Visier haben und sich fragen, ob die Mörder möglicherweise hier Zuflucht gesucht hatten.

Dreißig

Wyatt rollte die Suzuki aus dem Schuppen. Deutlich konnte er bereits das herannahende Waamp-Waamp der Rotorblätter hören. Er musste die Maschine ein wenig rütteln, um den Benzinfluss in Gang zu setzen. Dann schwang er sich darauf, vollführte einen Kickstart und beschleunigte noch im Hofgelände. Eine Sekunde später war er schon auf dem Pfad, der sich hinter dem Gehöft in die Berge hineinwand.

Ein paar Vorteile hatte das Motorrad. Hoffentlich reichten die aus. Er war schneller als zu Fuß und gelangte auch über unwegsames Gelände, wo andere Fahrzeuge nicht folgen konnten. Die Cops würden zwar Straßensperren·errichten, aber Koppeln und Flussläufe hatten sie nicht unter Kontrolle. Das war Wyatts einzige Chance. Das und der Gaszug.

Er schaute kurz zurück und hätte dabei fast die Kontrolle über die Maschine verloren, als ihre Räder für Millisekunden Bodenkontakt einbüßten, weil Erosionsrinnen den Pfad kreuzten. Der Hubschrauber hatte die Farm erreicht. Wyatt hoffte, sie würden sich zuerst auf das Haus und die Schuppen konzentrieren und sich erst hinterher dem bergigen Hinterland widmen. Zwar war Wyatt mit einem Khakioverall auf dem Motorrad in der Ferne kaum wahrnehmbar, aber er wusste, dass es die Bewegungen waren, die, aus der Luft betrachtet, Aufmerksamkeit erregten, nicht Farbe, Größe oder Gestalt.

Er brachte das Motorrad wieder auf Linie und seine Aufmerksamkeit richtete sich zum einen auf die Beschaffenheit des Pfades, zum anderen auf die Umgebung, in die er hineinraste. Er wollte nicht an die üblichen Pfade und Wege gebunden sein, querfeldein kam er eventuell schneller vorwärts. Er versuchte das, was er sah, und was er auf seiner mentalen Landkarte verzeichnet hatte, zu koordinieren und einen Fluchtweg aus den Bergen zu finden. Er kannte die Gefahren – das trockene Flussbett mit dem trügerischen, lockeren Sand; die Steinformationen, die wie dicke Zaunlatten an der Windseite der Berge herausragten; Fuchsbauten und rostige Überreste von Zäunen im hohen Gras.

Unter anderen Umständen hätte er vermutlich seine wahre Freude an dieser wilden Fahrt durch das vergessene Hinterland gehabt. Die Leute behaupteten immer, die Landschaft sei so fad und nichts sagend. Wie blind sie alle waren, dachte Wyatt, während er die verschiedenen Purpur- und Grüntöne in sich aufnahm und die weichen, geschwungenen Formen. Die Sonne wärmte seinen Rücken und die ersten Frühlingsblumen standen in voller Blüte. Keine Wolke am Himmel. Er riskierte erneut einen Blick zurück. Das Gehöft und die Schuppen waren bereits außer Sicht. Kein Helikopter weit und breit.

Doch die Entwicklung der letzten Stunde beschäftigte ihn sehr. Ihm fiel Leahs Ferngespräch in Adelaide wieder ein, ihre Ausflüge ins Umland, während sie auf der Farm Vorbereitungen trafen. Auch aus Snyder war er nicht schlau geworden. Er war eine Spur zu beflissen gewesen, wieder zur Farm zurückzukehren, statt nach dem missglückten Coup die Truppe aufzulösen. Tobin durchschaute er eher. Unter dem Gesichtspunkt, dass auch andere Details seines Planes kopiert wurden, war es nahe liegend, dass der Geldtransporter mit Tobins Hilfe weggeschafft worden war. Und Tobin war von Leah ins Spiel gebracht worden.

Er würde sie finden. Er würde sie beide finden.

Mit gedrosselter Geschwindigkeit versuchte er, sich aus der Ansammlung der Felsen und Fallen im Untergrund herauszumanövrieren. Vor ihm lag sanft hügeliges Farmland. Eingezäunte, riesige Weidekoppeln mit da und dort wie hingetupft wirkenden alten Gummibäumen. Eine Herde Schafe graste am nahe gelegenen Rand einer Koppel, Hunderte von Tieren, alle mit gesenktem Kopf an den Gräsern rupfend. Er öffnete ein Koppeltor, fuhr hinein und schloss es hinter sich. Dann fuhr er über die Weide, umkurvte dabei die Überreste einstiger Stacheldrahtläufe. Er wollte die nächsten paar Kilometer durch das Weidegebiet fahren und später wieder ins offene Gelände wechseln.

Etwas schob sich zwischen die Sonne und seinen Rücken, warf einen kurzen Schatten, der blitzschnell wieder verschwunden war. Wyatt drehte sich nicht um. Er beschleunigte auch nicht, änderte nur kaum merklich die Richtung. Ein paar Sekunden später eierte er im ersten Gang zwischen den Schafen herum.

Wyatt lebte davon, sich immer wieder unauffällig seiner Umwelt anzupassen, um nicht entdeckt zu werden. Es war ein Reflex. Nun reagierte er spontan auf dieselbe Weise. Er steuerte seine Maschine mitten in die Schafherde hinein, hielt ab und zu an und fuchtelte mit den Armen. Nie zuvor hatte er etwas dergleichen getan. Er hatte keine Ahnung, was Schafe wollten. Aber er schien es ihnen recht zu machen. Die Tiere waren kugelrund, ihre Mägen gut gefüllt, und so stoben sie nur kurz auseinander, wenn er angefahren kam. Schnell jedoch hatten sie ihn wieder aus ihrem kleinen Schafskopf gestrichen und rotteten sich erneut träge zu großen, ungeordneten Haufen zusammen. Hin und wieder brach ein Tier aus, mit irrem Blick und völlig orientierungslos, aber es gelang ihm mühelos, sie beisammenzuhalten. Er hoffte inständig, dass es von der Luft aus betrachtet normal wirkte. Zwar fehlte ihm eine nicht unwesentliche Requisite, der Hirtenhund, aber er vertraute trotzdem darauf, dass es von oben so aussah, als wäre diese Weidekoppel sein angestammter Platz.

Plötzlich fiel ihm ein, was er einige Wochen zuvor, als er noch zum Pipeline-Trupp in Belcowie gehörte, bei einem Schäfer beobachtet hatte. Er bockte das Motorrad auf, bahnte sich einen Weg durch die Herde und packte ein Schaf bei den Hinterläufen, das daraufhin zu Boden ging. Er lehnte sich über das Tier und tat so, als prüfte er das Fell an dessen Unterseite.

Als der Brava-Helikopter in der Luft anhielt, um sich langsam in circa fünfzig Metern Entfernung auf den Boden niederzulassen, erblickten Pilot wie Insassen einen höchst überraschten Farmer, der auf einem Schaf kniete und mit dessen Hinterläufen beschäftigt war. Die anfängliche Überraschung in seinem Gesicht verwandelte sich schnell in Wut. Er erhob zornig die Faust. Verpisst euch bloß, schien er damit andeuten zu wollen. Ihr macht mir ja die Schafe irre.

Wyatt sah breit grinsende Gesichter. Dann wurden die Rotorblätter wieder angeworfen, der hintere Teil des Helikopters hob sich zuerst in die Luft, und man ließ die Schäfchen und ihn in Frieden.

Einunddreißig

Für Raymond Trigg war es der längste Nachmittag seines Lebens. Vierhunderttausend saßen fest in der Kfz-Werkstatt und konnten erst nach Feierabend in die Freiheit entlassen werden.

Bis zum ersehnten Geschäftsschluss vertrieb er sich die Zeit mit Telefonaten, beglich ein paar Rechnungen und kaute auf seinen Fingernägeln herum. Ihm kam es so vor, als beobachteten ihn seine Angestellten misstrauisch, doch vielleicht täuschte er sich ja. Mit Happy ging alles klar, er hatte noch genug Arbeit: Ventile abdichten, Schweißnähte anbringen und so weiter. Das Problem – abgesehen von der enervierenden Warterei – war eher Tobin. Tobin in Shorts, ärmellosem T-Shirt und mit den schrecklichen, orangefarbenen Brillengläsern fiel auf wie der sprichwörtliche bunte Hund. Für die Angestellten war er ein Typ, der hin und wieder aufkreuzte und ein paar Päckchen brachte oder mitnahm. Doch Trigg hatte absolut keine Lust, die Frage zu beantworten, warum dieser Mensch heute so lange untätig im Laden herumlungerte.

»Ich kapier einfach nicht, warum wir den ganzen Zaster nicht einfach nehmen und uns dünnmachen«, maulte Tobin bereits seit ihrer Rückkehr nach Goyder. »Wozu hab ich dich überhaupt in den Coup eingeweiht.«

»Du kennst die Mesics nicht, Kleiner. Die kriegen uns, egal wo, und hinterher gibt es uns bloß noch in homöo pathischen Dosen. Keine Diskussion. Dreihundertausend für die Mesics, dann geben sie Ruhe und wir teilen uns den Rest. Bis auf die zwanzig Riesen, die du mir von den letzten Touren schuldest, versteht sich.«

»Echt, das stinkt mir. Wir hatten ausgemacht, verkaufen oder zurückgehen lassen. Und jetzt soll ich zwanzigtausend für Scheißpillen und Pornovideos abdrücken, die kein Schwein haben will, weil in diesem verdammten Land keiner mehr auch nur einen Penny für solche Scherze übrig hat.«

»Ich bin ziemlich beschäftigt, merkst du das nicht? Zieh dir doch 'nen schönen Film rein, wie war das?«

Tobin brauchte wie immer geraume Zeit, um die Bedeutung der Worte zu erfassen. »Einen Film?«

»Ja, wir haben hier ein hübsches Kino mit zwei Sälen«, sagte Trigg und blätterte in der Mid-North Gazette. »Kino 1: Drei Männer und ein Baby.«

»Schon gesehen. Voll dämlich.«

»Kino 2: Twins.«

»Nie gehört.«

Trigg las die Anzeige. »Hey, mit Arnold Schwarzenegger!«

Tobin kratzte sich nachdenklich am Kinn und zog eine schwer zu deutende Miene auf. »Könnte okay sein.«

»Um fünf ist die Vorstellung zu Ende. Wenn du hinterher noch ein oder zwei Bierchen zwickst, dann sind die Mädchen weg und wir können uns endlich an die Arbeit machen.«

Tobin zog die Augenbrauen zusammen und sah Trigg misstrauisch an. »Keine Verarsche, Mann. Klar?«

»Du bist einfach bescheuert! Wir können schlichtweg nichts unternehmen, bevor die anderen sich nicht nach Hause verzogen haben, geht das nicht in deine Birne?«

Tobin wurde rot. »Naja gut, also dann«, meinte er verlegen und trottete davon in Richtung Einkaufspassage.

Als er weg war, zermarterte Trigg sich das Gehirn, wie

sie am besten an das Geld kamen. Die Türen waren kein Problem. Mit Stahlbrenner und Trennscheibe würden sie ganz einfach reinkommen. Wenn sie das Geld hatten, durfte Happy nicht vergessen, Patrone, Schlauch und Zuleitungsventil für die Kohlenmonoxydzufuhr wieder abzumontieren, die sie bei der letzten Wartung in den Lohntransporter geschmuggelt hatten.

Venables hatte sich wegen des Gases fast in die Hose gemacht.

Er hatte genau wissen wollen, was es war und wie es wirkte. Schlafgas, hatte Trigg ihm erklärt. Dann wollte er wissen, wozu das überhaupt nötig war. Wir wollen doch vermeiden, dass die vom Wachschutz unsere Gesichter sehen oder unsere Stimmen erkennen, hatte Trigg ihm erklärt. Venables hatte die Stirn gerunzelt und seinen Verstand nach weiteren Vorbehalten befragt. Und wann soll ich den Gashahn aufdrehen hatte er schließlich gefragt. Sobald ihr aus Vimy Ridge raus seid, hatte Trigg ihm erklärt.

Trotzdem, Venables wollte die Sache nicht recht gefallen. Wieso war sich Trigg so sicher, dass alles nach Plan laufen würde? Und würden die Bullen nachher womöglich denken, dass die Aktion intern, von Mitarbeitern, geplant und gedreht worden war?

Willst du etwa kneifen, hatte Trigg ihn gefragt. Willst du für den Rest deines Lebens deine Schulden mit Zins und Zinseszins bei mir abstottern? Du musst mir nur diesen einen, kleinen Gefallen tun, alter Knabe, und schon sind alle deine Schulden vergeben und vergessen.

Dieser Vollidiot.

Nun mussten nur die Spuren sorgfältig beseitigt und das Geld nach Melbourne gebracht werden.

Darauf freute sich Trigg besonders. Er hatte ein Flugzeug für neunzehn Uhr bestellt. Goyder Air Service hatte zwar keine echten Jets anzubieten, aber immerhin Turbo-Prop-Maschinen, Beechcrafts, die auch ziemlich schnell waren und gehobenen Komfort boten. Volle Garantie, dass er noch vor zweiundzwanzig Uhr in Melbourne war, hatten sie gesagt. Die Viehzüchter machten das ständig – sich zu Viehauktionen in andere Bundesstaaten fliegen lassen, um ihre Hosenschützer aus Seehundfell, ihre Akubrahüte und R. M. Williams-Stiefel mit den praktischen Gummizügen zur Schau zu stellen. Trigg wollte sich die Gelegenheit nicht entgehen lassen, nun seinerseits einmal milde aufzuschneiden und mitzuhalten.

Mal ganz abgesehen davon, dass der gemeine Viehzüchter natürlich keine dreihunderttausend Dollar in der Brieftasche hatte, versteht sich.

Trigg überlegte, wie er in Melbourne auftreten solle. Er konnte sich mit dem Taxi zum Anwesen der Mesics fahren lassen. Aber das erschien ihm plötzlich zu ordinär. Er drückte den Knopf seiner Gegensprechanlage.

»Liz?«

»Ja, Mr. Trigg.«

»Klemmen Sie sich an den Hörer und versuchen Sie, mir eine Limousine in Melbourne zu buchen.«

»Wie bitte?«

»Muss keine Stretch-Limo sein. Kann auch eine einfache sein. Ein Jaguar oder so was Ähnliches. Auf alle Fälle schwarz, lang und mit Chauffeur. Er soll mich am Flughafen in Melbourne abholen, heute Abend, zehn Uhr.«

Schweigen am anderen Ende der Leitung. Trigg wartete geduldig. Die Einheimischen waren nicht die

Schnellsten. Sie brauchten immer eine Weile, bis ihr Hirn neue Begriffe wie Stretch-Limo verarbeitet hatte. Auch wenn sie Stretch-Limousinen schon hunderte Male im Fernsehen gesehen hatten. »Haben Sie verstanden, was ich gesagt habe?« fragte er freundlich.

»Ja, Mr. Trigg.«

»Braves Mädchen.«

Ganz gepflegt mit der Limousine an der Einfahrt des Anwesens vorfahren, warten, bis die Bodyguards die Erlaubnis bekommen hatten, ihn vorzulassen, dann mit der Luxuskarosse langsam die Zufahrt hochschweben bis zum Hauptgebäude.

Das Anwesen. Dergleichen hatte Trigg nie zuvor gesehen. Die Mesics hatten dafür einen ganzen Häuserblock in der Vorstadt aufgekauft, alles abreißen lassen – bis auf ein Gebäude für das Dienstpersonal – und dann zwei große Villen hingestellt, eine für den alten Mesic, eine weitere für Leo Mesic und dessen Gattin; sie ließen ein paar Bäume pflanzen, einen hohen Zaun drumherum ziehen und bewaffnete Bodyguards das Ganze umstellen. So fühlten sie sich sicherer.

So machten dicke Fische das eben heutzutage.

Morgen um dieselbe Zeit werden die Mesics wieder um dreihunderttausend Dollar reicher sein, sinnierte Trigg. Und ich hab sie endlich vom Hals.

Um halb sechs verließ er sein Büro und ging zu den Damen an der Rezeption. Marg hatte wie immer ein bisschen früher gehen müssen und Liz starrte Löcher in die Luft.

»Wie sind Sie vorangekommen?« fragte er sie höflich.

»Wie bitte?«

Immer dasselbe. Es war zum Heulen. Er sprach langsam und deutlich. »Die Limousine. Haben Sie mir eine Limousine in Melbourne reservieren lassen?«

Liz strahlte. »Verzeihung, natürlich, irgendeine SEL.«

Ah, ein Mercedes, dachte Trigg. Sehr schön.

»Aber für hier hab ich leider keine kriegen können.«

Nun war es Trigg, der ziemlich entgeistert dreinschaute. »Wie meinen Sie?«

»Ich hab wirklich überall rumtelefoniert, aber hier in Goyder vermietet keiner Autos mit Chauffeur.«

Trigg holte Luft und zählte bis zehn. »Ach, das macht doch nichts. Ich fahr einfach selber. Das haben Sie ganz prima gemacht.« Er sah auf seine Uhr. »Also ich würde sagen, wenn Sie nichts Dringendes mehr zu erledigen haben, können Sie jetzt nach Hause abzockeln.«

Liz wurde ganz hektisch wegen des raschen Aufbruchs, und zehn Minuten später war er endlich allein. Er ging hinüber zur Wartungshalle, wo Happy einem Volvo gerade eine Runde Schmierfett ausgab. »Alles so weit vorbereitet?«

Happy gab keine Antwort. Er gab nie Antworten. Er stellte nur die Dose hin, wischte sich die Hände ab und folgte Trigg in die Kfz-Werkstatt.

Dort war es im Augenblick ziemlich eng. Wenn die gottesfürchtigen Goydersleute am heiligen Sonntagabend endlich den Schlaf der Gerechten schliefen, wollten sie den Laster samt Geldtransporter die Hallam-Schlucht hinunterstürzen. Doch bis dahin mussten sie sich ungelenk um den Fuhrpark in der Werkstatt herumdrücken und gleichzeitig aufpassen, dass sie nicht in die altmodische Mechanikergrube fielen, die fast den gesamten Raum der Länge nach durchmaß. Am unteren Ende der Mechanikergrube stand eine brandneue hydraulische Hebemaschine, noch originalverpackt. An den Wänden lehnten Säcke mit Zement.

Trigg und Happy schleiften einen Schneidbrenner zur Hecktür des Transporters und machten sich an die Arbeit. So fand sie Tobin, als er von seinem Kinobesuch zurückkam. Er war schon etwas bierselig und furzte unablässig. Überhaupt schien er etwas aus dem Gleichgewicht geraten, wohl auch, weil Happy durch die hintere Tür des Geldtransporters fast durch war. Er rülpste ausgiebig. »War nicht gerade der Arnie, den ich kenne.«

Das war zu viel für Trigg. Er wandte sich abrupt um und schnauzte ihn an: »Wovon zum Teufel redest du eigentlich?«

»Na, der Film. Hätte ich echt nicht von Schwarzenegger gedacht.«

Trigg drehte sich wieder um, gerade rechtzeitig, um die Tür des Transporters aufspringen zu sehen. Der Mann vom Wachschutz lag der Länge nach am Boden. Dort und in den Seitenwänden waren kleine Stahlboxen eingelassen. Prima Logenplätze für die vielen Mäuse.

Eigentlich können wir es auch gleich hinter uns bringen, dachte Trigg. Mit einer tadellos ausgeführten Bewegung schnappte er sich einen Stahlhammer, schwang herum und justierte seinen Arm in Tobins Höhe. Der Kopf des Hammers krachte gegen Tobins Unterkiefer. Tobin fiel in sich zusammen, als wäre urplötzlich alle Spannkraft aus seinem Körper gewichen. Zur Sicherheit schlug Trigg noch einmal kräftig zu, dann zerrte er den massigen Körper zur Mechanikergrube und warf ihn hinab. Den Mann vom Wachschutz überließ er Happy.

Zweiunddreißig

Es war früher Nachmittag, als Wyatt mit der Suzuki stürzte. Es war ein schlimmer Sturz. Für mehrere Sekunden presste es ihm die Lungen zusammen und Blutergüsse schienen zwangsläufig. Zum Teil war das unwegsame Gelände Schuld. Weiter südlich waren die Viehweiden langsam in Ackerland übergegangen – Weizen, Hafer, Gerste, Erbsen, Luzernen, alles säuberlich in dichten Reihen angebaut. Das Vorderrad der Suzuki war gegen eine Bewässerungsleitung geprallt, die vom Dickicht der Luzernen überwuchert wurde. Die Lenkstange glitt ihm dabei aus den Händen und er wurde abgeworfen. Er fiel auf die Seite und quetschte sich ein Bein unter der schweren Maschine. Eine Minute lang lag er benommen auf der Erde und genoss die Stille, die plötzlich herrschte, nachdem die Maschine unter seinen Schenkeln endlich Ruhe gab. Die abgebrochenen Luzernen unter seinen Wangen rochen angenehm frisch. Er wäre gern noch eine Weile liegen geblieben.

Er kroch unter der Maschine hervor und erhob sich. Es lag nicht allein am unwegsamen Gelände, stellte er fest. Drei Stunden lang war er auf der Suzuki gnadenlos über Felder und Äcker geheizt, und er war müde und ausgepowert. Er konnte seine fünf Sinne einfach nicht mehr zusammenhalten.

Der Sturz half ihm, wieder klar zu sehen und neue Entscheidungen zu treffen – was er brauchte, waren Ruhe und einen Wagen. Er sah sich um.

Das Land war dichter besiedelt als im Norden. Ganz in der Nähe war eine Kleinstadt. Eine asphaltierte Straße führte hindurch. Wyatt beobachtete das Verkehrsaufkommen. Zirca ein Auto pro Minute.

Es gab gute Gründe, das Motorrad liegen zu lassen. Mittlerweile hatten die Cops Reifenspuren hinter der verlassenen Farm gesichert. Irgendwann würden sie ihre Beobachtungen mit denen der Jungs aus dem Hubschrauber abgleichen, dann würde sich herausstellen, dass diese einen Typen mit einem Motorrad, der irgendwie nicht wie ein Farmer ausgesehen hatte, beim Schafe-Inspizieren gestört hatten. Sie hatten sein Gesicht deutlich sehen können, also würde er sich demnächst darum kümmern müssen. Es roch nach Benzin. Eine Spritlache hatte sich auf den Boden ergossen. Er rüttelte am Motorradtank, um den Benzinstand zu prüfen. Nicht mehr viel übrig. Wahrscheinlich war es sinnvoller, gleich einen neuen Wagen zu klauen, als sich eine Tankfüllung für die Suzuki zu erschleichen.

Er rupfte Luzernen aus der Erde und bedeckte die Maschine mit dem Wurzelwerk, dann setzte er seinen Weg über die Koppeln zu Fuß fort. Er fühlte sich exponiert unter dem weiten, strahlend blauen Himmel. Das Land lag ausgebreitet und majestätisch vor ihm, und er wusste, wie rasend schnell sich alles zum Schlechten wenden konnte. Zwei Tote, Spuren von Belagerung in einem verlassenen Farmhaus in unmittelbarer Nachbarschaft, ein auf mysteriöse Weise abhanden gekommener Geldtransporter mit fast einer halben Million Ladung – das summierte sich. Nämlich zu Massen von Cops auf dem Kriegspfad, schießwütigen Farmern und höchst unberechenbaren Städtern landauf landab. Sie würden eine groß angelegte Suchkampagne anleihern und er würde keine Chance haben, wenn sie ihn erst gefasst hatten.

Er brauchte ein Radio. Auf ABC und den Privatstationen wurde vermutlich laufend über die Story berichtet. So konnte er vielleicht etwas über das Vorgehen der Polizei herausfinden, etwas, was ihm half, seine weiteren Schritte zu planen. Vielleicht war es bereits zu Verhaftungen gekommen. Tobin oder Leah schon hinter Gittern, möglicherweise auch ein paar Kollegen vom Gegencoup. Informationen waren im Augenblick das A und O.

Es war ihm völlig unklar, was er als Nächstes tun sollte. Zu Fuß an der Stadtgrenze angekommen, entschied er, die Stadt weiträumig zu umgehen und gelangte so an einen Steinbruch, der wie ein fieser gargantuesker Biss in den Berg aussah, etwa einen halben Kilometer außerhalb. Von dort oben konnte er mit dem Feldstecher die Hauptstraße und ihre gitterförmig angelegten Nebenstraßen gut überblicken. Die Stadt war größer als Belcowie. Sie hatte alles in doppelter Ausführung. Irgendwann würde hier schon jemandem aus Unachtsamkeit ein Fehler unterlaufen, dachte er, das war seine Chance.

Sie materialisierte sich in Form eines Schulbusses. Kurz nachdem er sich auf seinem Aussichtspunkt niedergelassen hatte, hörte er drei Signaltöne. Klar und deutlich drangen sie zu ihm herüber, und prompt hatte er das Schulgebäude als deren Ursprungsort identifiziert. Wenige Minuten später stürmten Heerscharen von wildgewordenen Pennälern heraus. Viele davon enterten lärmend drei gelbe Busse, die neben den Autos des Lehrpersonals beim Verwaltungsgebäude parkten. Die anderen verstreuten sich zu Fuß oder mit Fahrrädern in alle Himmelsrichtungen. Wyatt beobachtete, wie drei Männer mit Aktentaschen aus dem Verwaltungsgebäude kamen, jeweils einen Bus bestiegen und losfuhren. Lehrer, die sich als Schulbusfahrer etwas dazuverdienen, überlegte Wyatt.

Unschwer, sich auszurechnen, dass deren Tour über die angrenzenden Dörfer und Farmen ging. Nach neunzig Minuten traf der erste Bus wieder ein, parkte aber diesmal vor einem Pub. Wyatt sah, wie der Fahrer ausstieg und direkt hineinging. Der zweite Bus hielt nach seiner Rückkehr vor einem Wohnhaus einige Straßen weiter. Nur der dritte Bus wurde ordnungsgemäß vor dem Schulgebäude abgestellt, und der Lehrer ging von dort aus zu Fuß.

Wyatt wartete nicht länger. Eine Viertelstunde später hatte er den Bus im Schulhof kurzgeschlossen und verließ direkt die Stadt.

Er geriet in keine Straßenkontrolle – er war einfach schon zu weit südlich, um noch im für ihn gefährlichen Bereich zu sein –, dennoch machte er sich Gedanken um sein Äußeres. Mittlerweile war vermutlich längst ein Fahndungsbild von ihm angefertigt worden. An allen strategisch wichtigen Orten würde es von Bullen nur so wimmeln. Er brauchte einen Unterschlupf, musste sich ausruhen und dann etwas an seinem Aussehen verändern. Und er musste unbedingt ein Radio besorgen.

Die trostlosen Kaffs, die er passierte, waren als Schlupfloch indiskutabel. Die Leute wurden beim Anblick fremder Gesichter schnell nervös. Es musste eine größere Stadt sein.

Aberfieldie erreichte er bei Einbruch der Dämmerung, gerade als die Straßenbeleuchtung anging. Der erste Eindruck war positiv, aber zur Sicherheit durchfuhr er einmal den ganzen Ort. Er erinnerte ihn an Goyder. Im

Verhältnis ebenso viel Motels, Geschäfte und Neonreklame entlang der Hauptstraße; ebenso zerfasert an seinen Rändern in hässliche Wohngebiete mit schäbigen Reihenhäusern und verkommenen Mietswohnungen. Es gab auch ein schönes großes Einkaufszentrum. Wie in Goyder. Und das Rathaus konnte sich mühelos mit den Bezirksämtern der Stadt Melbourne messen.

Doch zuerst musste er den Schulbus loswerden. Keinesfalls durfte er ihn am Straßenrand stehen lassen, das wäre ein gefundenes Fressen für die Bullen. Er ließ gestohlene Fahrzeuge meistens an Orten zurück, wo sie erst lange nachdem die Hetzjagd vorüber war, gefunden wurden. Trotz der ungewöhnlichen Größe war der Bus leicht zu verstecken. Ganz öffentlich, gewissermaßen. Er fuhr durch die Straßen, bis er das Schulgelände gefunden hatte. Dann stellte er den Bus vor der Werkstatt einer Tankstelle auf der anderen Straßenseite ab. Am nächsten Tag mochten sich die Mechaniker erst wundern, und schließlich würde sich nach langem Nachdenken einer aufraffen, um bei der Schulverwaltung nachzufragen, was denn gemacht werden müsse. Und bis dahin war er längst aus Aberfieldie verschwunden.

Erst gegen sieben Uhr abends hatte Wyatt eine passende Unterkunft gefunden. Ein Haus kam nicht in Frage, Häuser hatten Nachbarn, die ihre Nasen gern in Dinge steckten, die sie nichts angingen. Auch in Mietswohnungen gab es Nachbarn, doch die waren in der Regel lässiger, kamen und gingen, wann sie wollten, und glaubten, die anderen täten das auch. Daher vertraute er darauf, dass in einem Wohnblock niemand ein Protokoll seiner Anwesenheit verlangte.

Im ersten Komplex, den er in Augenschein nahm, gab

es sechs Parteien. In fast allen Fenstern brannte Licht und sämtliche Briefkästen schienen geleert worden zu sein. Er ging zum nächsten Block. Dort waren die Briefkästen der Wohnungen Nr. 2 und 6 bis zur Stunde noch nicht geleert. Nr. 2 schied jedoch aus, als er hörte, wie dort jemand nach kurzem Klingeln das Telefon abhob. Er stieg ein Stockwerk höher zu Nr. 6 und lauschte etwa eine halbe Minute, Stille. Klopfte dann an die Tür und lauschte erneut. Stille. Er öffnete das Schloss mit seinem Dietrich und betrat die Wohnung. Es war keiner zu Hause, doch die Räume wirkten bewohnt. Er nahm eine Bewegung in der Ecke des Zimmers wahr. Eine Katze, die sich nach einem Schläfchen in ihrem Katzenkorb ausgiebig streckte und gähnte.

Wyatt machte auf dem Absatz kehrt und ging durch das Treppenhaus hinunter auf die Straße. Die Suche nach passender Unterkunft in diesem Block verwarf er jedoch sofort, als er ein Schild entdeckte. Es ließ verlauten, dass in dieser Wohnanlage vorzugsweise in die Jahre gekommene Mitglieder der Uniting Church wohnten. Garantiert keiner unter ihnen, der um diese Uhrzeit nicht ganz bestimmt zu Hause gewesen wäre.

Erst bei den Wohnblöcken in der dritten Querstraße verbesserten sich seine Aussichten auf Erfolg deutlich. Zum Beispiel war der Briefkasten der dortigen Nr. 4 voll gestopft mit Werbung und Handzetteln. Er begab sich also in den zweiten Stock und versuchte sein Glück. Als sein Klopfen keine Reaktion hervorrief, verschaffte er sich rasch und geschickt Zugang zur Wohnung. Hier lebten keine kleinen oder größeren Tiere, auch sonst fehlten Indizien, dass hier momentan jemand lebte. Bestimmt war hier während der letzten Tage, vielleicht sogar Wo-

chen, keiner mehr gewesen. Trotzdem sah alles aufge-
räumt und sauber aus. Der Kühlschrank war abgestellt
und abgetaut worden, wobei nicht vergessen worden war,
die Kühlschranktür offen zu lassen. Der Abfalleimer war
leer und ausgewaschen. Er inspizierte Schlafzimmer und
Bad. Die Schränke, die herumliegenden Kleinode und die
Kosmetika verrieten ihre Besitzer: ein eher jüngerer Mann
teilte diese Wohnung offensichtlich mit einer Frau.

Doch wie sicher war er hier? Sein Blick fiel auf einen
Kalender, der an einem kleinen Schrank über dem
Waschbecken angebracht war. In einigen Stellen gab es
kleine Notizen. Abflug Qld, stand neben einem Datum
Anfang des laufenden Monats, und ein dicker Strich war
über die nachfolgenden vierzehn Datumszeilen gezogen
worden. Darunter stand Ankunft Aberfieldie. Wyatt war
nun klar, dass ihm die Wohnung also noch mindestens
eine Woche zur Verfügung stand. Blieb nur zu hoffen,
dass weder Nachbarn noch Freunde Schlüssel zur Wohnung besaßen. Und dass sie schönes Wetter in Queens-
land hatten.

Als Erstes drehte er das kleine Radio neben dem Toa-
ster auf dem Küchentisch an. Die Nachrichten vermelde-
ten bislang keine Verhaftungen. Auch Geld und Fahrzeug
waren nach wie vor spurlos verschwunden. Es gab jedoch Hinweise darauf, dass sich mehrere Personen in
einem alten, abgelegenen Farmhaus in der Nähe des Fun-
dorts der Leichen aufgehalten hatten. Die Polizei wollte
ihren Einsatz verstärken, die Fahndung wurde ausge-
dehnt.

Wyatt stellte das Radio ab und ging ins Bad. Er nahm
keine Dusche, sondern wusch sich über dem Waschbecken. Er wusste, wie dünn die Wände in solchen Woh-

nungen waren und wie geräuschvoll das Wasser durch die Rohre im ganzen Haus rauschte. Dann ging er daran, sein Äußeres zu verändern. Im Wandschrank fand er Haargel, eine gebrauchte Rasierklinge, Schere, Kamm und zwei Packungen Blondiercreme mit beigefügten Plastikhandschuhen. Zuerst rasierte er sich den Dreitagebart und die Koteletten. Dann verpasste er sich einen Rückschnitt des Deckhaars und der Seiten. Anschließend trug er die Blondiercreme auf und ließ sie gut eine Stunde einwirken. Nach dem Ausspülen beäugte er sich neugierig im Spiegel. Durch das blonde Haar wirkten seine Gesichtszüge zerbrechlich und verhärmt. Sorgfältig tupfte er mit Toilettenpapier die letzten Cremeflecke und Wassertropfen ab und sammelte den Abfall in einer leeren Plastiktüte.

In einem Zimmer lag ein alter Trainingsanzug herum, der ihm zwar ein bisschen zu kurz war, aber ansonsten ganz bequem saß. Der Kleiderschrank war prallvoll mit Damenkleidern, Hosen, Blusen und Röcken, allein ein paar Herrenhosen, Herrenhemden, Anzüge und ein Trenchcoat hatten in der hinteren Ecke noch Platz gefunden. Bis auf die Beinlänge schien die Größe in etwa der seinen zu entsprechen, aber er war im Augenblick zu müde, um diesen Eindruck im Detail zu prüfen.

Er suchte in der Küche nach Essbarem. Da er jedoch Kochgeräusche und Küchendüfte vermeiden wollte, öffnete er nur eine Dose Gulaschsuppe und verschlang sie kalt. Sie hatte die Konsistenz von Tubenkleber. Hinterher wusch er den Löffel ab und steckte die leere Dose zu den Resten von Toilettenpapier in der Plastiktüte.

Er legte sich schlafen.

Einen Wecker brauchte er nicht. Sein Instinkt würde

ihm früh genug mitteilen, wann es Zeit war, aufzustehen.

Diese Zeit kam in der Morgendämmerung. Er wusch und rasierte sich, trug Gel auf und kämmte sich einen Mittelscheitel. Dann wählte er aus dem Schrank ein weißes Hemd, eine einfarbige Krawatte und einen dunkelgrauen Anzug. Die Hosen waren ihm zu kurz, ein Umstand jedoch, so fiel ihm ein, der in den ländlichen Gebieten wahrscheinlich mit größerer Selbstverständlichkeit hingenommen wurde, als in der Stadt. Vier Paar Schuhe standen in Reih und Glied auf dem Schrankboden. Sie waren ihm alle zu groß. Er zog zwei weitere Paar Socken über und entschied sich für die grauen Wildlederschuhe. Sie fühlten sich weich an und hatten eine Gummisohle, und er hatte den Eindruck, es war die vernünftigere Alternative zu den spröderen Hartlederschuhen. Mit drei Sockenlagen passten sie auch ganz gut.

Er hörte die Sechsuhrnachrichten. Die Morde und der Überfall waren noch immer das Top-Thema, doch offenbar war die Lage unverändert.

Er beseitigte seine Fingerabdrücke von allen Oberflächen, räumte das, was er benutzt hatte, weg und verstaute die alten Kleider ebenfalls in seiner Plastiktüte. Die Wohnungsbesitzer mochten sich zwar über das Verschwinden einiger Kleidungsstücke wundern, aber wahrscheinlich keine Anzeige erstatten, wenn ansonsten alles in Ordnung war. Selbst wenn sie Anzeige erstatteten, machte das auch nichts aus, bis dahin hatte sich seine Spur längst verlaufen.

Wyatt öffnete die Wohnungstür und horchte. Außer ihm schien noch keine Menschenseele im Haus wach zu sein. Unbemerkt gelangte er auf die Straße hinaus. Der Bahnhof war gut zehn Minuten zu Fuß entfernt. Die

Tüte mit dem Abfall warf er in eine der Mülltonnen am Straßenrand.

Die Morgenluft war klar und kühl. Kaum Verkehr um diese Uhrzeit. Kurz vor sieben war er am Bahnhof. Auf dem Bahnhofsvorplatz standen vier Autos. Die Bahnsteige waren noch verwaist, und weder im Wartesaal noch am Ticketschalter trieben sich Cop-verdächtige Kreaturen herum. Die beiden einzigen Personen, die er ausmachen konnte, waren der Bahnhofsvorsteher, der sich in einer Stube neben dem Schalter gerade Kaffee aufbrühte, und ein höchst verschlafen dreinschauender Mann im Wartesaal.

Wyatt studierte den Fahrplan. Um 7.35 Uhr ging ein Zug nach Adelaide. Zurück gelangte man mit einem Zug, der um 6.35 Uhr wieder in Aberfieldie ankam.

Zwanzig Minuten später saßen sie zu zehnt im Wartesaal. Die meisten von ihnen Frauen, die vermutlich zum Einkaufen nach Adelaide fuhren, doch unter ihnen auch zwei Männer in Anzügen. Alle gähnten vor sich hin. Ein Mann hustete mehrmals heftig. Der andere setzte sich kühn über das Verbotsschild hinweg und rauchte ununterbrochen.

Als der Zug einfuhr, erhoben sie sich von ihren Bänken und begaben sich zum Bahnsteig. Wyatt ging auf die Herrentoilette. Als der Zug den Bahnhof verlassen hatte, schlenderte er zum Parkplatz. Mittlerweile parkten dort insgesamt zwölf Autos. Er entschied sich für einen weißen Kingswood, der war schnell kurzzuschließen. Bis heute Abend um halb sieben würde ihn keiner vermissen. Bis dahin würde er bereits eine Knarre an Leahs Schläfe gehalten haben, um von ihr die ganze Geschichte zu erfahren.

Dreiunddreißig

Er musste sich im Geräteschuppen versteckt haben. Als sie das Motorrad verstaut hatte und eben im Begriff war, über den Hof zu gehen, hatte er ihr plötzlich eine Pistole in den Rücken gedrückt und gesagt: »Umdrehen. Aber langsam.«

Er war ein Cop. Sie konnte es riechen.

Er war nicht gekleidet wie die üblichen Cops, er verhielt sich auch nicht wie einer, aber sie roch den Cop in ihm. Er dünstete das ganze Misstrauen, das ihnen regelmäßig zur zweiten Haut wurde, die Verachtung und die Aufgeblasenheit von Cops aus. Er hatte wache Augen und die hellste Alabasterhaut, die Leah je gesehen hatte. Und er hatte diesen Cop-Ausdruck im Gesicht, den sie so gut kannte: eine Mischung aus Trostlosigkeit und Zynismus. Seine Augen taxierten sie unbarmherzig, nahmen sie ganz in sich auf und spien sie nach der Analyse wieder aus.

Als er das nächste Mal den Mund öffnete, wollte er wissen, wo Wyatt war.

»Wer?«

Zu dämlich. Er schlug ihr mit dem Knauf seiner Waffe ins Gesicht und riss ihr dabei eine Wange auf. Er wiederholte seine Frage nicht, sah sie nur an. »Ihr habt hier eine Verabredung«, befand er knapp. »Wir werden ihn gemeinsam dort drin erwarten. Los, Bewegung.«

Sie spürte, wie die Waffe ihr Rückgrat hinauf und hinab glitt, während sie über den Hof gingen.

Am Haus angekommen, rammte er ihr die Waffe in den Rücken. »In die Küche, los.«

Er kannte sich also aus. Sie konnte seine Schritte hinter

sich hören, als sie über die Veranda gingen. Unsanft stieß er sie durch die Eingangstür.

Als sie beide im Raum standen, drehte sie sich um und blickte ihn an. »Sind Sie einer von Jorges Leuten? Oder arbeiten Sie für Steelgard? Sie waren es also, der den Transporter gewarnt hat.«

Zum ersten Mal kam etwas Leben in sein Gesicht, so erstaunt war er nun. »Wovon reden Sie?«

Sie starrte ihn an. »Ihr habt unseren Coup abgekupfert!«

»Ich habe wirklich keine Ahnung, wovon Sie reden. Ich will nur wissen, wann Wyatt hier eintrifft.«

Danach hatten sie sich gegenseitig eine Weile ungläubig angestarrt. Sie erinnerte sich, dass ihr in diesem Augenblick merkwürdige Details auffielen, Dinge, die mit ihm oder dem Grund seiner Anwesenheit überhaupt nichts zu tun hatten. Als Erstes die Schuhe. Nagelneue Wanderschuhe, die noch ganz jungfräulich weich aussahen und eine hellbeige Kreppsohle hatten. Dann die Kleidung. Wie ein Farmer, bis auf die Tatsache, dass die Kluft ebenfalls nagelneu war und die Patina der Jahre alltäglichen Gebrauchs und Verschleißes vermissen ließ. Am Kragen hinten lugte das Preisschild hervor.

Er fand seine Sprache wieder. »Ist etwas schief gelaufen?«

Leah fand nichts dabei, auf diese Frage zu antworten. »Der Geldtransporter hat urplötzlich eine andere Strecke genommen.«

»Und Snyder, Wyatt, der andere – wo sind sie jetzt?«

Sie zuckte zusammen. Warum war er so gut informiert? Wieder stieg Beklommenheit in ihr hoch: Die ganze Sache war total danebengegangen, Wyatt hatte Snyder erschossen und sie hatte das schreckliche Gefühl, dass nichts zuvor in ihrem Leben, wie übel es auch immer gelaufen sein mochte, je so real gewesen war, wie das, was gerade geschah.

»Tobin ist abgehauen. Vermutlich nach Hause«, erwiderte sie. »Snyder ist tot.«

Er sah sie angewidert an. »Wie ist das passiert?«

»Wyatt hat ihn abgeknallt.«

Der Mann nickte düster. Die Knarre auf sie gerichtet, ging er rückwärts ans Fenster, um hinauszuschauen.

»Zum letzten Mal: Warten Sie hier auf Wyatt?«

Sie riskierte eine Unwahrheit. »Nein. Als uns der Coup vermasselt wurde, haben wir uns getrennt und jeder ist in eine andere Richtung abgehauen. Ich habe keine Ahnung, wo Wyatt steckt.«

»Verdammte Lüge«, konstatierte ihr der Mann knapp und zog ihr mit dem Knauf der Waffe eins über. Ihre Kiefer klappten mit einem lauten Geräusch zusammen und ihre Vorderzähne verbissen sich in ihre Unterlippe. Sie schmeckte das Blut. Vor Schmerz wurde ihr schwindlig.

Dann stieß er sie zu Boden. Bitterböse Ironie des Schicksals. Das furchtbare Gefühl, das sie befallen hatte, als Wyatt Snyder erledigt hatte, war in dem Moment wie weggeblasen, als sie auf der Suzuki saß und davonbrauste. Doch wenngleich es am Schrecken des Todes nichts änderte, hatte sie plötzlich Schuldgefühle bekommen. Sie hatte Wyatt im Stich gelassen. Deshalb war sie umgekehrt und zur Farm gefahren. Sie wollte ihn nicht allein lassen. Wäre sie bloß ihrer Wege gegangen. Scheißtypen.

In diesem Moment sagte der Mann mit maliziöser Stimme: »Du lieber Himmel, das ist ja ein Hubschrauber.«

Leah rappelte sich auf und trat zu ihm ans Fenster.

Zunächst hatte sie nichts sehen können, doch als der Helikopter seinen Kurs änderte, erkannte sie die vertrauten Formen. Es war ein kleineres Modell, noch in einiger Distanz zur Farm. Wieder änderte er die Richtung. Sie war zuerst verwirrt, bis sie begriff, dass der Helikopter das Tal von oben gitterförmig durchforstete.

»Weg hier, schnell«, rief der Mann.

»Ja, aber wie?«

Mit einer Kopfbewegung deutete er auf die Rückseite des Gehöfts. »Dort steht ein Wagen.«

»Wozu brauchen Sie mich?«

Der Mann sah sie mit breitem Grinsen an. »Schätzchen«, sagte er »Du wirst mich jetzt schön mit zu dir nach Hause nehmen. Denn dort werden wir gemeinsam auf Wyatt warten.«

Vierunddreißig

Letterman dirigierte sie durch die Trockengebiete nordöstlich von Burra. Mit der Straßenkarte auf den Knien verdeckte er die Pistole, die er schussbereit auf Leahs Oberschenkel gerichtet hielt. Nur gelegentlich beugte er sich nach vorn, um einen neuen Sender im Radio einzustellen. Während der ersten Stunde hatte er nur einmal mit ihr gesprochen: Er wollte wissen, wo sie lebte. Sie hatte es ihm gesagt. Es hatte keinen Zweck, ihn zu belügen. Angesichts der verstärkten Polizeipräsenz und des landesweiten Einsatzes hatten sie beide einen sicheren Unterschlupf dringend nötig.

Die Mordfälle im Zusammenhang mit der Entführung eines Lohntransporters wurden als Erstes von einem lokalen Sender gemeldet. Gegen vier Uhr nachmittags

brachten es bereits ABC und sämtliche kommerziellen
Sender rund um Adelaide. Die Polizei riegelte das ganze
Gebiet ab. Man rechnete mit Festnahmen in kürzester
Zeit. Doch Leah wusste, wie groß das Gebiet war, das es
abzusperren galt, und Letterman – er hatte sich mittlerweile vorgestellt – manövrierte sie durch Sanddünen
und flirrende Fata-Morganen. Sie wusste, dass sie sich
längst außerhalb des Polizeicordons befanden. Gelegentlich fuhren sie an einem einsamen Gatter vorbei oder
sahen in der Ferne ein blitzendes Dach inmitten der
Salztonebene, die sich vor ihnen erstreckte. Als sie
schließlich eine Stelle passierten, an der das Dickicht des
Malleegestrüpps eine kurze Unterbrechung durch die
Kreuzung zweier lehmverkrusteter Pfade gewährt hatte,
wurde ihr klar, wohin die Reise ging. Morgan, stand auf
einem Schild. Der Murray-Fluß. Letterman war im
Begriff, dem Murray bis zur Mündung an der großen
Brücke zu folgen und von dort in die Berge von Adelaide abzuzweigen.

Vier Uhr nachmittags. Fünf Uhr. Sechs Uhr. Immer
neue Informationen über die Ermordeten und den noch
immer verschollenen Transporter förderten die Radio-
sender zu Tage, doch keine Silbe über Verhaftungen,
keine Nennung von Namen.

Letterman hob an, etwas zu sagen. Er blickte zu ihr
hinüber und fragte: »Was denken Sie?«

Sie wusste, was er meinte. »Er ist entkommen.«

Letterman nickte. »Jawohl.«

»Warum glauben Sie, dass er zu mir nach Hause
kommt?«

»Ich glaube überhaupt nichts. Es ist meine einzige
Chance.«

Sie wartete zunächst, ob er gesprächiger wurde. Als dem nicht so war, fragte sie ihn: »Und was, wenn die Bullen Ihnen zuvorkommen, ihn längst eingelocht haben?«

Die Antwort war knapp und bestimmt. »Ich kriege ihn auch dort drin.«

»Was wollen Sie von ihm? Wir haben das Geld nicht. Persönliche Angelegenheit?«

»Keineswegs.«

»Was also?«

Letterman zuckte mit den Schultern und sagte beiläufig: »Ist eben mein Job. Er ist jemandem auf den kleinen Zeh getreten.«

Wieder breitete sich Schweigen aus. Schließlich erreichten sie den Flusslauf und bogen in südliche Richtung ab. Die Sonne stand bereits tief und Leah schaltete die Scheinwerfer an.

»Was zahlen sie Ihnen dafür?«

»Fünfzigtausend.«

»Das kriegen Sie von mir auch. Ich geb Ihnen mehr, wenn Sie uns in Ruhe lassen.«

»Ist leider nicht möglich«, sagte Letterman.

Sie schaute ihn von der Seite an. Letterman sah stur geradeaus. Die Pistole war noch immer auf ihren Oberschenkel gerichtet. Sie konnte sie unter der Landkarte nicht sehen, doch sie spürte ihren Lauf. Sie sah wieder auf die Straße.

»Konzentrieren Sie sich auf den Verkehr«, sagte Letterman trocken.

Sie wollte von ihm hören, was er vorhatte, falls Wyatt nicht bei ihr auftauchte. Sie kannte die Antwort bereits – er würde sie umbringen, gleichgültig, ob Wyatt erschien oder nicht –, aber sie wollte die Worte aus seinem Mund hören.

»Was ist, wenn Wyatt schon längst in einem anderen Bundesstaat ist? Wenn er verletzt irgendwo liegt? Oder wenn die Bullen ihn geschnappt haben, es aber nicht verlauten lassen?«

»Sie quatschen zu viel.«

Auf sonderbare Weise wirkte Letterman wie ein durch und durch asexuelles Wesen. Das lag nicht nur an seiner makellosen Alabasterhaut, seine ganze Art ließ jeden Hinweis darauf vermissen. Ihn in diesen Gefilden abholen zu wollen war vermutlich reinste Zeitverschwendung.

Es war schon spät nachts, als sie Leahs Haus erreichten. Die umliegenden Wohnhäuser lagen alle längst im Dunkeln. Leah fühlte einen Hoffnungsschimmer. Wyatt war vielleicht schon da und erwartete sie im Haus. Heimlich versuchte sie mit ihrer linken Hand die Hupe zu betätigen.

Letterman schlug mit der Waffe brutal zu. Vor Schmerz wurde ihr fast schlecht. Ihre Finger krümmten sich und ließen sich nicht mehr öffnen, sie hatte keine Kontrolle mehr über sie.

Letterman öffnete die Beifahrertür, stieg aus und zerrte sie über die Vordersitze an seiner Seite aus dem Wagen. Als sie draußen war, stieß er sie zu Boden und sie fiel gegen die Stoßstange. Mit einem Paar Handschellen kettete er sie daran. »Keinen Mucks«, zischte er.

Sie sah zu, wie er ihren Garten betrat und seitlich ums Haus schlich. Sie zitterte am ganzen Körper, Angst und die eiskalte Nachtluft gingen ihr durch und durch. Von der Autobahn in der Ferne hörte sie das leise Jaulen eines Lasters, der durch die Gangschaltung gehechelt wurde. Ein Wasserhahn tropfte im Garten des Nachbarn.

Letterman kam durch die Vordertür aus ihrem Haus. Da er sie nicht um die Schlüssel gebeten hatte, musste er eine Scheibe eingeschlagen oder das Schloss der hinteren Tür geknackt haben. Sie hatte keinen Laut vernommen. Falls Wyatt im Haus war, hatte er vermutlich auch nichts gehört. Sie fragte leise: »Ist er da?«

Letterman beugte sich hinunter zu ihr und löste die Handschellen. »Nein.«

Er schubste sie ins Haus, und im Wohnzimmer band er mit den Handschellen Handgelenk und Fessel zusammen, danach machte er ein sattes Feuer im Kamin. Anschließend bugsierte er sie in die Küche und fesselte sie an die Kühlschranktür. Er sagte nichts, erklärte nichts. Aus dem Gefrierfach des Kombigerätes holte er eine Packung Fischstäbchen und aus dem oberen Teil diverses Gartengemüse. In der Mikrowelle erhitzte er zuerst den Fisch, dann das Gemüse. Abschätzig verzog er den Mund, als er die Flaschen Adelaide Riesling sah, trotzdem öffnete er eine und füllte zwei Gläser. Dann brachte er sie ins Wohnzimmer zurück, und sie aßen gemeinsam im Widerschein des Kaminfeuers mit den Tellern auf den Knien. Gegen elf führte er sie die Treppe hinauf, fesselte sie an das Kopfende des Bettes, zog den Stecker des Telefons auf dem Nachttisch aus der Dose und machte das Licht aus.

Sie sah nichts mehr von ihm bis zum Morgen. Er entfernte die Handschellen, damit sie duschen und sich umziehen konnte. Er selbst sah erholt und adrett aus. Er hatte es sich hinter dem Sofa im Wohnzimmer auf dem Boden bequem gemacht. Als sie herunter kam, sah sie die Leinentücher und Kissen.

»Er kommt nicht«, sagte sie.

»Halten Sie den Mund.«

Den ganzen Tag über wechselten sie kein Wort miteinander. Stündlich hörte Letterman Nachrichten und reinigte gründlich seine Waffe. Zur Mittagszeit verließ er das Haus und kehrte wenig später mit je einer Ausgabe des Advertisers und der News zurück. Beide hatten die Story des verschwundenen Transporters und der Morde auf der ersten Seite. Als er mit dem Advertiser durch war, reichte er ihn ihr. Sie hatten sogar Fotos von der verlassenen Farm und dem alten Holden, der mit sperrangelweit geöffneten Türen am Tatort stand, abgedruckt. Eine detaillierte Karte verzeichnete das Einsatzgebiet der Polizei. Es gab Berichte, dass ein Schulbus in Aberfieldie abgestellt worden war, der nicht von dort stammte, und die Polizei wollte ihre Aufmerksamkeit nun verstärkt auf dieses Gebiet richten.

»Er wird kommen«, sagte Letterman.

»Aber nicht zu mir.«

»Doch, das wird er.«

Es war kalt geworden im Haus. Nach dem Mittagessen machte Letterman erneut Feuer im Kamin und sie saßen davor bis in die frühen Abendstunden. Ohne Handschellen und Lettermans viertelstündlichem Aufstehen, um aus dem Fenster auf die Straße zu schauen, hätten die beiden fast das schöne Bild eines Ehepaares abgegeben, das sich gemeinsam dem Müßiggang vor knisterndem Kaminfeuer hingab. Leah hätte fast vergessen, weshalb Letterman hier war. Die Bäume in der Nähe seufzten, als der Wind stärker wurde und durch sie hindurchpfiff. Plötzlich wurde der Rauch im Kamin ins Zimmer gedrückt. Sie mussten husten, und das Gebälk begann zu ächzen und zu wackeln, als hätte es ebenfalls einen Hustenanfall bekommen.

Sie gingen in die Küche, bereiteten das Abendessen und trugen es zurück ins Wohnzimmer. Draußen tobte ein Sturm. Der Rauch im Zimmer trieb ihnen die Tränen in die Augen. Alle paar Minuten wurde Letterman von einem wüsten Hustenanfall geschüttelt. Der einzige Hinweis auf eine mögliche Achillesferse. Doch sie ließ sich nicht täuschen. Sie spürte die zunehmende Kälte und Gleichgültigkeit dieses Mannes. Sie sah auch sein reges Mienenspiel im Widerschein des Feuers.

Irgendetwas stimmte mit dem Kamin nicht. Letterman rieb sich die Augen und hustete furchtbar. Leahs Augen tränten unablässig. Die Luft war zum Schneiden dick. Letterman sah an ihr vorbei auf das Feuer, runzelte die Stirn und musste wieder husten. Er erhob sich und bewegte die Holzscheite mit einem Schürhaken. Unterdessen wurde der Qualm in dicken Kringeln zurückgetrieben, verdunkelte den Raum und nahm ihnen die Luft zum Atmen.

Letterman stand auf, um ihr die Handschellen abzunehmen. »Er ist da.«

Dann ging das Licht aus.

Fünfunddreißig

Im Haus brannte Licht, doch die Vorhänge waren zugezogen und Fenster und Türen verriegelt. Wyatt war sich nicht sicher, was ihn da drinnen erwartete, bis er das Husten hörte. Es war das Husten eines Mannes.

Den Wagen hatte er bereits von allen Seiten geprüft. Im trüben Licht der Straßenlaterne konnte er die Farbe nicht genau erkennen, doch der Staub auf dem Valiant kam ihm vertraut vor. Immerhin hatte er auch ihn wochenlang in der Nase gekitzelt. Er kniete sich hin und begutachtete die Schutzbleche und Stoßstangen: dicke Gras- und Erdklumpen überall.

Er überlegte, wer der Mann sein könnte. Tobin war es bestimmt nicht. Leah hatte einen besseren Geschmack. Wahrscheinlich ein Typ aus dem anderen Team. Nicht, dass es ihn weiter gekümmert hätte. Er hatte sie aufgespürt. Nun würde er sie umlegen, die Kohle schnappen und irgendwo neu anfangen. Wyatt hatte nicht vor, sich bei dem Thema gedanklich länger aufzuhalten. Man hatte ihn aufs Kreuz gelegt, das war genug.

Er freute sich über den aufkommenden Sturm. Dieser verschluckte das Quietschen des Gatters, seine Schritte, die Geräusche bei der Überprüfung der Türen und Fenster. Er befand sich an der längsseitigen Hauswand, als eine Sturmböe ihm den Rauch aus dem Kamin um die Ohren blies. Er spürte es sofort im Rachen. Er sah hoch zum Schornstein. Dachte an das Husten.

Das Dach war flach und begann bereits knapp über der rückseitigen Veranda des Hauses. Von der Palisade neben der Veranda konnte er hinüberspringen. Er landete weich, doch die morschen Streben unter dem Blech ächzten bei jeder Bewegung. Er kletterte auf die obere Plattform des Daches, unter der die Räume im ersten Stock lagen, kroch bis zur höchsten Stelle und hielt sich am Schornstein fest.

Zuerst wusste er nicht genau, womit er den Schlot blockieren sollte. Eventuell mit seinem Jackett. Als er sich jedoch umblickte, entdeckte er eine Aluplatte, die an einer kleinen Kette am Kamin angebracht war. Es war eine Art Abdeckung, die die Vögel während der Sommermonate davon abhalten sollte, hier zu nisten. Er platzierte sie über dem Schlotloch und ließ sie einrasten. Im Nachbarhaus ging eine Tür, eine Stimme lockte »miezmiezmiez«, dann wurde die Tür wieder geschlossen.

Auf demselben Weg, wie er hochgekommen war, stieg Wyatt auch wieder hinab. Der Sicherungskasten des Hauses war auf der vorderen Veranda angebracht. Er öffnete ihn, drehte die Sicherungen heraus und warf sie ins Gras.

Im Haus verstärkte sich das Husten. Jemand fiel über ein Möbelstück, und er hörte Glas splittern. Die Leselampe, dachte er.

Er band sich ein Taschentuch vor Nase und Mund und öffnete die Tür mit seinem Schlüssel. Der beißende Geruch des Qualms schlug ihm entgegen. An der Tür zum Wohnzimmer blieb er stehen, den Rücken gegen die Wand gepresst, seine .38er schussbereit.

Er ging davon aus, dass sie klug genug waren, sich nicht direkt vor dem Kamin zu positionieren. Er wusste auch, dass er, hätte er den normalen Weg durch die Tür genommen, vom Widerschein des Feuers angestrahlt worden und auf der Stelle tot gewesen wäre. Er sah nur eine Möglichkeit: Sich beim Eintreten blitzschnell seitlich zu Boden zu werfen. Sollte jemand schießen, würde derjenige durch das Mündungsfeuer seinen Standort preisgeben. Dann könnte er in Deckung bleiben, bis sich wieder jemand bewegte. Allerdings konnte einer von ihnen durch das Fenster entkommen und plötzlich hinter ihm an der Tür auftauchen.

Wyatt machte sich bereit und stürmte durch die Tür.

Er ließ sich sofort nach rechts fallen, rollte einmal um die eigene Achse, erhob sich und duckte sich hinter einem Sessel.

Er hörte ein leises Schniefen, als der Schuss fiel. Die Kugel schlug nur wenige Zentimeter über seinem Kopf in die Wand ein.

Hab ich euch, dachte er, als er das Mündungsfeuer sah. Zwei Umrisse, Leah und eine etwas klobige Gestalt mit einer Waffe in der Hand. Wyatt setzte seine .38er an, zielte und stolperte über irgendetwas. Er verlor das Gleichgewicht und fiel ziemlich hart auf den Rücken. Es presste ihm den Brustkorb zusammen, so dass er kaum atmen konnte. Die .38er war unter einen Sessel gerutscht. Ein Schürhaken verfehlte ihn nur knapp und schlitterte nun den Holzboden entlang. Die beiden Gestalten verschwanden durch die offene Wohnzimmertür.

Mehrere Sekunden verstrichen. Wyatt rappelte sich hoch, griff seine Waffe und hielt sich an der Sessellehne fest, bis er wieder normal atmen konnte. Er fühlte sich jedoch benommen.

Sie hatten bereits mindestens eine Minute Vorsprung.

Er schloss die Tür zum Wohnzimmer und stand im Flur. Er musste nachdenken. Ohne den Widerschein des Feuers im Kamin war es stockdunkel im Haus. Alle Vorhänge waren zu. Ob der Typ mit der Waffe die Vorgänge wohl wieder aufzog, um sein Ziel besser erkennen zu können? Wyatt bezweifelte das. Der Typ würde sich dadurch selbst gefährden.

Bei absoluter Dunkelheit entwickeln Menschen ein äußerst feines Gespür für die Anwesenheit anderer Personen. Darauf verließ sich Wyatt, und auf sein gutes Gehör. Leise schlich er den Flur entlang und verharrte kurz an der offenen Tür zu Leahs Arbeitszimmer. Er atmete verhalten und ruhig, lauschte, damit ihm nicht das kleinste Geräusch entging, das die anderen beiden verraten könnte.

Mit jedem Raum im Erdgeschoss verfuhr er so. Sie waren nirgends. Er sah hinüber zur Treppe. Es waren schon über zehn Minuten vergangen. Langsam nahm er Stufe für Stufe, verharrte auf jeder, um ganz sicher zu gehen. Er dachte über den Typ mit der Waffe nach. Hatte er Geduld? Oder gehörte er zu der Sorte, die überstürzt handelten und plötzlich drauflosballerten? Wyatt war oben angelangt. Flach atmend blieb er bewegungslos an der Balustrade stehen.

Die Armbanduhr verriet sie schließlich. Wyatt hörte den leisen, zweifachen Piepton, der eine weitere volle Stunde signalisierte. Welche? Die zehnte, vermutete er. Er schlich sich vorsichtig an die Tür des Schlafzimmers.

Schlechte Position, er musste irgendwie zur anderen Seite des Türrahmens gelangen. Die Gefahr bestand darin, dass der andere sich mittlerweile an die Dunkelheit gewöhnt hatte und alles wahrnahm, was sich bewegte. Wyatt überlegte, ob eine unerwartete Bewegung im Türrahmen ihn verwirren könnte. Also hechtete er zur anderen Seite, rollte einmal um die eigene Achse und wieder auf die Füße. Kurz nach seinem Sprung war eine Kugel abgefeuert worden, doch viel zu hoch, um ihn treffen zu können.

Es folgten noch fünf weitere Schüsse. Wyatt hörte, wie die Geschosse in die Wand hinter ihm eindrangen. Er bewegte sich nicht.

Leah schrie: »Schnell, seine Munition ist alle!«

Das war eine Falle. Aber allein der Versuch, ihn hineinzulocken, deutete darauf hin, dass beide den Überblick verloren hatten. Wyatt warf sich durch die Tür ins Zimmer, kam auf die Beine und hielt die .38er schussbereit auf sie gerichtet.

»Er hat ein Messer«, stöhnte Leah.

Wyatt zielte auf sie, die sich als schwach erkennbarer Umriss vom pechschwarzen Vorhang abhob. Der Mann stand hinter ihr und hatte einen Arm um ihren Hals, den anderen um ihren Unterleib gelegt. Im Kampf hatten sie den Vorhang leicht weggeschoben, und durch einen kleinen Spalt fiel Mondlicht ins Zimmer. Etwas funkelte unterhalb von Leahs Kinn. Eine Klinge.

»Weg mit der Knarre, oder ich schlitz ihr den Hals auf«, rief der Mann.

»Nur zu«, erwiderte Wyatt. »Keine Hemmungen.«

Auf dem Nachbargrundstück hörte er Stimmen. »Sollen wir nicht mal rübergehen und nachsehen?« fragte einer. »Wird vermutlich nur der Wind gewesen sein«, meinte ein anderer. Wyatt sah sich im Zimmer um, so gut es ging, und versuchte die Höhe der Wände und das Mobiliar zu erkennen. Von dem Mann sah er nur die Arme und einen Teil des Gesichts. Draußen rief eine Stimme: »Komm endlich wieder ins Haus.« Eine Tür schlug zu.

»Wirf sie weg«, sagte der Mann noch einmal. »Oder sie ist tot.«

»Von mir aus«, sagte Wyatt.

Wyatt war es gleichgültig, wer zuerst dran glauben musste. Wenn er Leah zuerst umlegte, hatte er freie Bahn auf den Typ. Andererseits war der Mann bewaffnet. Möglicherweise zielte er mit dem Messer auf ihn. Wyatt brachte seine .38er in Anschlag. Er neigte sich leicht nach rechts, streckte den Arm durch und zog den Abzug. Es war eine präzise, routinierte, rasch ausgeführte Bewegung. Traumwandlerisch sicher wie ein Tanzschritt.

Die Kugel traf ihn in den Hals und schleuderte ihn gegen die Wand. Der Arm um Leahs Hals spannte sich kurz an, bevor er erschlaffte und sie sich aus der unfreiwilligen Umarmung befreien konnte. Aus seiner Kehle sprudelte Blut.

Wyatt sagte kein Wort. Er richtete die Pistole auf Leah.

Doch sie war das falsche Ziel. Der Mann, der bereits zu Boden geglitten war, hob die Hand mit dem Messer, um damit nach Wyatt zu werfen. Wyatts Waffe verfolgte Leah, als sie auf das Messer zuschoss, es dem Mann entriss und wieder zurücksprang.

In diesem Moment bemerkte Wyatt die Handschellen an ihren Gelenken. Er nahm seinen Finger vom Abzug, hielt die .38er jedoch weiter auf sie gerichtet. Der Typ am Boden hustete, gurgelnde Geräusche drangen aus seiner Kehle, dann fiel er auf die Seite und zuckte noch ein oder zwei Mal.

Leah sah Wyatt an. »Du hättest mich fast umgebracht.«

Wyatt nickte. »Aber ich hab's nicht getan.«

Sie kreuzte die Arme vor ihrem Körper. »Aber fast.«

Sechsunddreißig

Wyatt wusste, dass es gemein war. Er wusste, dass seine Kälte andere Menschen einschüchterte und die Welt nach seinem Bilde deformierte. Zum Zeichen seiner guten Absicht steckte er die Waffe weg, ›sich selbst entwaffnen‹ nannte er das, und ließ sich gegen die Wand fallen, denn ihm war klar, er durfte sie jetzt nicht berühren.

Leah zitterte, die Arme immer noch vor ihrem Körper gekreuzt. Die Handschellen hingen von ihrem linken Armgelenk herunter. »Ich bin gleich wieder in Ordnung.«

»Ich hab dir nicht vertraut«, sagte Wyatt. »Das war ein Fehler.«

Sie stand reglos da, ließ dann die Arme sinken und sah ihm zum ersten Mal in die Augen. »Du hast dich sehr verändert«, sagte sie. »Alles ist so seltsam auf einmal.«

Wyatt setzte sich auf die Bettkante und deutete auf die Leiche. »Hat er irgendwas gesagt?«

»Er sagte, sein Name sei Letterman und er sei ein Auftragskiller. Er war hinter dir her. Scheinbar bist du jemandem schwer auf die Füße getreten.«

Wyatt machte eine Handbewegung. »Diese Typen aus Sydney. Ziemlich bescheuert. Offensichtlich können sie sich nicht damit abfinden, ich werde mit ihnen reden müssen.«

Leah setzte sich neben ihn. »Mit ihnen reden? Wird dir einer von denen zuhören?«

»Ich werd sie schon dazu bringen.«

»Weißt du, wer dahinter steckt?«

»Ich werd's herausfinden.«

Schweigend starrten sie auf den Toten. »Er hat mich auf der Farm abgepasst«, erklärte Leah. »Snyder hat ihm den Tipp gegeben.«

»Das hätte ich mir denken können. Ich wette, dieser Letterman hat ihm viel Geld für einen Hinweis geboten, wo er mich finden kann.«

»Wahrscheinlich ist er Snyder von Melbourne aus gefolgt.«

Wyatt nickte düster. »Und Snyder hätte den vollen Betrag erst bekommen, wenn der Typ sicher sein konnte, dass er mich hat. Deshalb war Snyder so scharf darauf, noch einmal zur Farm zurückzufahren, anstatt sich zu trennen. Wo ihm doch der schöne Geldtransporter schon durch die Lappen gegangen war, wollte er wenigstens auf der anderen Seite noch was verdienen.«

Ihre Schultern berührten sich. Auf Wyatt hatte das eine beruhigende Wirkung, und offenbar auch auf Leah. Sie lehnte sich noch ein wenig stärker an ihn. »Was ist schief gegangen?« fragte sie. »So wie Snyder und Letterman reagiert haben, schienen die beiden genauso überrascht worden zu sein wie wir.«

Wyatt erzählte ihr alles. »Jemand hat unseren Plan in jeder Einzelheit kopiert.«

Leah sah ihm in die Augen. »Und weil ich Tobin reingebracht habe, hast du gedacht, ich würde dahinter stecken.«

»So was soll schon vorgekommen sein. Erzähl mir von Tobin. Wie bist du an ihn geraten?«

Sie wand sich ein bisschen. »Weißt du noch, der Typ, von dem du die Suzuki gekauft hast, der dich so genervt hat? Ich hab Tobins Adresse von ihm bekommen. Ich dachte, du flippst aus, wenn ich dir das erzähle.«

Wyatt sagte nichts dazu. Tobin war ein stadtbekannter Dealer von schwarzgebranntem Schnaps, Pornovideos und gestohlenen Zigaretten. Vielleicht steckte sein Auftraggeber dahinter. Er legte seinen Arm um Leah. In ihrer Kehle grollte es gefährlich.

Dann wurde ihr Körper steif und sie entzog sich seiner Umarmung. »Ich kann hier nicht bleiben mit ihm dort auf dem Boden.«

Sie stand auf und ging nach unten. Wyatt zog sich um und durchsuchte Lettermans Taschen nach dem Schlüssel für die Handschellen. Irgendetwas stimmte mit den Proportionen dieses Mannes nicht. Eine Minute später hielt er dreißigtausend Dollar in den Händen, die er in Lettermans Geldgürtel fand. Zwanzigtausend steckte er ein und ging ebenfalls nach unten. Dort war alles voller Qualm. Er gab Leah den Schlüssel und zehntausend Dollar. »Mach dir die Handschellen ab«, sagte er, »und genehmige dir einen Drink ein, ich bin gleich wieder zurück.«

Nachdem er sicher war, dass ihn niemand beobachtete, kletterte er aufs Dach und entfernte die Metallplatte vom Schornstein. Als er wieder im Haus war, hatte Leah bereits alle Fenster und Türen aufgerissen und reichte ihm ein Glas Scotch. Er brannte wie Feuer und brachte schlagartig sämtliche Lebensgeister zurück.

»Was machen wir jetzt?«

»Zuerst die Leiche wegschaffen«, sagte Wyatt gelassen, »und dann unser Geld zurückholen.«

Sie nahm einen tiefen Schluck. »Einfach so, hm?«

»Haben die Nachbarn Letterman gesehen?«

»Nein, ich glaube nicht.«

»Trotzdem überlegst du dir für alle Fälle eine gute

Geschichte. Falls sie nach ihm fragen oder wissen wollen, was das für ein Höllenspektakel war heute Nacht. Du musst mir helfen. Ich will ihn in den Kofferraum schaffen und lass ihn dann mit dem Auto irgendwo in der Stadt stehen.«

Leah schien klar zu sein, dass der Stress noch kein Ende gefunden hatte. »Was sage ich, wenn sie mich nach dir fragen? Was, wenn sie dich auf dem Fahndungsbild, das durch die Presse ging, erkannt haben?«

»Ich sehe völlig verändert aus, außerdem habe ich mich, während ich hier gewohnt habe, immer sehr bedeckt gehalten. Aber ums kurz zu machen: Lenk ab, wenn sie davon anfangen. Erzähl nicht, ich sei einfach dein Bruder oder so 'nen Unsinn. Nein, gib ihnen das Gefühl, sie hätten kein Recht, dich so etwas Persönliches zu fragen. Sag ihnen, ich sei dein zu den Jesuiten übergetretener Bruder, der ein Schweigegelübde abgelegt hat, oder dein Cousin, der Detektiv ist und an einem schwierigen Fall arbeitet.« Er stellte sein Glas ab. »Ich hau jetzt ab. Hilf mir, Letterman runterzuschaffen.«

Gemeinsam verstauten sie die Leiche im Kofferraum des Valiant. Die Straße war stockdunkel. Niemand beobachtete sie.

»Ich möchte mitkommen«, sagte Leah.

»Nein. Du bleibst hier«, antwortete Wyatt kalt.

»Du denkst, ich bin dir bloß im Weg«, sagte sie. »Du willst mich immer loswerden.«

Er war unnachgiebig. Er hatte sie nicht eingeplant. Er wusste nur, man hatte ihn aufs Kreuz gelegt und er musste handeln. Und das gelang ihm allein am besten. »Ruh dich aus«, erwiderte er. »Lass frische Luft hier rein. Kümmere dich um deine Nachbarn.«

Er setzte sich ans Steuer von Lettermans Wagen und kurbelte das Fenster herunter.

Leah schob ihren Kopf herein und fragte: »Gehst du zu Tobin?«.

Er ließ den Motor an. »Das ist die einzige Möglichkeit, die ich sehe.« Er sah in ihr besorgtes Gesicht. Lächeln gehörte nicht zu seinen Gewohnheiten. Er berührte ihre Hand, die auf der Scheibe ruhte. »Okay?«

Sie trat zurück. »Viel Glück.«

Glück war wahrscheinlich nicht das richtige Wort, aber er bedankte sich und fuhr davon.

Durch die Berge gelangte er ins Stadtzentrum von Adelaide. Gegen Mitternacht erreichte er Enfield. Die Straßen waren menschenleer. Das Industriegebiet ausgestorben. Freudlos brannten funzlige Lichter vor den meisten Gebäuden und warfen dunkle Schatten in die Tür- und Fensterbögen. Er schaltete die Scheinwerfer aus und fuhr ein Mal durch das ganze Gebiet. Es gab keinen Hinweis auf Wachleute oder Nachtwächter, aber er wusste, dass hier später jemand eine Runde drehen würde. Er erinnerte sich an die Visitenkarte der Mayne Nickless Wachschutz-Gesellschaft in Tobins Büro.

Wyatt stellte den Wagen hinter einem Stapel leerer Holzkisten ab. Tobins Büro und Werkstatt lagen in völliger Dunkelheit, trotzdem näherte er sich nur vorsichtig. Am Büro wartete er kurz. Das Seitenfenster war verschlossen. Er prüfte die Eingangstür. Ebenfalls verschlossen. Ein mit Reißzwecken angebrachter Zettel informierte die Besucher in dürren Worten: ›Bin nächste Woche zurück.‹ Dem war in krakeliger Schrift hinzugefügt worden: ›Einbruch zwecklos, da kein Geld im Büro‹.

Auf den ersten Blick gab es keine Anzeichen für eine Alarmanlage. Wyatt versuchte, sich an den ersten und einzigen Besuch bei Tobin zu erinnern. Er war sich ziemlich sicher, dass er keine Drahtvorrichtungen, Kameras oder elektronische Wegemelder gesehen hatte.

Die Scheibe des Seitenfensters war mit einem Drahtverhau gesichert, und am Eingang des Gebäudes wollte er nicht beobachtet werden. Also beschloss er, durch die Hintertür einzubrechen.

Tobin war nicht da. Die Luft roch muffig, hier war tagelang nicht gelüftet worden.

Wyatt machte sich an die Arbeit. Ihm blieb keine andere Wahl. Nachdem er ein weiteres Mal nachgeschaut hatte, ob sich Autoscheinwerfer dem Gelände näherten, knipste er Tobins Schreibtischlampe an und zog den Lampenschirm bis auf wenige Zentimeter auf die Tischplatte herunter. Bei gedämpftem Licht durchwühlte er Tobins Schubladen und Aktenordner.

Am Anfang war ihm völlig unklar, wonach er eigentlich suchte. Doch dann wusste er, dass er es gefunden hatte, als er ein schmuddeliges Adressbuch in den Händen hielt. Dem konnte er entnehmen, mit wem sich Tobin so die Zeit vertrieb.

Siebenunddreißig

Der Wagen war ordnungsgemäß gemietet, also bestand kein Grund, sich einen anderen klauen zu müssen. Die optischen Veränderungen seines Äußeren verringerten die Gefahr, durch lästige Schlaumeier und neugierige Bullen aufgehalten oder von ihnen erkannt zu werden. Doch für eine Leiche im Kofferraum würde er lebens-

länglich kriegen. Er sah sich noch einmal um und stellte
fest, dass keine privaten Schutzdienste patrouillierten,
und schleppte Letterman dann aus dem Valiant ins
Büro, wo er ihn in einem Hinterzimmer liegen ließ.

Es war nach Mitternacht, als er das Gewerbegebiet
verließ. Bei Gepps Cross bog er links ab und stellte sich
auf die zweistündige Fahrt nach Goyder ein. Es gab
kaum Verkehr – da und dort ein einsames Taxi, ein paar
Lieferwagen, die sich einen Spaß daraus machten, zu
beschleunigen, wann immer sie die Scheinwerfer eines
Wagens in ihren Rückspiegeln wahrnahmen, und ein
gigantischer Schwertransporter mit Kennzeichen aus
dem Westteil des Landes. Wäre Wyatt ein normaler Bür-
ger gewesen, hätte er unter diesen vorteilhaften Umständen erst mal kräftig aufs Gas gedrückt. Er unterließ es
jedoch. Und bremste bereits bei Gelb, setzte bei jedem
Fahrbahnwechsel mustergültig den Blinker und fuhr
immer knapp unterhalb der vorgeschriebenen Höchstge-
schwindigkeitsgrenze. Er macht die Heizung an und
stellte das Radio auf einen Jazz-Dudelsender im Nacht-
programm ein. Dreißig Minuten nach der Entsorgung
von Lettermans Leiche hatte er die Lichter der Stadt
bereits hinter sich gelassen und fuhr unter einem stern-
klaren Himmel durch die Obstbaumplantagen, die die
Stadt umgaben.

Auf Trigg hatte es vermutlich gewirkt wie Weihnachten
und Ostern gleichzeitig, als ihm Tobin bei einem seiner
regelmäßigen Botendienste in Sachen Raubkopien,
geschmuggelter Spirituosen und Zigaretten von dem
Steelgard-Coup erzählte. Trigg hatte ja mit Steelgard zu
tun, Wyatt erinnerte sich, dass die Steelgard-Transporter
alle bei einer bestimmten Tankstelle, nämlich der von

Trigg, in Goyder getankt hatten, und er erinnerte sich auch, damals in Belcowie Trigg und diesen Fahrer, Venables, in ein Gespräch vertieft gesehen zu haben.

Während er durch das nur matt vom Mondlicht erleuchtete Land der Obstwiesen steuerte, versuchte er, die Einzelteile des Puzzles zusammenzukriegen. Ab und zu passierte er ein kleines namenloses Städtchen. Nachts lagen sie wie plattgewalzt da. Die Ladenfronten schienen von den wuchtigen Veranden im ersten Stock förmlich erdrückt zu werden. Taufeuchte Karosserien unter einer mickrigen, fahlen Straßenbeleuchtung drehten ihm ihre unspektakulären Rückseiten zu. Er bevorzugte die freien Überlandstrecken, die ihm manchmal das Gefühl gaben, er rauschte über das Dach der Welt.

Gegen zwei Uhr morgens erreichte er Goyder. Trigg Motors war bunt beleuchtet wie eine Ansammlung von Spielhöllen. Wie ein Segel glitzerte das riesige Ford-Schild über der Einfahrt in den Farben Blau und Weiß. Dem Einsatz grell fluoreszierender Farben an jeder Ecke, besonders an den Scheiben des Showrooms, hatte einst niemand ernsthaft Einhalt geboten. Die Autos bleckten ihre chromblitzenden Kühlergrillzähne, als Wyatt ganz langsam an dem Gebäudekomplex entlangfuhr. Er bog rechts um die Ecke, dann wieder rechts, einmal um den Block herum. Keinerlei Lebenszeichen – keine Wachschutzpatrouillen, nirgends bissige Schäferhunde oder marodierende, liebestolle junge Männer.

Vor der Service-Station parkten einige Wagen. Am nächsten Morgen würden sie gewartet oder ein bisschen frisiert werden, vermutete Wyatt. Er stellte Lettermans Valiant ebenfalls dort ab, stieg aus und schloss die Fahrertür.

Das Bürogebäude ließ er zunächst links liegen. Möglicherweise türmte sich dort das Geld, doch zuerst musste er herausfinden, ob seine Spekulationen in Bezug auf die Ereignisse der letzten sechsunddreißig Stunden in die richtige Richtung liefen.

Er nahm die Gebäude dahinter unter die Lupe. Zwei Wellblechschuppen, beide groß genug, um einen Laster unterzustellen, und neben einem Schiffscontainer ein schmales Fertighaus, mehr eine Hütte. Zwei kleine Betonstufen führten dorthin, die Tür- und Fensterrahmen waren aus Aluminium und die Fenster mit bauschigem Tüll dekoriert. Wyatt brauchte eine Weile, um den Zweck dieses Ensembles zu begreifen. Bis er die unmissverständlichen Geräusche von knarzenden Bettfedern vernahm: Da drin schlief einer.

Allerdings machte es nicht den Eindruck, als handelte es sich um Triggs bevorzugte Schlafstätte. Eher um die eines Hausmeisters, Mechanikers oder Nachtwächters. Was auch immer, Wyatt schloss messerscharf, dass er auf der Hut sein musste. Er schlich über den Hof zum Eingang des ersten Schuppens. Eine große Schiebetür und eine kleine Metalltür an der Seite, beide verriegelt, mehrere Fenster, jedoch alle in einer Höhe, dass Wyatt sie nicht so ohne weiteres erreichen konnte.

Er versuchte es mit dem anderen Schuppen. Das gleiche Lied.

Er ging um den zweiten Schuppen herum und suchte dabei den Boden nach etwas Verwertbarem ab. Der erste Draht, den er fand, erschien ihm zu starr. Doch der zweite war in Ordnung. Er war gerade im Begriff, einen soliden Haken zu formen, als plötzlich der Himmel über ihm einstürzte. Ein Paar brutaler Arme griffen zu und schmetterten ihn, den Kopf voran, gegen die Seitenwand des Schuppens. Er ging in die Knie und fiel zur Seite. Irgendjemand durchsuchte seine Taschen und fand die .38er. Schwere Stiefel bearbeiteten seine Magengrube und trampelten ihm auf die Finger.

Wyatt versuchte, irgendwas zu erkennen, doch der Schmerz zerriss ihn förmlich. Aus einer Wunde am Kopf floss Blut direkt in seine Augen. Er musste husten, wollte sich aber auf die Gestalt, die ihn zusammengeschlagen hatte, konzentrieren.

Der Mann schien keinen Hals zu haben. Wie ein runder Fels saß der Kopf auf dem Rumpf. Der Typ schien riesig und beobachtete Wyatt völlig gelassen. Trotz seiner Körpergröße wirkte er wendig. Er trug Mechanikerkluft und hatte die unglücklichsten Augen, die Wyatt je gesehen hatte.

Keine Spur von der .38er. Vermutlich hatte sie der Riese irgendwo in seinem Overall verstaut. Wyatt mühte sich hoch, unsicher, wie der andere reagieren würde. Als der jedoch nichts unternahm, war ihm klar, dass der Hüne sich noch ein bisschen mit ihm vergnügen wollte.

Von der Größe war der andere klar im Vorteil. Wyatt hoffte, diesen Vorteil durch Auszehrung ins Gegenteil verkehren zu können. Er entfernte sich von der Wellblechwand und fing an, den anderen zu umkreisen, ihn zu möglichst erfolglosen Versuchen, ihn zu fassen, herauszufordern, um ihn langsam zu zermürben.

Der Hüne ließ sich auf nichts ein. Er klebte an seinem Platz, drehte nur leicht den Körper, während Wyatt seine Kreise zog und dabei seine restlichen Energien zu verpulvern drohte.

Wyatt ging zum Angriff über. Blitzschnell schoss er

vor, täuschte mit der Linken an und wollte mit der Rechten zuschlagen. Doch anstatt die Kehle zu treffen, krachte er mit der flachen Hand gegen einen monströsen Oberarm. Er fühlte einen stechenden Schmerz in seiner Kopfwunde, als der andere noch einmal draufschlug.

Wyatt sprang zurück. Ihm war klar, dass sich der Hüne fortan auf diese Kopfwunde konzentrieren würde. Er umkreiste ihn wieder, indem er wie ein Boxer im Ring umher tänzelte. Alle Muskeln waren angespannt, er suchte nach einem Einfallswinkel. Erneut schoss er vor, bäumte sich auf, als wollte er seinen Fehler von eben wiederholen, dann ließ er sich plötzlich auf die Knie fallen und knallte dem anderen seine harte Linke in den Schritt.

Er sprang zurück, fing erneut an zu tänzeln. Er hatte ihn getroffen: Ein breites, hohles Grinsen als Reaktion auf den überraschenden Schmerz deformierte das Gesicht des Gegners. Dessen scheinbar ruhiges Atmen klang etwas bemüht. Wyatt tänzelte auf ihn zu, versetzte ihm mehrere harte Schläge gegen Schläfen und Augen, wich dann wieder zurück in sichere Entfernung. Eine weitere Runde ging ebenfalls an ihn. Der große, schwere Mann schüttelte den Kopf und wirkte erstaunt, doch er ließ Wyatt keine Sekunde aus den Augen. Wie gebannt starrte Wyatt auf die massigen Arme seines Gegenübers, in der Hoffnung, er würde sie – als Zeichen der endgültigen Kapitulation – bald kraftlos sinken lassen. Atem und Bewegungen waren nun wieder im Rhythmus, Wyatt fühlte sich entspannt und viel besser als vorher. Er war absolut konzentriert.

Er läutete eine dritte Runde ein und versuchte, wieder Treffer an die Schläfen zu setzen. Dem anderen gelang

ein Schlag gegen Wyatts Brustkorb, ein widerwärtig ste-
chender Schmerz breitete sich aus, doch Wyatt wusste,
dass seine Treffer bereits Wirkung gezeigt hatten. Diesmal trippelte er nur kurz aus dem unmittelbaren Schlag-
radius heraus, um sofort wieder auf den anderen loszu-
gehen, bevor dieser begriffen hatte, was los war. Der
Mann versuchte, den Schlag mit den Unterarmen abzu-
blocken, doch darauf hatte Wyatt gewartet. Statt ihn
frontal anzugreifen, vollführte Wyatt eine Drehung nach
links und rammte ihm die harte Kante seiner Schuhsohle
gegen das Schienbein. Der Schmerz war scharf und kam
völlig unerwartet. Wyatt beobachtete aufmerksam die
Mimik seines Gegenübers, der jetzt aussah, als hätte er in
eine Zitrone gebissen.

Er nutzte den Überraschungseffekt, um dem anderen
noch rasch ein paar dicht aufeinander folgende Schläge
zum Kopf zu verpassen, abwechselnd links und rechts.
Er hatte die Absicht, den Gegner vollends zu irritieren,
ihn schwindlig zu schlagen, bis der nicht mehr wusste,
wo vorn und hinten war. Es gelang ihm. Wyatt wich
zurück. Der Hüne schwitzte aus allen Poren, schwankte
und schüttelte unablässig den Kopf, als wollte er etwas
Klebriges abschütteln, das partout nicht weichen wollte.
Blut rann ihm in die Augen, Speichel lief aus seinem
Mund und zierte sein Kinn mit einer Schleimspur.

Wyatt war gerade im Begriff, zum finalen Schlag aus-
zuholen, um endlich in Besitz der Schlüssel zum Schuppen zu gelangen, als sich hinter ihm eine Stimme aus der
Dunkelheit zu Wort meldete. Sie nannte ihn ›Kleiner‹
und verfügte barsch, dass es nun genug sei. Was Wyatt
wirklich überzeugte, auf sie zu hören, war die Gewehr-
mündung direkt an seinem rechten Ohr.

Achtunddreißig

»Und, Hap?« sagte Trigg. »Alles klar?«

Der Mann spuckte Blut und wischte sich dann mit dem Ärmel übers Gesicht. Anscheinend hatte er seine paar Sinne wieder beisammen. Er griff in eine Tasche seines Overalls und zog Wyatts .38er hervor. Wyatt ließ ihn nicht aus den Augen, hielt er doch einen Racheschlag für nicht ausgeschlossen. Aber Happy stand einfach nur da und schien auf weitere Anweisungen zu warten. Als Trigg rief: »Schließ die Werkstatt auf!«, befolgte Happy diesen Befehl, als wäre er ferngesteuert. Er kam zurück und wartete dann neben Trigg, und als dieser ihm auftrug, Wyatt in den Schuppen zu bringen und ihn zu fesseln, arbeiteten seine Finger flink und routiniert, weiter nichts.

Wyatt wurde mit einem Nylonseil an einen Holzstuhl gefesselt, der neben einer langen Werkbank stand, die sich bis ans hintere Ende des Schuppens erstreckte. Den größten Raum nahm der falsche Brava-Schlepper ein, auf dessen Ladefläche sich noch immer der Steelgard-Transporter befand. Den Betonboden überzog ein dicker Film aus Öl und Schmierfett. An den Wänden hingen verschiedene Werkzeuge und eine nagelneue Hydraulik-Hebemaschine thronte auf einem frisch betonierten Sockel; außerdem war da eine Pinwand mit diversen Fotos muskelstrotzender Bodybuilder, wahrscheinlich ausgeschnitten aus einschlägigen Fitness-Magazinen. Ein uralter Michelin-Kalender an der oberen Ecke der Pinwand rollte gemächlich seine vergilbten Monatsblätter ein.

Trigg lehnte sein Gewehr gegen die Werkbank, stemmte

die Hände in die Hüften und betrachtete Wyatt. Der kleinwüchsige Mann hatte eine erstaunlich große Ähnlichkeit mit einem aufgebrachten Spatzen. Sein Haar plusterte sich auf vor Zorn und Frust. »Wer zum Teufel bist du? Verdammt, lass mich raten – Wyatt, richtig?«

Wyatt hatte nicht vor, darauf zu antworten. Er wollte sehen, wie weit er Trigg provozieren konnte. Andererseits war er auch neugierig. »Wo steckt Tobin?«

Diese Gegenfrage schien Trigg noch mehr in Rage zu bringen. Fahrig zeigte er auf die hydraulische Hebemaschine auf dem frischen Zementsockel. »Da drunter, zusammen mit dem Mann vom Wachschutz. Wenn ich gewusst hätte, dass hier noch mehr aufkreuzen, hätte ich mit den Betonarbeiten noch gewartet, verdammt noch mal.« Er schüttelte den Kopf. »Was zum Teufel spielst du hier eigentlich für eine Rolle? Antworte mir gefälligst.«

Wyatt blickte ihn ausdruckslos an. Dämliche Schlägertypen wie die beiden machten Profis wirklich das Leben schwer. Sie waren gemeingefährlich, heimtückisch, hatten ein Spatzenhirn und in der Regel einen überflüssigen Tross von Leichen im Schlepptau. Venables, Tobin, der Mann vom Wachschutz, und er würde der Nächste sein.

Er sah auf die frisch betonierte Stelle. Sollten die Leichen nicht mehr auftauchen, dann würden die Ergebnisse der polizeilichen Ermittlungen in etwa wie folgt lauten: Der Mann vom Wachschutz war's und ist mit der gesamten Kohle auf und davon. Er wandte sich wieder an Trigg. »Das war mein Coup. Ihr habt meinen Plan abgekupfert. Das Geld gehört mir.«

Bei jedem anderen hätten diese Worte wie kindliches Sandkastengestammel geklungen. Doch Wyatt war es immer sehr ernst mit dem, was er sagte. Darüber hinaus war es seine Überzeugung, dass es brandgefährlich war, einem anderen den Coup zu vermasseln. Das führte nur zu unnötigen Antipathien, Ressentiments und miesen Unterstellungen. Und bedeutete, dass es unmöglich war, den anderen beim nächsten Mal zu vertrauen, wenn es darum ging, Helfer, Berater oder Spezialisten zu rekrutieren. Er erwartete nicht, dass Trigg ihm daraufhin das Geld aushändigen würde; er wollte es nur einmal festgestellt haben.

Trigg schien angesichts dieser massiven Forderung ein wenig aus dem Konzept zu geraten. Er zog seine Stirn in Falten und nuschelte etwas von »Da gibt's ein paar Typen, denen ich Geld schulde«, während er Happys Arm nahm. »Du bekommst deinen Spielkameraden gleich, mein Junge, aber erst müssen wir noch einen kurzen Blick nach draußen werfen.«

Sie verließen den Schuppen. Sobald sie sich überzeugt hatten, dass außer Lettermans Valiant nichts Beunruhigendes wartete, würden sie wiederkommen und dann ging es los mit den Schlägen. Immer auf die Wunde.

Wyatt erhob sich mit dem Stuhl und hüpfte zur Werkbank hinüber. Die öligen Rechnungszettel und die Wettbeilage aus den Adelaide News kamen nicht in Frage. Die Streichholzschachtel schien schon eher geeignet. Kurz überlegte er, ob er versuchen solle, das Nylonseil abzufackeln, doch er verwarf den Gedanken schnell: zu zeitaufwendig und zu schmerzhaft. Stattdessen drehte er sich mit dem Rücken zur Werkbank, hob seine gefesselten Hände so weit es möglich war in die Höhe und bekam die Streichholzschachtel zu fassen. Wenn er sich ein wenig vornüber beugte, konnte er die Position seiner Hände stabilisieren und sie zur Feinarbeit einsetzen. Er öffnete die Schachtel und die Streichhölzer fielen zu Boden. Dann riss er die Schachtel in schmale Streifen. Er drehte sich wieder zur Werkbank hin, kickte die Streichhölzer mit dem Fuß unter die Bank und beugte den Kopf hinunter. Mit seiner Zunge angelte er nun die Streifen der Streichholzschachtel. Er kaute auf ihnen herum, bis sie aufgeweicht waren, dann manövrierte er Teile davon zwischen Lippen und Zähne und in die Backentaschen. Er wusste, dass Happy sich als Erstes auf seine Kopfwunde stürzen würde. Die kleinen Pappmacheklumpen dienten als Tupferersatz und würden wenigstens für einen Augenblick Zähne und Lippen vor dem endgültigen Ruin bewahren.

Wyatt hüpfte mit dem Stuhl zurück auf seinen Platz. Kurz darauf kamen Trigg und der Hüne wieder zur Tür herein. Trigg eröffnete die Veranstaltung mit einer kleinen Fragerunde. »Wo stecken die anderen? Was wissen die?«

Wyatt blickte ihn mit betont verschleiertem Blick an.

»Also los, Hap«, rief Trigg.

Wyatt sah zu dem Hünen hinauf. Kein Funke Nächstenliebe glomm in diesen dunklen Augen. Stattdessen krachte seine Faust in Wyatts Gesicht. Der Vorgang wurde wiederholt. Die Schläge waren präzise gesetzt und die Fäuste stahlhart. Um die Schmerzen ertragen zu können, ging Wyatt zu sich selbst auf Distanz, nahm sozusagen eine neutrale Stellung ein. Er fixierte Trigg und ließ ihn nicht mehr aus den Augen, presste die Lippen zusammen und versuchte, jede Art von Artikulation zu unterdrücken. Er war bemüht, sich und seinen Körper locker zu machen, wohl wissend, dass die Schmerzen umso unerträglicher wurden, je steifer und angespannter er sie empfing. Ohne dass Happy es merkte, konzentrierte er sich auf seinen Atem, bis dieser tief und regelmäßig war. So wandte er sich ab von der harschen Realität der Fäuste und Schmerzen und seinem Inneren zu. Auch Happys Verfassung war ausschlaggebend für den weiteren Verlauf. Denn der Riese wirkte auf einmal nicht mehr kühl und desinteressiert. Die Schlagkraft und der Rhythmus gerieten aus dem Takt, ein sicheres Zeichen dafür, dass Happy langsam die Nerven verlor und die Sache zu persönlich nahm. Wären die Schläge systematischer, mit derselben Stärke, mit derselben Frequenz ausgeführt worden, hätten sie Wyatt schließlich zermalmt.

Auch als er schon umgefallen war, gingen die Schläge weiter. Nach endlos langer Zeit ließ Happy schwer atmend von ihm ab. Wyatt hatte zwischendurch immer wieder kurz das Bewusstsein verloren. Nun hustete er die blutigen Pappmachefetzen aus und hörte das donnernde Rauschen des Meeres in seinem Kopf. Dort, wo seine Wangen den Boden berührten, spürte er den Ölfilm und den feinen Sand, der ihn aufnehmen sollte. Er hörte Trigg irgendetwas sagen, doch die Stimme war am anderen Ufer des Meeres.

Als er wieder zu sich kam, mussten viele Stunden vergangen sein. Sie hatten ihn von seinen Fesseln befreit und auf eine Schaumstoffmatratze gelegt. Es roch muffig. Er versuchte, sich aufzurichten, doch die Schmerzen zwangen ihn sofort zurück auf die Matratze. Erneut verlor er das Bewusstsein. Als er das nächste Mal erwachte, waren die Schmerzen noch da. Sie hackten wie spitze Rabenschnäbel auf ihn ein, stetig an denselben Stellen. Im Film kommt der Held immer wieder auf die Beine. Im wahren Leben, das wusste Wyatt, knebelt einen der echte Schmerz immer wieder zu Boden und will einfach nicht weichen. Ganz langsam versuchte er, sich aufzurichten.

Zuerst verwirrte ihn die absolute Dunkelheit des Raumes, bis ihm klar wurde, dass sie ihn im Schiffscontainer untergebracht hatten. Er streckte die Hand aus, um die Wände zu inspizieren. Sie waren von innen isoliert, vermutlich um die Hitze abzuhalten. Was jedoch gleichzeitig bedeutete, dass er sich hier die Lunge aus dem Leib hätte schreien können, ohne je gehört zu werden. Er wagte nicht, aufzustehen, sondern tastete sich kriechend an den Wänden des Containers entlang. Am hinteren Ende stieß er auf einen Stapel Plastikboxen von gewissermaßen biblischem Ausmaß: Videocassettenhüllen. Daneben stand ein Kühlschrank, der jedoch abgeschlossen war.

Einige Zeit später kamen sie, um nach ihm zu sehen. Gleissendes Sonnenlicht fiel durch den offenen Spalt und umrahmte Happys Gestalt, die eine Taschenlampe, die .38er und ein Glas Wasser hereintrug. Happy knipste die Taschenlampe an und schloss die Tür wieder. »Hier, trink das«, sagte er und stellte das Glas auf den Boden.

Wyatt nippte vorsichtig. Sein Mund war ausgetrocknet und er verging bald vor Durst, doch er wusste, dass er nur kleine Schlucke nehmen durfte, wenn er sich nicht übergeben wollte. Happy, stellte er fest, betrachtete ihn neugierig, als ob ihr nächtlicher Kampf und die anschließende Abrechnung in der Werkstatt sie irgendwie näher gebracht hätten.

Wyatt wollte etwas sagen, hob an, verschluckte sich, hustete und hob noch einmal an. »Samstag heute, nicht wahr?«

Happy nickte.

»Warum bringt ihr mich nicht einfach um?«

Happy dachte lange über diese Frage nach. »Zu viele Leute heute. Sonntag.«

Wyatt versuchte, diese rudimentären verbalen Zeichen zu entschlüsseln. Sie wollten also abwarten, bis der Kundenstrom nachgelassen hatte, bis wieder alles ruhig war und auch keine Einkaufswütigen mehr die Hauptstraße bevölkerten. Es konnte allerdings auch heißen, dass sie ihn an einen anderen Ort bringen wollten. »Happy«, sagte Wyatt sanft. »Sag mir, wo das Geld ist.«

Der Klang seiner Stimme erinnerte entfernt an Matsch, der langsam von einer Schaufel auf die Erde klatschte. »Ich hab meinen Anteil bekommen.«

»Weiß ich doch. Aber wo hat der Boss den Rest?«

»Mesic«, verkündete der Hüne.

Wyatt war schon einmal über diesen Namen gestolpert. Und zwar in den Melbourner Tageszeitungen. Er stand für Betrug im großen Stil, Mord und Totschlag. Die Vertreter der Justiz hatten schon längst aufgegeben, den Mesics auf der Straße das Handwerk legen zu wollen, und konzentrierten sich stattdessen auf die Beweisführung in puncto groß angelegter Steuerhinterziehung. Auch da waren die Ermittlungen allerdings ins Stocken geraten. Wyatt war das alles völlig gleichgültig. Doch nachdem er nun wusste, hinter wem er her war und womit er zu rechnen hatte, begann er augenblicklich, Pläne zu entwickeln, wie er an seine Beute herankam.

Ihm kam das weder merkwürdig noch weltfremd vor. Die Mesics hatten sein Geld und er wollte es wiederhaben, so einfach war das. Nicht eine Sekunde dachte er daran, dass er scheitern oder den Moment nicht mehr erleben könnte.

»Hap«, rief er, »Trigg hat eine Menge Kohle von dem

Überfall auf den Transporter eingesackt, aber du hast die Drecksarbeit für ihn gemacht. Was du dafür bekommen hast, ist garantiert nur ein Hühnerschiss.«

»Ich weiß, was du vorhast«, sagte Happy. »Aber das läuft nicht.« Es war die längste Wortformation, die Wyatt diesen Mann je hatte artikulieren hören.

Er schloss die Augen und beendete den Dialog. Einige Minuten später tauchte Trigg auf. Wyatt öffnete die Augen und sah auf. Um Triggs Augen und Mund zuckte es unablässig. Er war puterrot im Gesicht. »Nur noch verdammte Gaffer überall, kaufen sollen die! Los, Happy, wir müssen an das Zeug ran!« Maliziös grinste er zu Wyatt hinüber. »Hier ist alles, Kleiner, ein Kasten voller Fickfilmchen und ein Kühlschrank randvoll mit Glückspillen. Schade, dass du nichts davon haben wirst.«

»Pass auf, Hap, halt dich von Löchern und Gruben fern«, rief Wyatt ihm nach. »Und behalte den kleinen Scheißkerl immer gut im Auge.«

»Halt die Schnauze«, keifte Trigg.

Als sie draußen waren, untersuchte Wyatt die Tür von innen. Wie zu vermuten war: reinste Zeitverschwendung. Er legte sich wieder hin und fragte sich, ob psychologische Kriegsführung wirklich helfen würde, ihn hier raus zu bringen.

Neununddreißig

Sechsunddreißig Stunden verbrachte er im Container. Von Zeit zu Zeit sah Happy nach ihm, brachte Wasser und etwas zu essen. Soweit möglich, wollte Wyatt ihn immer wieder in ein Gespräch verwickeln, doch er wollte nicht anbeißen. Wyatt ließ alle Hoffnung fahren, den Hünen gegen Trigg aufzuhetzen. Er lag einfach in der Finsternis des Containers und versuchte, sich an die Stille zu gewöhnen.

Jäh überfiel ihn immer wieder der Schlaf. Während der Nacht fror er, und die dünne Schaumstoffmatratze war eine Zumutung. Als Happy am Sonntagmorgen nach ihm sah, beschwerte er sich bei ihm. »Ein paar Kissen oder ein Stuhl wären gut, Hap.«

Happy konnte ein Grinsen kaum unterdrücken. »Das bringt's jetzt auch nicht mehr«, meinte er lakonisch.

Wyatt zuckte gleichgültig mit den Schultern. »Dann erzähl mir – wie wirst du's machen, Hap? Noch ein Loch graben?«

Happy schüttelte seinen Riesenkopf. »Unfall. Hallam Gorge.«

Hallam Gorge war eine wüste Schlucht einige Kilometer nördlich von Goyder. Während einer Landvermessungstour war Wyatt einmal mit einem Bauinspektor der Brava-Construction dort vorbeigekommen. Die Straße verengte sich an dieser Stelle unvermittelt und das einzige, was sie vom finalen Todessturz getrennt hatte, war eine kümmerliche Leitplanke. Das also hatten Trigg und Happy mit ihm vor. Er konnte gut verstehen, worin der Reiz dieses Vorhabens bestand. Je später sie aufbrachen, desto weniger Leute bekamen überhaupt irgendetwas mit. Am Montagmorgen würde dann irgendjemand die demolierte Leitplanke bemerken und die Polizei verständigen. Die wiederum würde dann die traurigen Überreste des Schleppers und des Lohntransporters in der Schlucht bergen und Wyatts Leiche im Fahrerhaus finden. Endlich konnten sie dann ihre Akten schließen. Sie würden annehmen, Wyatt habe sich die ganze Zeit dort in der Nähe versteckt gehalten, dann, als er dachte, die Luft sei rein, habe er sein Versteck verlassen, vermutlich die Kurve falsch eingeschätzt und sei durch die Leitplanke gerast. Weiterhin würden sie nun nur noch den Mann vom Wachschutz vermissen und davon ausgehen, dass er mit der Kohle abgehauen sei. Sie würden die üblichen Kontaktmänner auf ihn ansetzen, die Passagierlisten der Flughäfen durchgehen und sein Fahndungsfoto in den Medien veröffentlichen. Wyatts Spur würde sie zur Brava-Construction führen – sofern die menschlichen Überreste eine Identifikation nach einem Sturz in über fünfhundert Meter Tiefe zuließen.

»Wo ist Trigg?« fragte er.

»Zu Hause.«

»Hat er ein schönes Haus? Bei ihm ist es sicher nett und sauber, während du hier in einem Dreckloch hausen musst.«

Happys Gesichtszüge wurden weicher. »Ich hab keine großen Ansprüche«, brummte er beim Hinausgehen.

Trigg tauchte erst spät am Sonntagnachmittag auf, sah kurz nach Wyatt und überließ ihn wieder der Dunkelheit. Wyatt konnte förmlich die Behaglichkeit spüren, mit der die braven Kleinstadtbürger es sich vor ihrem Fernseher bequem machten und vor sich hin dösten. Morgen war wieder ein Arbeitstag. Also bald ab in die Heia.

Gegen zwei Uhr früh, als die Nacht ihren schwärzesten Punkt erreicht hatte, wurde er von Trigg und Happy abgeholt. Trigg hielt die .38er auf ihn gerichtet, während Happy ihn von hinten an den Armen packte und hinausführte.

Vor dem Schiffscontainer parkte eine geräumige Familienkutsche mittlerer Preisklasse, ein neues Modell mit abgeschrägter Heckscheibe. Der Kofferraum stand weit offen.

»Rein mit dir«, sagte Trigg.

»Ich hab Platzangst.«

»Rein mit dir.«

Happy drückte Wyatts Kopf nach unten und schubste ihn ziemlich unsanft. Wyatt stieß sich die Oberschenkel am Karosserierand. Er fiel vornüber und spürte, wie Happy seine Beine in die Luft hob, dann versank er in den Tiefen des Kofferraumes. Der Deckel knallte zu und um ihn war einmal mehr nichts als Finsternis.

Er lauschte aufmerksam. Die beiden Männer entfernten sich wieder vom Wagen. Er hörte, wie eine schwere Stahltür aufging und kaum eine Minute später die tackernden Geräusche eines Dieselmotors. Dieser gab eine Reihe von kurzen, kollernden Lauten von sich: Happy manövrierte den Schlepper aus der Schlosserei heraus. Dann fiel die Stahltür mit einem ohrenbetäubenden Knall zu und Schritte näherten sich dem Wagen. Er wurde etwas durchgeschüttelt, als jemand einstieg und die Fahrertür zuwarf. Der Motor wurde angelassen und sie fuhren los.

Der Kofferraum war erst vor kurzem frisch gereinigt und gesaugt worden. Die raufaserige Matte unter ihm verströmte schwachen Kiefernduft. Wyatt suchte mit den Händen den Boden und die Ecken ab. Nichts. Kein Werkzeug, kein Wagenheber, kein Bremskeil. Er wusste, dass sich das Ersatzrad in einer Einbuchtung unter ihm befand, doch da sein eigener Körper fast den ganzen Raum ausfüllte, gelang es ihm nicht, die Matte an irgendeiner Stelle hoch zu heben. Außerdem bezweifelte er stark, dass er dort fündig würde. Als nächstes untersuchte er das Schloss. Das Ergebnis waren ölverschmierte Finger. Plötzlich begann die Luft zu vibrieren. Satter, eindringlicher Sound: Jennifer Rush, The Power of Love. Das sah ihm ähnlich. Das waren die Art CDs, die Trigg haben musste.

Wyatt griff nach oben. Die Lautsprecher waren in die Ablage zwischen Rückbank und Rückfenster eingelassen. Die Ablage selbst war aus billigem Plastik mit Stoffüberzug. Er konnte die Vibrationen in den Fingerspitzen fühlen.

Wyatt beschloss, das Problem von der Seite anzugehen. Er konnte nicht aus dem Wagen fliehen, aber er konnte immerhin weiter hinein gelangen. Versuchsweise hob er die Ablage von unten an. Sie neigte sich leicht. Er wartete, bis der nächste Song anhob, und suchte dann vorsichtig die Unterseite der Ablage nach Schrauben ab. Während einer Stelle, an der der Bass heftig wummerte, kickte er mit den Füßen gegen die Halterung und prüfte dann das Ergebnis. Langsam lösten sich Ablagematerial und Boxen voneinander.

Nachdem die Ablage nun frei beweglich war, machte er sich bereit. Mit List war er bis hierher gekommen. Nun musste rohe Gewalt den Rest erledigen. Die Kabel der hinteren Lautsprecher waren nun gekappt, doch die vorderen, in die Türen eingelassenen Boxen funktionierten noch. Er wartete, bis der nächste Song losging. Er setzte laut und krachend ein. Wyatt hievte sich aus seinem Grab, ließ die Ablage auf den Rücksitz gleiten und hechtete nach vorn, direkt hinter Trigg.

Der Zwerg wirbelte erschrocken herum und versuchte, mit seiner freien Hand nach der Waffe in seiner Tasche zu graben. »Vergiss es«, sagte Wyatt und nahm ihn von hinten in den Würgegriff. Er griff in Triggs Innentasche und angelte sich seine .38er. Der Wagen kam stark ins Schleudern und befand sich bereits auf der Gegenfahrbahn. Wyatt verstärkte den Druck auf den Adamsapfel, ließ locker, zog wieder an. »Halt an.«

Trigg hielt am Straßenrand und zog die Handbremse. Mit seiner .38er kitzelte Wyatt dem kleinen Mann am Ohr. »Mach endlich die Scheißmusik aus.«

Nachdem Ruhe eingekehrt war, gab es nur noch das Seufzen des Windes draußen und Triggs angsterfülltes Atmen im Innern des Wagens. Trigg riss sich zusammen und stammelte: »Wir finden bestimmt eine Lösung.«

Wyatt senkte den Kopf, um durch die Windschutzscheibe zu sehen. Vor ihnen leuchteten zwei rote Rückleuchten in der Dunkelheit. Immer wieder verschwanden sie für Augenblicke, wenn sich die Straße zwischen den sanften Hügeln der Weizenfelder senkte oder Kurven zeichnete.

Wyatt wollte verhindern, dass Happy den wachsenden Abstand zu zwei Scheinwerfern in seinem Außenspiegel bemerkte. »Mach die Scheinwerfer aus.«

»Warte, ich kann dich an einem Riesengeschäft beteiligen.«

»Mach die Scheinwerfer aus.«

Trigg schwang sich in einer ziemlich unsinnigen Aktion zu Wyatt herum. »Tu was ich sage«, riet ihm Wyatt.

Als die Lichter erloschen waren, sagte er: »Raus mit dir.«

Trigg kam Wyatt zuvor und riss Bruchteile von Sekunden vor ihm die Tür auf. Er war bereits zwanzig Meter weit gerannt, als Wyatts Schuss ihn traf. Die Kugel bohrte sich in seinen Rücken und Trigg fiel vornüber auf den Asphalt.

Wyatt schleppte die Leiche zurück und setzte sie auf den Beifahrersitz. Unterdessen war bestimmt eine Minute verstrichen, und Happy würde mittlerweile bemerkt haben, dass ihm keine tänzelnden Scheinwerferlichter mehr folgten. Wyatt ließ den Wagen an und gab Gas.

Er hatte den Truck bereits eine Minute später eingeholt und hängte sich dicht an ihn dran. Nach etwa zehnminütiger Fahrt sah er die Bremslichter des Trucks aufleuchten. Happy bog in einen Rastplatz ein. Wyatt folgte. Straßenschilder flackerten kurz im Schein der Abblendlichter auf. Achtung Haarnadelkurven, warnten sie. Steinschlag.

Wyatt schaltete auf Fernlicht und kam neben dem Laster zum Stehen. Er setzte Triggs Leiche aufrecht ans Steuer und zog sich dann hinter den Wagen zurück, um zu beobachten, wie Happy aus der Fahrerkabine kletterte. Das Fernlicht blendete den schweren Hünen. Mit gesenktem Kopf kam er auf den Wagen zu und hielt seine Hände schützend vors Gesicht. Er blinzelte heftig und versuchte, den Zwerg, der mal sein Boss gewesen war, zu einer Reaktion zu bewegen. Wyatt jagte ihm von hinten eine Kugel in den Kopf.

Obwohl dies ein weiterer Rückschlag in einer sowieso schon verpatzten Angelegenheit darstellte, änderte das keinen Deut an Wyatts Routine. Wie immer ging er bedächtig und in kleinen Schritten vor. Er wischte seine Fingerabdrücke von der Knarre und warf sie in ein Weizenfeld. Dann durchsuchte er die leblosen Haufen am Boden auf verwertbare Gegenstände, schaffte sie hinüber zum Truck, kletterte ins Fahrerhaus und machte die Parkleuchten an, um keinen Verdacht zu erregen. Auf dem Rückweg hielt er kurz in Goyder an, um seine Fingerabdrücke in Lettermans Valiant zu beseitigen. Viel später in der Nacht kam er auch in die Nähe von Leahs Wohnort, doch er verschwendete keinen Gedanken an sie. Vielleicht irgendwann einmal, wenn er sein Geld von den Mesics zurückbekommen hatte und ihm gerade kein Auftragskiller auf den Fersen war.

Zu den Übersetzern:

Ango Laina (Heinz-M. Vogel), geboren 1947 in Faßberg (Celle). Er ist Buchhändler, Diplomdesigner und studierte Ägyptologie, Iranistik, Klassische Archäologie und Finnougristik in Hamburg. Er schrieb Feuilletons und Kritiken für den Rundfunk und veröffentlichte in Zeitschriften und Anthologien. Seit Ende der 80er Jahre arbeitet er auch als Übersetzer für Englisch, Französisch, Ungarisch.

Angelika Müller, geboren 1954 in Berlin, Magister in Germanistik und Politologie, zeichnet seit 1988 als Lektorin und Übersetzerin für die Reihe Pulp Master verantwortlich und lässt sich von Rammstein und Velvet Underground inspirieren.